次、生きて帰れるとは限らないんだ。
だったらできる事は全部やっておかなくちゃ。

――とある戦地派遣留学生の覚悟

ヘヴィーオブジェクト
人が人を滅ぼす日（下）

序章

『……「安全国」の大都市に向けて低空で飛んでいく潜行式巡航ミサイル（ロングショットCM）をたまたまキャッチしたからだ。地上のレーダー配備領域を器用に避けてS字に蛇行するタイプだった。あそこで落としていなければ東欧のワルシャワは消滅していた。弾頭は燃料気化爆弾（FAE）だった』

『「安全国」を、頼む。ワルシャワを守れ。ジジジ、そのためにできる事は何でも自由にやって構わん。これより君が行う全てを私が許可する。アイスガール1、これは共同事業を展開してきた我々「ロワイヤルエルフォルス」社ヨツンヘイム空軍基地一同から君に送る最後の命令だ、君と一緒に仕事ができて良かった』

『それじゃチェーンカッター部隊は、巡航ミサイル（CM）を使ったワルシャワ空爆もヨツンヘイム空軍基地襲撃も、全部が全部「情報同盟」の輸送機一つを狙うためだけに話を進めていたって事になるのか。標的を確実に航路変更し、自分の「巣」に誘い込むために……』

『結局、ヤツは何を積んでいたんだろうな？　敵も味方もこれだけ死んで、あの七面鳥だけが無傷だ。今回の件で、一番弱くて一番中心にいたはずの輸送機だけが……』

『発言の信憑性は公式には認められていないけど。この時、いつまで経っても戦争が終わらず業を煮やした敵軍上層部が「情報同盟」側のオブジェクトに向けて貸し与えたと思しき追加兵装が、通称ゴーストチェンジャー。詳細は不明』

『途中で何度もガワを変え、西へ東へジグザグ飛び回って必死に行方を晦まそうとしていた。それでもようやっと、次の輸送先の見当がついたところだったんだけど』

『それだけで四大勢力の総意サマが転ぶかね？　軍隊内部を汚染してチェーンカッター部隊やエレクトリックドリル部隊を敵地の中で組み立てていったバッドガレージは、絶対にもっと大きな事を考えている』

『ただし当然ながら、そこで終わりじゃあねえ。エレクトリックドリル部隊……つか、連中含む複数のオンラインテロリストを束ねるバッドガレージの目的は「オブジェクト地球環境破壊論」の証明実験だ。それも「四大勢力の総意」とやらの揉み消しが通用しないレベルのド派手な災害を求めてやがる』

『おあつらえ向きに、イタリア半島にはヴェズヴィオ山がある。エトナ山と並ぶ世界有数の活火山で、ローマ中心部から二〇〇キロ程度しか離れていない。この辺りじゃ鉱泉も珍しくない。つまり、地下では同じマグマ溜まりを共有している可能性すらある。今は休眠状態とはいえ、ポンペイを一夜で消滅させた膨大なエネルギーはまだ死んでいない』

『違う。これからオブジェクト災害は起きる、このローマで』

『本当のトリガーはお姫様やおほほかッ⁉』

『始まった……』

『……ついに始まったんだ。今度は「クリーンな戦争」じゃない、そんな上っ面の建前なんかどこにもない。四大勢力が本当の本当に全てを焼き尽くすまで止まらない、世界全土を巻き込む戦い。「大戦」が始まったんだ……』

第四章　終末の時はかく語りき　〉〉＊指揮系統混乱につき作戦名未設定です

1

クウェンサー＝バーボタージュはどれくらい呆然としていただろう。

あるいは数分？

あるいは何時間とか？

大きな時計を見てもはっきりしない。焼きついて針が止まってしまっているからだ。

黒とオレンジ。

あれだけ国際遺産が整然と佇んでいたローマが、割れた路面から垂直に噴き出す溶岩の海に沈みつつあった。『信心組織』の『本国』、その壊滅。それは一つの時代が終わり、決定的に世界のバランスが崩れたその象徴のようにも見えた。

始まった。

『クリーンな戦争』なんてとんでもない。今度こそ四大勢力が全員滅ぶまで続いていく世界規模の終わりなき戦い……『大戦』が、すでに。

しかしクウェンサー＝バーボタージュとしても黙って突っ立ってもいられない。

こうしている今も時間は進んでいる。

頭上でステンドグラスが砕け、色とりどりのガラス片が少年に向けて降り注いでくる。歴史的な遺産だろうが至高の芸術だろうが、高所から降ってくればただの刃の雨だ。

風景に紛れるためのラフな私服は、こういう時専用の軍服と違って火の粉やガラス片から身を守ってはくれない。

「くっ‼」

クウェンサーはとっさに近くにいた小さな子供の手を掴み、木でできたベンチの下へと潜り込む。ざあっ‼　と一瞬遅れて数のなくなった音の塊が一面を埋め尽くしていく。

ベンチの下から少年は外に向けて叫んだ。

「列車の乗客は⁉　誰かやられたか！」

「トンネル側に引っ込んだから全員無事だ、テメェは自分の心配しろよクウェンサー‼　こいつらは何だかんだ言っても一般人だ、ここに置いておきゃあ『信心組織』系の警察に保護してもらえる。……問題は俺らだぜ。すでに『信心組織』軍からの宣戦布告は終わってんだ。連中の口から一体どんな『正義』が流布されてるか分かったもんじゃねえ、俺らなんか根拠もなく乱射犯扱いじゃねえのか？　こんなトコで『正統王国』の兵士がぼさっと突っ立っていたら怒れる群衆の手でその辺に並んでる街路樹に吊るされるぞ!!」

ヘイヴィア＝ウィンチェル、ミョンリ、プタナ＝ハイボール。

他にも諜報部門のミリア＝ニューバーグがローマ入りしていたはずだが、こちらは離れ離れになったままだ。残念ながらこの状況だと脱出作戦の頭数にはできそうにない。

クウェンサーは助けた男の子を抱えたままもそもそとベンチの下から這い出る。もちろん抜け出す時も地面のガラス片がおっかない。

（まったく、人助けってのは割に合わない……）

その時だった。

「きゃああ！　人さらいよ、『正統王国』の人殺しどもが街で子供をさらっているわあ!!」

見当違いの絶叫があった。

（……こっちは私服だぞ、何で『正統王国』ってバレた!?　服装？　髪の匂い？　仕草？　ええい分からんどこまで行ってもローマはアウェイか!!）

ざわり!!　とそれだけで空気がきな臭く変化していく。見知らぬ子供をみんなで守るなんてちゃんちゃらおかしい、理不尽な災害に見舞われている時こそ人は何かしら元凶や悪人を見つけて叩きたくなるものなのだ。

「くそっ!!」

「ヘイヴィア、相手は一般人だ!!　これは戦争じゃない!!」

言って、自分の言葉の空虚さにクウェンサーは驚いていた。今、一体『いつ』の常識が口から飛び出たのだ？　まるでまだ大災害を知らない時代の古いテレビＣＭでも眺めるような気分だった。

ガチャガシャ!!　とヘイヴィアやミョンリがＴ字のサブマシンガンを突きつけていなければ、周囲を囲む殺気立った一般人の群れはすでに発砲を始めていただろう。そう、銃を持っているのは軍人だけとは限らないのだ。

危険な膠着(こうちゃく)。

じりじりと肌を炙(あぶ)るのは、溶岩がもたらした熱風だけではないだろう。

だがそれも長くは続かなかった。

「だめ……」

最初に気づいたのは褐色少女のプタナだった。両目の瞳孔がきゅっと縮まり、その顔が真っ青になっていく。

ガロガロガロガロ、と何か低い音が聞こえてきた。

「うそでしょう、こんな『しせん』……みんなにげてえ!!!!!!」

ごぐしゃあ!! と。真横から突っ込んできた八輪の装甲車が、容赦なく『信心組織』の一般人をダース単位で轢き潰していった。

もう、メチャクチャだった。

人を守るより敵を倒す方が最優先。こいつら一体何のために戦っているんだ? 何を残したいんだ???

美しいおみ足やスカートの端を赤と黒でべっとりと汚したまま、『信心組織』軍の装甲車が蠢く。死ぬに死ねない呻き声も気にせず、低いモーター音と共にてっぺんの砲塔が回り、こちらにぴたりと一二〇ミリ砲を向けてくる。

スペック的には戦車砲と何も変わらない。

「ちくしょうっ!!」

クウェンサーはすぐ近くにぽつんと残っていた男の子を抱えたまま狭い路地へ飛び込み、直後に爆音が表の世界を埋め尽くした。ヘイヴィアは観光客は保護してもらえるから置いていけと言っていたが、そうしていたら幼い彼は教会の壁と一緒に粉々になっていたはずだ。

表は敵を殺す事に夢中で仲間が見えていない装甲車の独壇場だ。

きっと砲撃時の横滑りで、さらに踏みつけた一般人を何割か殺していったはず。二〇トン以上の八輪に生きたまま噛みつかれ、半端に潰れたまま死ぬに死ねずに地面を引っかき続ける彼らからすれば、もしかしたら羨望の眼差しでも受けたかもしれないが。

「……見るな、絶対見るなよ。こんなのただの悪い夢だ、だから見なくて良いっ」

至近の砲声で頭が痛む。小さな男の子を抱えて路地の奥へと逃げながら、クウェンサーは無線機で仲間と連絡を取り合う。

「ヘイヴィア、ミョンリ、プタナ、まだ生きてるな？　どこかで落ち合おう、空の色を見ろ、東側はまだ比較的溶岩の噴出が少ないはずだ！　そっちに走れッ‼」

返事がない。

せめて聞こえてはいてくれ、と祈りながらクウェンサーは合流場所へ向かう。

抱えられた男の子から根本的な質問が来た。

感情が飽和しているのか、奇妙に静かな声だった。

「もうおしまいなの？」

「大丈夫だ、必ずここを抜け出す。俺は君を見捨てない、怖い事なんか一個もないからな」

根拠のない約束だった。

そのツケはすぐに回ってきた。

クウェンサーが路地の出口で息を止め、銃剣付きのアサルトライフルをガチャガチャ鳴らして表通りを走っていくパレード臭い『信心組織』軍の兵士達をやり過ごし、よそへ迂回するため来た道を引き返そうとした時だった。

ゴバッッッ!!!!!!と。石造りの壁をぶっ壊して、路地の隙間を埋める形で複合装甲の塊が飛び出してくる。

顔を出したのは例の装甲車だった。一体どこをどうショートカットしてきたのか、真っ赤に染まった八輪の足回りにはウサギのぬいぐるみが破れたまま絡みついている。

……何でそんなに憎める？

クウェンサーは純粋に疑問だった。単純に疲れないのか。軍の形にも色々あると思うが、大切な人を守るより敵を殺す事を優先して何になるのだろう。人殺しそのものを楽しんで目的化しない限り、そんな体制はいつまでも保てないと思うのだが。

装甲車から低いモーター音が唸る。戦車と全く同じ砲塔がこちらに回ってくる。

その時だった。

無線機からノイズが走った。

『ジジザザ！　こちらバーニング・アルファ。よう小さなナイト様、誤射防止カードは持ってねえか？　なら今使ってる無線機の信号を友軍の印とする。安全域で発信し続けてろ、そのガキ抱えたまま頭を低くしてな』

意味が分からなかった。

混乱している間に事態は進行していた。

クウェンサーの頭上を『正統王国』軍のデルタ翼機が突っ切っていった。

直後に翼の裏から切り離されたスマート爆弾が正確に八輪の装甲車を吹き飛ばしていく。

爆風の外だったが、それでも分厚い壁みたいな見えない衝撃波に叩かれた。

クウェンサーは小さな男の子を抱えたまま真後ろに薙ぎ倒されていた。自分の認識と実際の距離に数メートルの誤差がある。つまりそれだけ宙を舞ったのだ。

「かはっ!! げほごほ!?」

激しく咳き込みながらも、気になったのは自分よりも男の子の方だ。

「だ、大丈夫か？　鉄片なんか刺さってないよな？　良かった……」

（……言っても『信心組織』の『本国』だぞ。何で飛行機なんかが悠々と大空を飛んでる!?）

『バーニング・アルファより善良なる『正統王国』諸君へ。ティブルティーナ駅の広場が合流地点になってる。さっさと行かねえと順番待ちの行列で足止め喰らうぞ。特にそっちは見知らぬガキを抱えてんだろ。ここは戦場だ、一分ごとに死亡率は上乗せされてるって基本的事実を忘れるんじゃあねえぜ』

「……、」

クウェンサーは男の子と手を繋いだまま、炎と煙で包まれたローマの中を歩いていった。航空支援は完璧だ。途中で何度か銃を向けられる事があったが、そのたびに天空から四〇ミリのガトリング砲やミサイルが降り注いで的確に危険を取り除いてくれる。おそらく対地攻撃向けに換装された専用装備だ。

『信心組織』軍の兵士やパワードスーツでも、銃を握って暴徒化した一般人でも区別なく。

もちろん友軍は子供を守るために支援してくれているのだろう。

ある人間は立ったまま形がなくなり、ある人間は生きたまま火柱になった。苦痛に耐えられず、破れた腹から何かを引きずって自分から溶岩の川へ倒れ込んでいく影まであった。……イメージと違って、実際にはそれでも奇麗サッパリ即死とはいかなかったようだが。

「……なんでこんな」

「見るなッ‼　いいか、手を引いてあげるから目は閉じているんだ。それで怖い所から抜け出せるから‼」

何が正義のヒーローだ。

震えて立ち尽くす小さな男の子に、クウェンサーは抱き締めて視界を塞いでやるくらいしかできない。脆くて無様な嘘つき野郎で、この手には戦争を左右する力がない。

クウェンサー達が止められなかったから、世界はこうなった。

もちろんデコイの地下鉄トンネルに飛び込んでいた彼らにそれを事前に止められた可能性なんて、〇％だったけど。戦闘機がよそへ行くと、正直ホッとした。

がちり、という小さな金属音があった。

黒煙の向こうから照準された。

やはり私服でもお構いなしだ。よそ者のクウェンサーはとっくに異物扱いされている。

「っ⁉」

汗びっしょりでクウェンサーはとっさに小さな男の子を庇(かば)おうとするが、じっと待っても発砲音と痛みはやってこない。本当に剝(む)き出(だ)しの瞬間、『あの』不謹慎で無秩序な自分がこんな行動を取るんだなとどこか客観的な感想を並べている気分になっていた。

恐る恐る目を開けてみれば、すぐ近くに見知った顔があった。

『信心組織』警察系特殊部隊ヴァルキリエの現場指揮官。

サラサ＝グリームシフター。

ぴっちりした黒の戦闘装束の上に、ランジェリーじみた追加のパーツ群。

銃本体がコンパクトな割に扱う弾の口径は大きな、特殊作戦用の短距離狙撃ライフルだった。

そいつをクウェンサー達へ正確に突きつける金髪ショートのクールな美女は、何故(なぜ)か、見つけたくもないものを見つけてしまった顔で舌打ちしていた。クウェンサーを見てなのか、小さな男の子を見てなのかは知らないが。

主導権を握っているのはあっちだ。『本国』ローマがこんな風になった中、いてはいけない敵兵を撃たない理由を探す方が難しい。

（……爆弾を取り出して信管を突き刺している暇なんかない。こいつには、勝てない。なら突

き飛ばせるか？　せめてこの子だけでも、すぐそこの路地までっ）

心臓がうるさい。

止まった時間がいつまで経っても動かない。何かすればすぐさま状況が雪崩れ込むと思うと、頭の中の馬鹿げた作戦を始めるきっかけすら失ってしまう。だから愚か者には腕の中にある確かな命を守る事ができない。

やがて、だ。

「……行け」

ぽつりとサラサが呟いた。

意味が分からず目をぱちぱち瞬きしているクウェンサーの前でヴァルキリエの女性指揮官は銃口を上に外すと、道を譲るように横へ一歩移動する。

整った顎で奥を指して叫ぶ。

「その子を連れて早く行け！　他の者に見られたら撃つしかなくなる!!」

声に押されるようにして、クウェンサーは男の子の手を引いて走り出した。サラサはあくまでも地獄に残るつもりらしい。途中、恐る恐るクウェンサーが後ろを振り返ると天に向けた威嚇射撃で鼓膜を激しく叩かれる羽目になった。

もう小さな男の子の手を引いて必死で走るしかない。

ティブルティーナ駅からは毒々しいくらい鮮やかなレモンイエローの煙が真上に伸びていた。

スモークグレネードだ。合流地点と言っていたか、バタバタという音を鳴らして車両も運べるティルトローター機が着陸してくるところだった。集まっているのは私服の集団だが、おそらくみんな『正統王国』軍の兵士達だろう。潜入中の私服姿では部隊章やドッグタグで認証はできないため、代わりに携帯端末を機材にかざして登録情報を確認しているらしい。

ビキニの上からパーカーや細いパンツを穿いた金髪美人が腕全体をぶんぶん振ってくる。

「こっちだクウェンサー！」

「ミリアさん」

「その子は？　まあ何だか知らんがこっちに来い、後でお姉ちゃんがメチャクチャ褒めてやる。ここも安全とは言えないぞ、早く乗れ‼」

二つの巨大なローターが生み出す爆音に負けないよう大声で誘導してくれた諜報部門の金髪ショートのお姉さんに従って、クウェンサーは男の子と一緒に垂直離着陸式の中型輸送機に乗り込む。三〇人くらいが次々と雪崩れ込んでくると、カーゴドアを閉める前に機体がぶわりと浮かび上がった。これだとヘイヴィアやミョンリ達が同じ機に乗っているかどうかは分からない。というかこんなに『正統王国』軍がローマに潜っていたのか。今さらだけど驚く。

機体が横揺れし、高度が一気に上がる。

クウェンサーはかなりの時間ローマをさまよっていたらしい。すでに夕方になっていた。どこもかしこも黒煙で覆い尽くされ、それ以上に俯いて足元の地獄ばっかり見ていたせいで、今まで空の色の変化にも気づけなかったのだ。

開いたドアから見下ろす世界は、灼熱の地獄そのものだった。オレンジの溶岩と黒い煙。白い大理石で埋め尽くされた国際遺産の塊、というカラーはもうない。そしてあの地獄の中に何百万人もの人々が取り残されたままなのだ。

感傷にふけっている場合ではなかった。

ばしゅしゅ!! と地上から白煙が噴き出したと思ったら、真っ直ぐ大空を突っ切った対空ミサイルがすぐ隣を飛ぶ別のティルトローター機に直撃する。限界ギリギリまで『正統王国』の仲間を詰め込んでいた金属製のマナティが内側から破裂し、燃える鉄くずとなって再びローマの地獄へと落ちていった。

もう計算なんかない。

ちょっと何かが変わっていたら、クウェンサー達がああなっていた。

直線的な黒煙と共にただただ墜落し、四〇〇メートル下の地上でもう一度爆発する味方機。その救援よりも早く、地上でバカスカ銃声が連続した。おそらくまだ大地に残っている『正統王国』軍がミサイル発射地点を包囲して集中砲火を浴びせているのだ。重たい爆発が連続し、誰かが隠れていたと思しき学校の校舎が丸ごと崩れていくのが見える。たった一人の刺客を殺すためだけに、本来だったら安全の象徴だったはずの学校が。

何で嬉々として殺す方に群がる?

望み薄なのは分かっている。それでも、復讐よりもっと先にできる事はないのか。

男の子の両目を掌で塞ぎ、クウェンサーはぽつりと吐き捨てていた。

「……こんなの間違ってるよ」

2

ティルトローター機は低空、海面スレスレを通って西へ逃げた。地中海を渡ってしまえばそのまま『正統王国』のノルマンディー方面、つまり『本国』パリまでひとっ飛びだ。

……喜んでばかりもいられない。つまり沸騰した『信心組織』の本拠地からたったそれしか離れていないのだ。ローマからパリまでは直線距離で約一〇〇〇キロ。アジアの海に浮かぶ小さな『島国』の半分くらいの距離感に全てが詰まっている。ちょっと防衛線が崩れたら、第二世代のオブジェクトどもが一気に雪崩れ込んでくる恐れもある。何しろヤツらは時速五、六〇〇キロで高速移動を繰り返すのだ。たった一つの綻びで全部瓦解する可能性もある。

それだけ『クリーンな戦争』に守られてきたのだ。

本当の本当に『本国』と『本国』が潰し合う展開なんて想定されていなかった。

「なあ、アンタ名前は？」

「……カラット＝アフィニティー」

クウェンサーは大きな消しゴムみたいなレーションを取り出すと二つに割った。片方を男の子に差し出す。

「ようしカラット、腹減ってないか？　食べられる内に食べておけ」

「何食べてるの今？　味がしないけど……」

「良かった、俺だけの感想じゃなかったんだなそれ」

クウェンサーが小さく笑うと、他の兵士達も集まってきた。潜入用の私服はあちこち赤く滲み、包帯を巻いたり即席の添え木で腕を吊ったりしている人間も少なくないが、意外にもみんな子供の世話を焼きたいらしい。疲労の見える笑顔を浮かべ、コインの手品や複雑に折ったオリガミを小さな男の子に見せている兵士もいる。ひょっとしたら自分の中のちょっとした善性を思い出す事で、泥沼の時代に沈んでいこうとする心を押さえつけたいのだろうか。正直、クウェンサーもあの地獄の中ではカラットの存在には随分と助けられてきた。幼い彼がすぐ隣で正義のヒーローを信じ続けてくれなかったら、クウェンサーだってとっくの昔に殺しの道を突っ走っていたかもしれない。そしてそうなっていたら、きっと今このティルトローター機には乗っていない。

（ヘイヴィアやミョンリ達はいないか……。連中だってきちんと逃げてる、よな？）

ぐんっ、と体重が横に傾いた。ティルトローター機が最短の直線コースから外れて大きく迂回するのが分かった。

ガカァッッ!!!!!!　と。

落雷じみた閃光が空気を引き裂いたと思ったら、よそから合流してきた護衛の戦闘機がレーザービームで焼き切られる。今さらのように警報が鳴り響く中、ミリア＝ニューバーグが壁際にあった内線の受話機に飛びついて叫んでいた。

「くそっいつの間に頭を上げていた？　ビビってないで早く高度を下げろ！　空中給油？　そんなもん後回しだ！　オブジェクトの対空圏内に入ってる。山を盾にしないと一撃だぞ!!」

『信心組織』軍の進軍が始まっているのだ。アルプス山脈の防衛線が崩れつつあり、『正統王国』軍側が北側後方の第二防衛線まで下がっている。オブジェクトの対空レーザービームの射程に入ってしまえば最後、あらゆる航空機に未来はない。

見慣れた巨体もあった。

「お姫様だ……」

何かしらのサインのつもりなのか、七門ある主砲の外側一つをワイパーみたいに振ってくれた。

そして『ベイビーマグナム』だけではない。

『信心組織』側からは第二世代の『ゾンビパウダー』と『ブラストサムライ』。すでにアルプス山脈はヤツらが踏み越えつつあった。ミリアはああ言っていたが、早く地平線を使って射線を遮らないと光の速度で撃ち落とされてしまう。

（……お姫様には話せないな、オブジェクトの存在そのものが大災害を生み出しているだなんて）

地中海から内陸に入っていくと、チリチリとした緊張感が少しずつ和らいでいくのが分かる。パリは『情報同盟』のマンハッタンや『信心組織』のローマほど特異な防衛網は築いていない。シンプルかつ強大に、『本国』を中心に三重の防衛線が築かれているのだ。一面の麦畑やぶどう農園に、蜘蛛の巣のように太い輸送路が走っているのが分かる。農道というにはあまりに大きな、五〇メートル規模のオブジェクトの通行まで想定した片側四車線のハイウェイだ。なので中央分離帯の自己主張はゼロで、両脇に街灯も存在しない。

異形で特異なシステム構成は、かえって実際の運用で予期せぬエラーを起こしやすい。本当に大切なものは基本を守った構成を物量で厚塗りし、分厚く守る方が信頼性は高い。

……分かりやすい。非常に分かりやすいが、その分かりやすさはタガの外れた『大戦』にまで通じるものなのだろうか？　クウェンサーにははっきりと断言できなかった。ローマの顚末を見た後だと、『ここまでやれば安心』というゴール地点が全く見えない。そもそも上の連中は、世界が本当にこうなる事まで想定して防衛システムを組んでいたのか？

「まだ生きている者は全員聞け!!」

『本国』パリ郊外のぶどう農園にティルトローター機が着陸していくと、銀髪爆乳のフローレイティア＝カピストラーノ少佐がローマから脱出した『正統王国』軍の残存兵を農園にある邸宅前の庭園広場に集めていた。パリ中心と第三防衛線の間くらいの距離感だ。ここはまだ街の外である。

何故、パリまで真っ直ぐ帰らないのだろう？

途中下車の理由は話を聞けば分かるだろう。良い報告が待っているだなんて思えないが。

クウェンサーはひとまず近くにいた督戦専門『黒軍服』のメガネお姉さん、シャルロット＝ズームにカラット少年の身柄を預ける。

「これ……」

と、カラット＝アフィニティーが何か差し出してきた。紐を通した小さな布袋だ。指でさってみると中に木札か厚紙のようなものが入っているらしき感触が分かる。

「東洋のお守りなんだって。中は開けちゃダメなんだよ」

「分かった、幸運があると良いな」

クウェンサーはそれだけ言うと、手を振って、汚れたジャガイモ達へ合流していく。そうしている間にもフローレイティアの演説は続いていた。

「現在、『信心組織』軍は主に二つの侵攻コースからパリへ向かっている。一つはアルプス山脈を越える陸上、もう一つは地中海を渡る海上よ。……だがこの二つとも陽動作戦だという可能性が浮上した」

煤と泥まみれのジャガイモどもの中にヘイヴィアやプタナ達が交じっているのを見て、クウエンサーはホッとした。いちいち着替えている暇がなかったからだろうが、統一された軍服の中で私服が混じっているとやはり目立つ。悪運が強いのは彼だけではなかったようだ。

そもそも問題を起こしたのは今は亡きバッドガレージだ。

首謀者のいない、全く無意味な犯人当ての戦争。

地獄と化したローマで鉢合わせしたサラサはまだ幼いカラット少年を見て、舌打ちしてこっそり道を譲ってくれた。『正統王国』はもちろん『信心組織』にだって良い人間もいるはずだ。

……そんな奇麗ごとだけでは済まされない事態の進行をフローレイティアは語っていく。

「敵は派手な動きを隠れ蓑にし、その裏で少数精鋭のコマンドを送り込んできた。シャルル＝ド＝ゴール国際空港。パリ中心部からたった数十キロの所にある空港が毒ガス兵器を用いて占拠されたという報告を受けている。ここが再稼働したらおしまいだぞ、『信心組織』の輸送機が兵士も車両もいくらでも運び込んでパリ攻略に動員してくるよ。我々は何としても空港の再稼働前にこれを取り戻し、パリへの直接攻撃を未然に防がなくてはならない!!」

数十キロ程度なら最悪、『信心組織』の空挺部隊はパリの土を踏む必要すらないかもしれない。空港敷地内に並べたロケット車両からの炎の雨がそのまま届くリスクさえある。

だけど、だからパリを守るために対空レーザー満載のオブジェクトを多数結集させようという考えには即座に飛びつけなかった。クウェンサー達はすでにローマの顛末をこの目で見ている。ヘイヴィアが基本的な上下関係すら忘れて悲鳴のような声を上げていた。

「……じゃあそれで、今度はパリの周りが敵味方問わずのオブジェクトまみれになるってのか？　くそったれの『信心組織』め意趣返しとしちゃ上々じゃねえか、それじゃ溶岩に沈んだローマの二の舞になっちまう‼」

感情的な混乱に理性的な説得が通じるとは限らない。

が、とにかくクウェンサーはそっと割り込んだ。

「パリの真下にそこまで大きなマグマだまりはなかったはずだけど……」

「じゃあ別の何かが起きるってだけだろ。例えば地下水脈が押し潰されて街ごと液状化で沼地に沈んでいくとかよ‼　なんだかんだで大丈夫、はもう通じねえんだッ！」

ヘイヴィアの金切り声にフローレイティアも頷いた。

「報告はしているが上の目に留まっているかは不明だ。何しろ『クリーンな戦争』の図式は崩れた。みんな夢から覚めたんだ、今は前代未聞の『大戦』だぞ。上の連中だって見た事もない量の報告書の山で生き埋めにされている頃でしょう。……つまり危機が正しく伝わっていなければ『二の舞』は十分にあり得る。だから対空名目で多数のオブジェクトがパリ周辺へ集結する前に私達の手でシャルル＝ド＝ゴール国際空港を取り戻すんだ、分かったか⁉」

3

『コンタクト。クレア＝ホイストより「ベイビーマグナム」へ。こちら緊急事態につきネット召集を受けたゲスト技官だ。専門はオブジェクトの設計。貴君のスペックは完全に把握している、その上で敵機解析については任せてもらおうか』

アルプス山脈西方、『正統王国』側領土。モンブラン国境線は地獄の様相を呈していた。

「っ！」

レーザーで目線の動きを読み取る特殊なゴーグル越しにお姫様は睨(にら)みを利(き)かせる。

右に左にと小刻みに回避を続けている『ベイビーマグナム』だが、じりじりとその巨体が後ろに下がりつつあるのをお姫様自身が自覚していた。今回は特にやりにくい。

『ブラストサムライ』。

左右二つの主砲……？　とは少し違うのか。超高温、一〇メートル大の下位安定式プラズマの刃を自在に振り回す『信心組織』の第二世代は規格外だ。懐深くまで肉薄されれば即死確定。

『あまりにも威力が高過ぎて並の磁力閉じ込めでは制御しきれない』高火力プラズマなら核でも破壊できないオブジェクトだってゼリーのように切り飛ばすだろう。

『単純な破壊力より恐ろしいのはその応用性だ。ヤツは二つの刃を爆発的に噴射させる事で左右への高速ダッシュを実現するぞ』

「分かって、る！」

『それから空気を爆発的に叩くという事は、そこに不純物を混ぜれば散弾の壁を展開できるという意味でもある。致命傷にはならないだろうが回避の難しい、確実な足止め役だ。油断してバランスを崩すなよ、動きを止めれば一撃で斬られるぞ』

「っ、ええい‼」

（……クウェンサーとはなしたいことがあるのに。こんなになったせかいでどうやって生きていくのか、たくさんはなしたいことがあるのにっ‼）

もちろんこちらが主砲を斉射したくらいで相手の動きが止まる事もない。そんな大雑把な牽制をしたら最後、逆に射撃時のわずかな硬直を利用して『ブラストサムライ』は一気に切り込んでくるはずだ。

距離を取らないと死ぬ。

踏み止まって前線を死守しなくてはならない状況とはとことんまで嚙み合わない相手だ。

しかもその上、

「『ゾンビパウダー』がうごいてる……」

球体状本体の左右と後ろを囲むU字のパーツは追加装甲ではなく、おそらく野戦病院だろう。丸ごとエレベーターで昇降できるのがここからでも分かる。そこに集中するあまり他の機能がおろそかになっている印象で、スキー板のような二本の静電気式推進フロートや正面に一門ある極端に砲身の短い臼砲(きゅうほう)みたいなレールガン主砲などだけ見れば、お姫様の『ベイビーマグナム』より工夫は少ない。

あのレールガンなら至近距離でなければ怖くないし、スキー板は一応板チョコ状に分離していて地形の細かい凹凸に対応するようだが、それでもお姫様はあのオブジェクトが羨ましいとは思わなかった。

だが、

『いいかいお姫様、あれもこれもと一度に対処しようと考えるでないぞ。後方の「ゾンビパウダー」は支援専門でこちらに致命傷を与えるオモチャはない。まずは「ブラストサムライ」に集中するのじゃ!!』

「分かってるけど!!」

整備兵の婆(ばあ)さんからの言葉にお姫様は歯噛(はが)みする。

何かが地上で蠢(うごめ)いていた。うぞうぞと足元を埋め尽くしているのは『信心組織』の兵士達だ。五〇メートルもの火器と装甲の塊である『ベイビーマグナム』に対し、合成繊維の軍服を着込んだだけの兵士達が恐怖も感じずに突っ込んでくる。

『ゾンビパウダー』は機体後部にUの字の野戦病院を備えた特殊なオブジェクトだ。だからこそ、何があっても見捨てられないと教えられている『信心組織』軍は止まらない。

彼らは鉛弾が体を貫通し、爆風を浴びて、いざその瞬間に至るまでそれが自殺行為だと理解しない。最新の医療設備なんて活躍の機会はないのだ。オブジェクトに吹き飛ばされ、踏み潰された者に敗者復活のチャンスなんかどこにある。

仮に惨状に気づいて思わず足を止めた兵士については、他の人間が肩を叩く。嫌がる兵士は病院へ引きずり込まれ、適度に頭を壊された状態で戦場に放り出される。だから、二重の意味で『ゾンビパウダー』。

歩兵同士の殴り合いではなく、無謀にもお姫様に向けて直接突っ込んでくる兵士や車両も多い。確かに戦線は押されつつあるが、どうにもお姫様には『信心組織』側が幸せには見えなかった。ヤツらも薄々勘付いていて、頭を壊される前に自分の意思でわざと死にたがっているように思えてしまう。

まるでグンタイアリの群れだ。

極めて危険な脅威ではあるが、同じ人間と戦っている感じがしない。

(『信心組織』、どこまで……ッ!?)

『クレア＝ホイストより「ベイビーマグナム」、何をしている早く踏み潰せ。優先は「ブラストサムライ」だ、貴君の動きがつんのめらない限り敵歩兵の存在など無視して構わない。二〇万トンを浮かばせているんだぞ、静電気式なら通行時に直下の人間くらい高圧電流でまとめて爆砕するだろう。見れば分かるが彼らもそれを望んでいる』

【ブラストサムライ】
BLAST SAMURAI

全長…90メートル

最高速度…時速790キロ（補助ブースター使用時）

装甲…2.5センチ×400層（溶接など不純物含む）

用途…接近戦専用兵器

分類…陸戦専用第二世代

運用者…『信心組織』軍

仕様…静電気式推進装置＋主砲併用補助ブースター×2

主砲…下位安定式プラズマ砲×2

副砲…レールガン、レーザービームなど

コードネーム…ブラストサムライ
（二門の接近戦用下位安定式プラズマ砲より）

メインカラーリング…グレー

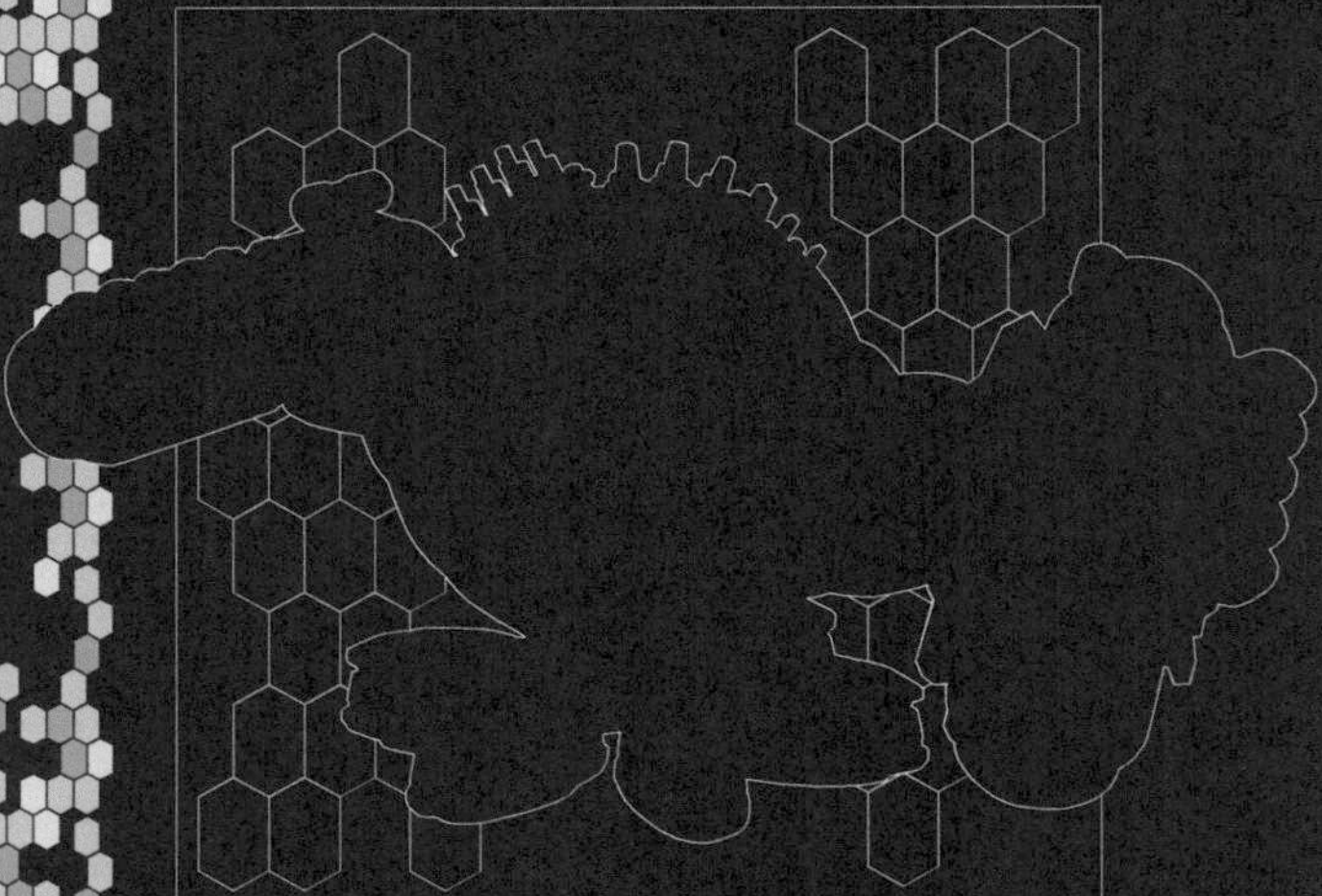

BLAST SAMURAI

【ゾンビパウダー】

全長…110メートル

最高速度…時速510キロ

装甲…2センチ×500層（溶接など不純物含む）

用途…移動式野戦病院及び兵員回収兵器

分類…陸戦専用第一世代

運用者…『信心組織』軍

仕様…静電気式推進装置

主砲…レールガン×1

副砲…レーザービームなど

コードネーム…ゾンビパウダー
（他の兵士達をゾンビのように扱う事から）

メインカラーリング…ホワイト

ZOMBIE POWDER

「ねえばあさん、こいつのチャンネル切って良い⁉」

『そうやって見る者の頭を沸騰させるところまで含めて「ゾンビパウダー」の想定運用通りじゃ。悲劇に乗せられるなよ、ヒロイックな感情は戦略の目を曇らせる。「ブラストサムライ」の二刀流でスライスされたくなければ自分の計算を放り捨てるでないぞ‼』

「ヤツらの『本国』はたおれたんでしょ、何で『信心組織』のいきおいがましてるの⁉」

『つまり今まで頭を押さえられていた「極めて有能な不良部隊」が世界中で一斉に解き放たれたんだよお嬢ちゃん』

『今はもう「クリーンな戦争」の外にある「大戦」じゃ、悪魔に魂を売って力を引き出す馬鹿者ばかりじゃぞ。……儂は「島国」出身だから分かる、モラルを捨てたテクノロジー馬鹿は本当におぞましい。油断して喰われるなよ‼』

そして当然、恐ろしいのは『信心組織』だけではない。どさくさに紛れて『資本企業』や『情報同盟』のオブジェクトも動いている。連中が『正統王国』と『信心組織』のどっちに主砲を向けてくるかは読み切れないので、結局は常に敵性分子として意識しながら立ち回るしかない。

その時だった。

それは別のチャンネルからの通信ではなく、おそらく近くにいたオペレーターから整備兵の婆さんに直接耳打ちしているものをマイクが拾ってしまっているのだろう。

『……やはり、計器の故障ではないようです……』

「？」

『ええと、アルプス山脈の山々の標高にズレがあるようなんです。高確率で急激なプレートの運動です。この数十分だけで、二センチから三センチほど確実に高さが伸びています……』

4

『元々インド半島は「信心組織」が強大な支配力を発揮していたとはいえ、シヴァやブッダなど複数の巨大宗教が絶えず利害を争っており、決して一枚岩とは言えない状況が続いておりました。今回「情報同盟」はここに楔(くさび)を打ち込むべく海側から威圧を加える事によって空中分解を狙ったものと見られており、現地に派遣された記者のロイス氏によりますと』

『本日のヘッドラインはこちらになります。残念ながら、パナマ運河から戦火が途切れる事はないのでしょうか。赤く燃える運河は原油によるものだと推測され、背景には南米側から北上する「正統王国」勢を食い止めたい「資本企業」側のバリケード作戦があるようです。西米セントラルヴァレー方面ロサンゼルスは「資本企業」の「本国」であり……』

『サブウェイオンラインニュース。アフリカ南部ではいくつかの「戦争国」をまたいでパイプラインや燃料備蓄基地の爆破が相次いでおり、その背後には「資本企業」と「正統王国」の特殊部隊が互いのエネルギーインフラを破壊し合っているのだという指摘が出ております。御覧の通り、空は常に黒煙で覆われていて雨が降れば虹色の油膜が街を覆い尽くす有り様で』

『こちら、シャルル＝ド＝ゴール国際空港からいくつかの爆発音が聞こえております。うわっ！　同空港はつい先ほども毒ガス騒ぎを匂わせる未確認の通報がありましたが、えっ、なに、何ですかあなた達は⁉　放送中止って、ええッ⁉　ザザッガーッッッ‼‼‼』

5

パリ中心部からわずか数十キロ。

『信心組織』軍コマンドの部隊に占拠されたシャルル＝ド＝ゴール国際空港を再稼働前に取り戻さなくては、装甲車やロケット車両などを次々と呼び込まれてパリ全域は火の海にされてしまう。

『ぎゃあー⁉』

『地雷だ。くそっ、衛生兵！　ビビってないで前まで来い‼』

ギャラララララ!!　と太い歯車が高速で回る音が正面に出た。クラブフレイル。戦車の前面に取りつけられた追加装備は太い車軸に取りつけた何十という鎖と錘(おもり)を使って強引に地面を耕して地雷を全て爆破処理する、という極めて大雑把な仕掛けだった。こちらも時間勝負だ、いちいち『信心組織』に付き合って一個一個手掘りで処理していくほどお人好(ひとよ)しではない。

チカッ、と空港の敷地(しきち)を四角く仕切るフェンスの角の辺りで何かが瞬(また)いた。

急ごしらえで設置された重砲が戦車どころか救護作業を進めていた周辺の歩兵や衛生兵まで吹っ飛ばし、大地へ不自然に変形した扇形の爆発跡と横殴りの破片の雨を生み出した。殺傷圏はざっと小さなコンビニ三つか四つ分くらいか。

『ぶほっ、がぶあ!?』

『ちくしょうこんな所で感動的に死んでたまるか。こっちは娘の進学費用がかかってんだ、まだ退職金もらってねえんだぞ!!』

『見た、あのクレーター？　二五センチ砲よねアレ……。ガワのパワードスーツごとひしゃげて宙を舞ってる。ま、丸っきり要塞砲じゃない』

二五センチの要塞砲だと射程はおよそ一五キロ、パリまで直接届くほどではない。が、地雷原でもじもじ立ち往生している『正統王国』軍を押し返すくらいの火力はあるだろう。

奇襲頼みのコマンドは少数精鋭、つまり数では劣勢だと自覚している。だからこそ大量の地雷と飛び道具でその差を覆(くつがえ)そうとしている訳だ。しかしだとすると、数万個もの地雷を手作業で仕掛けられるとは思えない。こちらについても特大の砲台に詰めて全方位へ発射し、短時間でエリア一帯へ空中散布したのだろう。

そんな中、だ。

「すげー。やってみるもんだぜ、たまには勝てるものなんだなジャンケンって」

「……どっちかって言うと俺達の方が貧乏くじじゃない？　上は膨らんだパワードスーツのガワだけ壊してやられたふりするトカゲの尻尾作戦の真っ最中でしょ」

「ムキムキマッチョの装甲めくりＫＯ、か……」

「脱衣されても見てる方が困る、全部込み込みでの士気減退狙いの心理作戦だよきっと。やっぱりフローレイティアさんだけは敵に回しちゃダメなんだよ……」

ちょっと暗い顔でバカどもが俯きつつ。

『正統王国』軍の軍服に着替えたヘイヴィアとクウェンサーは懐中電灯を振り回して太い金属パイプの中を歩いていた。高さは二メートル以上あるので、体感的には狭いトンネルの方が近い。

上で真正面からの陽動作戦を繰り返している間に、『正統王国』軍は二〇名ほどが地下を進んでいた。こちらが本命、空港の真下から忍び込んで『信心組織』軍のコマンドを奇襲で一気に撃滅する。

ついてきている中には第七特別教導隊のエリーゼ＝モンタナに督戦専門の『黒軍服』シャルロット＝ズームもいる。いずれもオブジェクトの時代であっても白兵戦を極めた猛者達だ。逆に言えば、これくらい極めていないと生き残れない奇襲作戦に戦地派遣留学生が絶賛参加中である。生きて帰れる気がしない。

「というかほんとに届いているの？　この排水パイプ……」

「三〇〇メートル以上ある滑走路は一〇センチも沈んだら使い物にならなくなる。だから雨水や地下水のコントロールには敏感なんだよ。空港の下は網の目みてえにパイプが走ってる。でも実際問題、三六五日フル稼働している訳でもねえ。大抵は万が一のための保険なんだ」

もちろん注意しながら進んではいるが、こちらには地雷やトラップの類はない。おそらく『信心組織』側はこのパイプの存在に気づいていないのだ。ホームとアウェイの違いは、情報の差という形でも表れる。

と、あのヘイヴィアが珍しく無駄口を控えた。

そのまま上を指差す。

梯子の上にメンテナンスハッチがあるが、クウェンサー達はいちいち薄く開けて小さな鏡を出したりファイバースコープの先を突っ込んだりはしない。衛星もかなりの数がやられているようだが、それでも表の陽動部隊が双眼鏡や測距装置で手に入れた情報は携帯端末で全員共有している。『人間大の動く熱源』は空港ターミナルに一六、敷地四隅の要塞砲に三人ずつ。ただし射角の関係で空港内部を撃てるようにはできていないのでこちらは後回しで良い。

「奇襲する側なのに数で負けてるもんね」

「数が少ないから奇襲に走るんだろ。ほら行くぞ」

ここに人影はないから大丈夫、とは分かっていても、やはりハッチを下から押し上げる瞬間は緊張する。エリーゼが最初に梯子を上っていくのをクウェンサーは下から見上げながら、

「怖いのはガスだよ」

「待ってくださ、今、数値確認し、ひゃんっ⁉　生きるか死ぬかのチェック中に誰ですか梯子の下からお尻を押してくる人お⁉」

「どうなんだ結局大丈夫なのか」

「数値的にはガスはなさそうですけどっ、ちょ、あふっ、そんなぐいぐい掌でお尻持ち上げないでぇ……‼　めっメガネが曇っちゃいますう⁉」

正体が何だろうが基本的にいじられ系、どん臭い巨乳メガネ教官のくせに無警戒でぃの一番に梯子の先まで上がるからだ。下から見上げている薄汚れたジャガイモ達がこんなカラダを張った『桃の形をしたピニャータがみんなの頭の上にぶら下がっています』的な魅惑のツッコミ待ちビジュアルを前にして、誰一人としてお尻くす玉を叩かないとでも思ったのか。

「あっ、汚ねえぞクウェンサー！　俺もせんせーに甘えたい‼　くそっこいつモヤシ野郎の体

が邪魔で何もできねえ⁉」

「だと思った。馬鹿どもがこうなるから優等生がこうして守ってんの。バリアー‼」

クウェンサーが梯子二番手を務めて下からしっかりガードしていなければ、今頃全員総出でライフルのストックでも使って左右にもじもじ揺れてる落ち着きのない桃色ピニャータをばしばし叩いて反応を窺っていたはずだ。まったく危ないところであった。つまりこれは立派な人助けなのだ、ガードガード。

と、下から見上げている督戦専門『黒軍服』の（できる方のクールな）メガネさんが涼しい顔してしれっと言った。

「クウェンサー。私は貴君の言動に対して特に何も言わないが、それとは別にしっかりカウントはしているからな？」

「なにの、何の⁉　そのスマホは一体っ、俺の残機は今どうなってんの‼⁉⁇」

「少しでも隠しパラメータが気になるのならゲームオーバー前に自分で自分を管理しろ、メモメモと」

ぎっ、と。

軋んだ音と共に金属の蓋を開け、クウェンサー達はいよいよシャルル＝ド＝ゴール国際空港のターミナルビル一階へ到達する。

バタバタと人が倒れていた。毒ガスはすっかり自動排煙装置で外へ排気されたのだろうが、巻き込まれた人はそのままだ。そのほとんどが私服で旅行に出かける観光客やスーツのビジネスマン達だった。ちっぽけな拳銃を握っている警備員はおそらく引退した警官か何かだろう。何千人と折り重なっているのに、動く影なんかどこにもない。一つしかない酸素マスクで小柄な老人の口と鼻を覆ったまま、非常口のある方に頭を向けて倒れている空港防火隊の影もあった。老人の方も動かなかった。もう二度と。

その防火隊は、最後の最後まで犠牲者の衣服を掴んだまま出口に向かって這いずったのだろう。もちろん、建物の外に出たって空港の広い敷地全体が毒ガスにやられていたのだから実際には意味なんてなかったんだろうけど、それでも。

正義は届かなかった。

ゴールなんてなかった。

クウェンサーは唇を噛んで、わずかに俯いた。

国際空港にいたのは一般人だったはずだ。色々な人が集まっていたから、『信心組織』のビジネスマンや観光客だっていた可能性もある。『正統王国』側だって、普段の戦争なんか忘れてローマへカーニバルに出かける途中で突然のアクシデントに足止めを喰らっていた人もいたかもしれない。

それを。

躊躇がないのか、もう。

「死体の中に敵の反応なし、やっぱり一六人はよそだ。無駄口叩く暇あったら鉛弾の準備しな。弔いを始めるぞ」

「『信心組織』め……」

班を二つに分け、ターミナル制圧と要塞砲爆破に役割を分担する。

クウェンサーとヘイヴィアは要塞砲だ。

とはいえ遮蔽物もないだだっ広い表を歩いて空港の四隅まで歩いていく必要はない。外に向いた要塞砲は火薬の塊でもあるので、角度の取れない死角から携行ミサイルを一発撃ち込めば兵員ごと大噴火を起こしてくれる。そして四隅で全周という事は、一門辺りのカバー範囲は九〇度。一つ吹っ飛ばせば東西南北の一つはまとめて『安全な順路』に化けてくれる。後は外周でもじもじしている『正統王国』本隊が強引に戦車で地雷原を踏み潰して大軍勢を空港内部まで導けば良い。『信心組織』側は敵が来ると分かっていても、首振り範囲の外は砲撃できない。固定の重砲は『島国』のお神輿みたいに人の手で移動もできない。

下手に建物の外に出ると逆にバレる。

学校の校舎より大きな建物を一六人で管理しているとしたらそこらじゅう死角だらけのはずだ。が、ヘイヴィアが肩に担いだミサイルを考えなしに撃ち込むと、連中だって警戒してしまう。そうなったらサプレッサーをつけたカービン銃を持って敵の背後からこっそり近づいている味方の別働隊から恨まれる事になるだろう。命懸けのだるまさんが転んだが台なしになる。

武器を持たないクウェンサーは周辺の監視を担当する。安全を確保している間に、ヘイヴィアは特殊な工具を使って待ち合いロビーの壁一面に広がっている分厚い防音ガラスを切って十分なサイズの穴を空け、ミサイルを通す射線を確保する。

まずはターミナル内の制圧、次に四隅の要塞砲の一つを確定で爆破。

それで残る三つの要塞砲の砲兵達に気づかれるので、どっちみち敷地内での派手な銃撃戦は避けられない。

ヘイヴィアは携行ミサイルの照準を覗き込みながら、口の中で何か呟いていた。闘争心なのか、恐怖や緊張からくるものなのかはクウェンサーから見ても判断がつかない。

「……早くしろ、早く。こっちはもう標的捉えてんだぜ、ド真ん中だ。赤外線とマイクロ波飛ばしゃ一発でロックオンが終わる。さっさとゴーサイン出せよ馬鹿野郎」

「何で味方の成功前提なの？　急に建物の中から銃声聞こえたらどうする？」

「これだけ撃って地下から帰る。成功でも失敗でも良いから早くしやがれくそがっ」

じりじりと心を炙る数十秒だった。

不意にその緊張が切れる。

「あ？」

きっかけはヘイヴィアだった。ミサイルの照準を覗き込んでいた不良貴族が何かに気づいて小さな声を出していたのだ。声には疑問のニュアンスが含まれていた。

クウェンサーは怪訝に思ってそっちを見て、距離が遠すぎると遅れて気づく。慌てて双眼鏡を取り出して二キロ先の要塞砲、その根元へ目をやった。

何かが動いている。人間大の影だ。

ただし人間にしてはいやに滑らかにスライドしている。歩幅の概念がない。東洋の格闘技で見られるすり足でもない限り、あれは車輪で動くコミュニケーション用のロボットだ。空港やホテルなど、複数の言語が飛び交う大型施設ならああいう案内役がいても珍しくない。

動体と熱源。

電熱線でも巻きつけるか、あるいは表面をドライヤーか何かで炙っておけば、確かに人肌の温度にも調整可能か。

『こちらシャルロット、「信心組織」軍のコマンドはいない。動いている熱源はみんな案内ロボットだ！』

『こちらエリーゼ状況同じく。そういえばあ、大量の地雷も手作業ではなく要塞砲からの大雑把な空中散布なんでしたっけ？　砲台自体がリモートで動かせるなら人手を割く必要はないですよねえ』

「くそっ‼　じゃあこれだけやった『信心組織』の連中はどこ行った⁉」

6

「……こちらグノーシスウィッチ部隊。現場照準補整完了。予定通り、ヤツらは十分に引きつけた。これは本番前の最終調整でもある。数値は全て記録し本番に役立てるように」

そして空港の外、十分に距離を取った場所で伏せながら誰かが双眼鏡を構えていた。いいや、ただの双眼鏡にしてはやけに大きい。各種電子装備や大型バッテリーでゴテゴテに膨らんでいるため、もはやビジネスバッグに収まるサイズではなくなっている。

身を伏せて、構えたまま言った。

「やれ、『ヤルダバオト』」

7

「っ？」

パリから五〇〇キロは離れたモンブラン国境線の話だった。

『ベイビーマグナム』を駆るお姫様は特殊なゴーグル越しに思わず眉をひそめていた。『ブラストサムライ』が一度深く切り込んできたと思ったら、一転して方向転換し、一直線に走り出したのだ。『ベイビーマグナム』に向けて、ではない。あらぬ方向に向かった『ブラストサムライ』をもちろん照準するが、再びブースター代わりの下位安定式プラズマの刃を噴射して切り返されたら懐に潜られる。慎重に警戒するあまり安易に主砲を撃ち込む事もできないお姫様。

そこで気づいた。

『ブラストサムライ』が超接近戦にこだわるのは、言い換えれば高威力のプラズマを磁気で束ねて安定させ、長距離の標的を確実に撃ち抜く技術に乏しいからだ。あまりに威力が高過ぎるためじゃじゃ馬化しているのだろう。

だがそれも、主砲の砲身以外の方法で磁力線を束ねる方法があったら？

通信越しに、設計士クレア＝ホイストが半ば唖然としたように呟いた。

『ピンチ効果だ。プラズマは電気が強くなると周囲に現れる磁場に締めつけられて中心へ圧縮されていく。これまでの剣とは違った特徴を持つようになるぞ！』

「っ？」

『電磁誘導だよ!!　コイルの中で磁力を持つ物質を移動させると電気が生じるのは小学生でも分かる発電機の理屈だ。砂鉄なんて人工的に気流を操ればコイル状に巻ける。その内部を五〇メートルの鉄塊が超高速で突き進めば瞬間的に大量の電気が生じる。動力炉のエネルギーに上乗せさせれば、ピンチ効果を利用したプラズマ制御にも手が届く‼』

「それじゃあまさかっ‼」

『副砲か、いいや主砲の下位安定式プラズマ砲に異変は？　外装保護カバーにわざと隙間を作れば大量の磁場が外に漏れる。つまりヤツは巨大な磁性体になる‼』

慌ててお姫様は七つの主砲を一気に解き放つが、捉えきれない。

ゴッッ‼‼‼　と。

十分に加速された『ブラストサムライ』から、投げ槍でも解き放つように純白の閃光が解き放たれた。はるか上空。いいや、五〇〇キロ先の標的目がけて。

8

一点から、世界が真っ白に破けたかと思った。

「ぎゃああッッ‼⁉⁇」

自分で放ったはずの絶叫をクウェンサーは耳にしていなかった。

平べったい敷地中央、滑走路の上に天空から何かが落ちた。それは形を失って全方位へ飛び散ると、同じ空間にあった黒土もアスファルトも全てをめくり上げ、焼き尽くし、液状に溶かしながらどこまでも広がっていく。隣にいたヘイヴィアから柱の裏へ突き飛ばされたのは何となく覚えている。だがその後何がどうなってこの景色に辿(たど)り着いたのか、記憶があやふやで繋(つな)がらない。

危うく天井とキスするところだった。

クウェンサーの体が跳ね上がったのではない。ロビーを支えていた柱が一斉に折れ、仰向けに倒れた少年のすぐ近くまで天井が落ちてきたのだ。

空気が苦い。『ウォータースライダー』や『エクストラアーク』を思い出す。

それでも肺や目玉が焼けなかっただけ幸運だったかもしれない。

「……うっ、ぶ……」

あまりに狭すぎて、寝返りを打つように体勢を変える事すらできない。クウェンサーは仰向けのまま、仲間の手を借りてずるずると引きずり出されていく。ぼんやりとした視界では相手の顔は見えない。閉所に対する恐怖に潰されないように心のケアを強く意識する。

(だれだ、何だ……こいつ……)

「おいクウェンサー‼　生きてるかクソがっ⁉」

「ヘイヴィア……？」

力なく呟(つぶや)き、クウェンサーは身を起こしながら、

「何だ、お前が助けてくれたのか？」

「あん？　何言ってやがる？？？」

へイヴィアではなかったらしい。だが辺りを見回しても他に無事な兵士はいないようだ。

手にした無線機はノイズまみれだった。

『こちらシャルロット!! ザザザ! 今のは砲撃だ、被害状況から見て高確率でオブジェクトからの下位安定式プラズマ砲! ただし敵機の位置は不明だ!! ジジガリ!?』

『ナルミさんは炭化いたしました……。ざざざざざざ、負傷者多数につき退避を優先しますう。クレーターはかなり浅い、じじ、地下に潜れば安全に逃げられるはずなんですう!』

空港敷地(くうこうしきち)を仕切るフェンスまでまとめて薙(な)ぎ払(はら)われ、炎の海はその外にも容赦なく破壊を広げていた。周辺の地雷原まで燃えているはずだ。だとすると被害範囲は直径で二〇キロ以上ありそうだ。

初めからこれが狙いだった。

『正統王国』の注意をできるだけ引きつけて道連れを増やし、かつ自分の死を演出してアウェイの敵勢力領内で自由と安全を手に入れる。

となるとこれは手段であって目的じゃない。『信心組織』のコマンドが自由を手に入れたのは、次の行動のための下準備なのだ。

ヤツらはどこに向かった?

そんなもの根拠を並べるまでもなく決まっている。

「フローレイティアさん……」

瓦礫(がれき)の塊に寄りかかり、クウェンサーは改めて無線機を掴(つか)み直(なお)した。

「まだ生きていたら返事しろっ、このポンコツ指揮官！　アンタの命令を聞くといっつもこうだ!!　『信心組織』のコマンドは負傷者多数の騒ぎに乗じてパリ内部へ直接潜り込む気だ。特に『正統王国』のエタノール臭い軍医や医療機器の運搬経路に注意！　後は民間のマスコミとか通信会社とかとにかく全部!!　一体どうやったか知らないけど、超遠距離からの下位安定式プラズマ砲をパリ中心地まで導かれたら一発だ、俺達の『本国』が丸ごと吹っ飛ぶ!!!!!!」

9

「おとーさーん、おかーさーん」

街中でぶんぶん大きな手を振っているのは長い金髪を一本の三つ編みにした一二歳の女の子だった。格好については、ぶかぶかトレーナーの下にミニスカートを穿(は)いているので、パッと見だと下は何も穿(は)いていないように見えてしまうのがアレなのだが。

キャスリン＝バーボタージュ。

元々は全身を徹底的に改造された『正統王国』軍操縦士エリートだったが、今はもう軍役から退いている。身寄りのない彼女はブルーエンジェル姓を捨ててバーボタージュ家の養女として『本国』パリで第二の人生を謳歌(おうか)していた。

一体どうやったらこの父親とこの母親からあれほどの爆弾魔が生まれるのだろう？　中年男はのんびりした調子で声を掛けてくれる。

「キャスリンちゃん、そんなにはしゃいだら危ないよ。周りに気をつけて」

「えー？　おとーさんがおそいんだよ」

たまの休日だった。

たとえ土曜日の夜にハメを外し過ぎて翌日の朝にようやくベッドへ潜る事になっても、日曜日の午後は必ず近所の小さな教会まで礼拝に出かけるのがバーボタージュ家のならわしだった。鉛弾が飛び交う戦場でも神に祈るより先に自前の戦闘技術を信じるキャスリンにとっては、気持ちの良いお散歩タイムでしかないが。

（じゃあ、おにーちゃんもお休みの日はきょうかいなんかに出かけていた？　うーむ、全くそうぞうできない……）

『信心組織』ほど大々的ではないが、やはりカーニバルの時期。いつもの日曜日より多くの人が表に出ている気がする。そこらのスーパーなんて休みの日はシャッターを下ろして一日中居留守を決め込むはずなのに、この日ばかりは夜までお店を開けてお菓子や軽食を売り捌くつもりのようだった。

キャスリンは『島国』フェアらしい広告の飾りを見ながら、

（チョコレートかあ……。おにーちゃん、バレンタインにはこっちにかえってくるかなあ）

ビルの壁にあるでっかい液晶モニタでは売れないアイドルがなんか叫んでいた。多分夕方のワイドショー枠だろう。スタジオにレギュラーの椅子を置いてもらえない現場レポーターは興奮気味に語る。

『歌って殺せる戦場アイドルレポーターのモニカです！　今日はシャンゼリゼで食べ放題のお散歩レポート、くうう、これぞ年に一度あるかないかのご褒美ビジネスっ。そうですバレンタインは女の子が甘い物に包まれる時代ですよねっ。右を見ても左を見てもみーんな超一流五つ星のパティシエ達が私の到着を待っているうー!!』

不自然なくらい午後のパリは平和で、みんな笑顔で、情報番組だっていうのにすぐ外でやっている戦争の話なんか欠片もしない。

……それがかえって末期的な患者に対する話題の配慮のように見えて、キャスリンは独自の嗅覚でもって死の匂いを感じ取っていた。

テレビと新聞が情報源の全てというバーボタージュ家のお母さんは膝を折って少女に笑いかけてくれた。実は女の子が欲しかった人は溺愛ぶりがすごい。

「あらあらキャスリンちゃん、今日はお店が開いているみたいよ。礼拝が終わったら晩ご飯何食べましょうか？」

「おかーさんが作る生姜焼きが良い。パンよりもピラフといっしょにたべたい」

その時だった。

のんびりした人の流れを断ち切るように、道端にある黒塗り防弾車から降りたある一団が通りを横切っていくのをキャスリンは視界の端で捉えた。時代錯誤な絵本のドレスと、周囲に侍っているのはいやに殺気立った物騒なメイド達だ。片目に眼帯をつけたメイドが声を低くして何か指示している。

「お早く!! 間もなく九番シェルターも閉鎖されます、あなたが入らねば扉を封じる意味もありません!!」

「カレン!! わたくしも戦いますわ。国と民の危機に『貴族』が立たねーで、一体何のためのバンダービルト家ですか!?」

「……きな臭い空気にあてられないように。御身の役割は銃を持って一面的な正義を振りかざす事ではなく、四大勢力の垣根を越えて平和主義者を束ねる慈善と外交の力にこそあります。そもそも、御身にもしもの事があればその時こそ民は沸騰いたしますよ。それは我々ウィンチエル家に仕える使用人一同としても望むところではありません。彼らを永遠に終わらない血と鉛弾の地獄へ送り込みたくなければご自重ください、っ、九番はそこです!!」

全部で三〇秒もなかっただろう。

大きな通りを横断してそのまま狭い路地へ消えていった一団を気にする人は他にいなかったようだ。骨董品みたいなドレスやメイド服も、こんな時代になっても騎士道精神全開な『正統王国』の『本国』パリならさほど珍しいものでもない。

「……」

「キャスリンちゃん?」

「おかーさん、ちょっと先に行ってて。私ハトにエサやってくる」

だめよー公園の動物にご飯をあげちゃー、という困ったような義母の言葉に耳を傾けている暇もなかった。

いる。

迷彩の軍服を着ている訳でも肩にアサルトライフルや携行ミサイルを掛けている訳でもない。だけど確かに目つきの鋭い人間が風景に紛れている。

女だ。

二〇代後半から三〇代前半程度の大人の女。

しかし注意深く観察すれば、右目にだけ精巧な義眼が埋め込まれているのが分かるはずだ。一般モデルではない。軍の工作員用。風景に溶けるため、左目の動きとリンクしてきちんと可動し、仮初めの瞳孔を拡大縮小する機能までついている。おそらくは磁力式か。

（……ほほばと目のくばり方を見るに『信心組織』系、でも、ふつうのぐんじんじゃない。『ちょうほう』か『コマンド』か……ううん、こたえは出てる。むせんをつかわず『でんぱ』を完全にたっているじてんで、これってカウントダウンなんだ。インフラのばくはか、ひとごみにガスのケースでも投げ込む？　こいつはまちがいなくパリで何かしかけるためにいきをこ

ろしている。さいしゅうこうげきじゅんびだとしたら、多分もう決行まで30分もない）

そこらの通行人の懐から銃を盗むのは躊躇った。

なのでキャスリン＝バーボタージュはポケットから取り出したハンカチでその辺に落ちていた太めのプラスドライバーのグリップをお上品に包むとそのまますれ違いざまに風景に溶けていたプロの脇腹を二回刺した。

顔をしかめたのは先に仕掛けたはずのキャスリン側だった。

手応えがない。

「っ⁉」

パパン‼　と手と足が二、三回交差し、二人は距離を取る。背負って投げるつもりでそのまま千切り取ってしまったブラウスの襟の奥に、合成繊維の光沢が見て取れる。体にぴっちりと張りつくその質感には覚えがあった。

緑色、『信心組織』の象徴的なカラーリング。

それは操縦士エリートの特殊スーツだ。キャスリンはドライバーを逆手に持ち替えながら、

「私と同系……⁉」

ざり、という足音が複数聞こえた。気がつけばキャスリンは複数人に囲まれていた。分かるだけで四人、総数はおそらくそれ以上。エリートと同一規格の各種人工強化措置を受けているとしたら、その全員が体の隅々までバッキバキにカスタムされているはずだ。筋力や酸素運搬

量の強化なんて程度はまだまだ序の口、単なる血管、筋肉、神経の強化のみならず『信心組織』系なら絶対音感、空間把握、気圧探知などの特殊な体質や才能を開花させている可能性まであった。それも天候察知や死の予感など、ほとんどオカルトじみた域まで。

視界の端に映るのはのんびりした日曜日の街並み。風船を摑(つか)んで走り回る小さな子供や飼い犬に引っ張られる老人、そしてちょっと離れた場所では何も知らないバーボタージュ夫妻がキョトンとしたままこっちを見ている。

誰も彼もが流れ弾の当たる距離にいた。故にキャスリンは絶対に退(ひ)けない。プラスドライバーを手にしたまま間合いをはかり直す。

『貴様も人間を辞めたゲテモノか』

目の前の女は何も言わない。

ただ声なき唇が、その動きだけでこう死刑宣告してきた。

『……攻撃前に気づいたのなら、せめて脇目も振らずに逃げれば命くらいは拾えたものを』

この人口密集地域では、ある意味ただの戦車や攻撃ヘリよりヤバい。

それは他ならぬ『同系』のキャスリン＝バーボタージュ自身が良く分かっている。

そしてこいつらはキャスリンとは違う。『安全国』にある銃に躊躇(ためら)いを感じるなんて自分ルールで行動を縛ったりはしない。

10

見つからない。

八輪の装甲車で車列を組んでシャルル＝ド＝ゴール国際空港からパリまでの最短ルートをなぞってみたが、それでもクウェンサーやヘイヴィアは怪しい人影を見つける事はできなかった。そのままパリの出入口まで辿り着いてしまう。

「どうすんだッくそ‼」

民衆には怪しまれないようしれっと検問を張っていた同じ『正統王国』軍の兵士達はジャガイモ達の顔を見て面食らっている。彼らが無事に見つけて侵入を阻んだ感じもしない。

状況的には『信心組織』の方が上だ。

「これ借りるぞ」

「あっ少佐お待ちください⁉　ほらそこのっ、早く護衛を組めバカッ！」

派手な対物ライフルを摑んで装甲車から降りたフローレイティアに、秘書っぽい副官が慌てて周りから歩兵達を呼び寄せていた。

しかし指揮官クラスが人捜しの頭数に加わっていくのも無理はない。

現場に潜った『信心組織』軍コマンドが担っているのはおそらく何かしらの『照準』。攻撃決行前に追い着いて止められなければ、一撃で直径二〇キロを焦土化させる超遠距離プラズマ攻撃がパリのど真ん中へ降り注ぐ。

衛星を軒並みやられて携帯端末の調子がおかしいのか、紙の地図を広げながらふわふわ金髪にメガネのエリーゼ＝モンタナがこんな風に言ってきた。

「『信心組織』軍のコマンドがパリ入りしているのは確定ですう。ひとまず中に入って警戒を強化しましょう。それから一般への警報、サイレンを要請します」

「ヤツらに気づかれる!!」

「今すぐ攻撃できるならとっくにやっています、つまり向こうにも待機する理由がある。今は風景の中から溶けた影を炙り出すのが最優先ですう。そして世界の隅っこにある片田舎に作ったカキワリの撮影村やＶＲゴーグルで散々訓練してきた潜入要員だってえ、マニュアルにないイレギュラーな事故に巻き込まれるとあっさりボロを出すものですよ。早く」

最後の一言はクウェンサー達ではなく、太い幹線道路を塞ぐ検問の歩哨に向けてだった。おっかなびっくり通信装置に飛びつくと、あちこちの災害スピーカーから太く低い大音響が重なり合って広がっていく。

対物ライフルを肩で担いで空いた手を軽く振るフローレイティアを（交通関係の法律に合わせて無理矢理取りつけた）サイドミラーで確認しつつ、ハンドルを握って八輪の装甲車をパリ市街へ進ませながらへイヴィアが落ち着きなく歯噛みしていた。

「……危機感の足りねえ『本国』に鳴り響く空襲警報、四大勢力のクソ野郎が勢揃いでオブジェクトもわんさか集まってくる。丸っきり同じだぜ、こんなのローマの二の舞コースまっしぐらじゃねえか」

「復讐狙いの『信心組織』からすれば、そいつが目的なのだろうしな」

メガネの『黒軍服』お姉さんシャルロット＝ズームが、どっちの味方なんだか分からないコメントを冷静に放っている。

それにしても、だ。

クウェンサーは眉をひそめて、

「……でも『信心組織』の連中、この局面で何で足踏みする？　俺達より早くパリに入ったのは事実だろ、ヤツらには行動を起こす自由があったはずだ」

「『円卓』だ」

ヘイヴィアがうんざりしたように呟いた。

「勇ましい名前がついちゃいるが、その正体はパリ全域に分散化された一〇の地下シェルターだよ。ありふれた街中に巧妙に隠された隔壁からエレベーターに乗り込めば、五〇〇〇メートルの竪穴を垂直一直線でフリーフォールしてくれるって話だぜ。到着まで一八〇秒だったかな」

「聞いた事ないぞ……」

「当たり前だ、地方の小さな王様くらいじゃ普通に内緒の話だっつの。俺はこれでも名門ウィンチェル家の嫡男サマなんだぜ？　パリの汚ねえトコも山ほど知ってる。例えば血と歴史が全ての『正統王国』のてっぺんは何百万人もいる『平民』を本気で守る気はなくて、たった何十人かの尊い血筋とやらさえカバーできりゃ問題ねえとかな。クソうぜえ」

壊滅的な被害には壊滅的な被害で返す。

もう犯人なんか誰でも良い、自分だけ底辺送りなんか嫌だ。

ローマが二度と再建できなくなったのと同じように、彼ら『信心組織』はパリも復活不能なほどの大ダメージを与えたい。いいや、できる事ならば海を渡って『情報同盟』のニューヨークや『資本企業』のロサンゼルスだってそうしたいはずだ。だから、上っ面の街並みだけ吹っ飛ばしてもダメだと考えた。

クウェンサーは絶句しそうになりながらも、

「じゃあなに、連中パリまで入って測量でも始めるっていうの？」

「どこを爆破すりゃ一〇の標的へ一番デカいダメージを与え、崩れた岩盤でチキンなお歴々を押し潰せるか。そういうのテメェ好きだろ？」

「なら多分弾性波探査かな……。土木工事の金属杭で地べたに細長い竪穴空けて、爆薬突っ込んで地下で馬鹿デカい震動を生み出すヤツ。反射波を捉えれば地下材の質や量、偏りなんかが丸ごと暴かれてしまう。……そしてそういったデリケートな探査をするなら、いつ何が誘爆するか読めない瓦礫の山より整った街並みの方がやりやすい、か」

シャルロット＝ズームが呻く。

アスファルトや石畳の地面は硬そうに見えるが、専用の電動機材でも使えばほとんどオートメーションで数分もしない内に何メートルもの竪穴を作ってしまえる。自分で発した震動が地下深くからどう跳ね返ってくるかを正確にキャッチする方式なので、都市部だと下水道やボイラーなど事前に邪魔な振動を放つ発生源を特定して誤差を潰さないと正確な値は取れないものの、その確認作業だってそう長い時間はかからない。

それにそもそも、手順が正しいかどうかはクウェンサー達にはあまり関係ないのだ。

たとえ『信心組織』のコマンドが見当違いでチグハグな事をやっていても、どっちみち指示があれば遠方から超高温のプラズマ砲撃が飛んでくる。地下深くで震えている裸の王様はともかくとして、表面に張りついて生きている三〇〇万人以上の住民は全員まとめて火ダルマだ。

「『信心組織』め、ふざけてる……。ローマが沈んでそんなに胸痛めてんならそれを俺らに押しつけんなよな……」

「自分がやられりゃ同じ気持ちになるんじゃない？　共通の経験をしたって仲良くなれるとはとても思えないけど」

そこでクウェンサー達は思わず頭を低くしていた。

ゴッ!!　と。クウェンサー達の装甲車の真上を特徴的なシルエットの戦闘機が勢い良く突き抜けていったのだ。それも複数。

最低限、『本国』上空の制空権すらお留守になっている。

『黒軍服』のお姉さんが目を剝いて、

「Zig-27⁉　『資本企業』機だぞ今の‼」

「うるせえいちいち解説してる暇あったら早く降りろ！　骨の髄までこんがりキツネ色になりてえのか。爆弾が来る、着弾まで三‼」

足元を流れていくアスファルトを見てビビって飛び降りるのを躊躇したクウェンサーは、悪友から雑に首根っこを摑まれた。

ヘイヴィア達は完全に停まってもいない装甲車からドアやハッチを開けて強引に転がり出た。いちいち屋内に退避していられない、とにかく道路に伏せて両手で頭を庇う。

真上からほとんど垂直に航空爆弾が突き刺さった。

灼熱の鉄片が横殴りの雨となってそこらじゅうの建物の窓を片っ端から叩き割っていく。本気の戦車よりは薄いと言ってもそれなり以上には頑丈な八輪があっさりと全方位へ飛び散っていく。

「があっ‼」

「づっ……ここは俺らの『本国』だぞ。うちのオブジェクトは何やってやがるんだ……？」

言うまでもないが、対空レーザーがあれば戦闘機など上を飛んでいられるはずもない。にも拘らず現実に『資本企業』軍の*Zig-27*は四機編隊で大空を鋭く旋回している。

と、地べたに身を伏せ、両手で頭を隠してお尻を高く突き出したままエリーゼが何か小さく振っていた。

無線機だった。

「お、おうとうがありません」

「……、」

「通信は途絶。これ、ジャミングとかじゃありませんよ？　いっいつの間にか『本国』防衛のオブジェクトが狩られています!!　何か起きてるッ!!」

11

グレートブリテン島とユーラシア大陸西方の狭間にあるドーバー海峡の幅はおよそ三九キロ。これでも『海』というくくりなら狭いくらいの距離感で、実際、自力の遠泳や風船で空を飛ぶなど各種記録を取るためのイベントごとに利用されるほど身近な長さでもあった。

なのでこの場合、むしろ『機体』を擦らなかった事の方が褒められたかもしれない。

ごっ、と。

鈍い音が海に響く。何かが歴史を塗り替えていく。

それは全長二〇キロを超える破格のオブジェクトだった。『情報同盟』のそれも『本国』、チエサピーク方面ニューヨークの中核を担う人口密集地域そのものでもあった。

その名を『マンハッタン000』。

これほどの巨体の接近を今まで誰も気づけなかったのにはいくつかの理由が複合的に重なり合う。例えば事前の攻撃で『正統王国』側の衛星が軒並み破壊されていた事。そして地上レーダーの範囲よりも、『マンハッタン000』の巨砲の射程の方が長かった、という悪夢のような項目も忘れてはならない。

あるいはJPlevelMHD動力炉を直接投げ込む電磁投擲動力炉砲で。

あるいは前述の動力炉をいくつも空中爆発させた上でレーザービーム砲でも放ってやれば、蜃気楼の理屈で『曲がるレーザー』が正確に敵機を貫いていく。

自分に気づく可能性を持つ存在は、自分が気づかれる前に全て潰す。

地上施設はもちろん、早期警戒管制機から潜水艦まで、移動拠点であってもこちらを覗き見る力を持った存在は一切許さない。

目を全て潰せば、これほどの巨体であっても誰にも見られる事なく『透明』に溶ける。狙いはあくまでレーダー施設と有線・無線を問わずの通信インフラ基地だが、電話会社のサーバーセンターなどは『安全国』の中だ。レーザービームにせよコイルガンにせよ、オブジェクトの火力でそこを砲撃すれば何が起きるかは明白である。

気に留めなかった。今はもう『大戦』の真っ最中である。

『正統王国』と『信心組織』。

パリとローマで敵軍同士が殴り合って勝手に数を減らしてくれるなら構わない。ただしカビ臭い旧大陸にあるヨーロッパの火種を平和で安全な新大陸まで持ち込ませるな。それが残る二勢力共通の見解だった。

言うまでもないが『資本企業』はロサンゼルス、『情報同盟』はニューヨークに『本国』を置いた、海を挟んで新大陸側に強い世界的勢力だ。

四大勢力が手の届く範囲にいる相手へ手当たり次第に殴りかかるのとは違う。『大戦』は、早くも一定の規則性、線引きができつつあった。当然、『本国』以外の地域なんて世界中どこだって『安全国』も『戦争国』もなく泥沼の殴り合いの真っ最中だろうが。

『ふん、ふん、ふふん☆』

全ての住人が四角く固まったゼリーのようなものに閉じ込められた異様な街並みで、場違いに明るい少女の鼻歌が響いていた。

『せっかくの電磁投擲動力炉砲も空中で撃ち落とされると不発に終わっちゃうんだけどー、205、よしよしパリの周りに待機しているオブジェクトについては「曲がるレーザー」で撃ち抜いていけば問題ないの☆』

マティーニシリーズ序列二九位。

マンハッタンの往来でも赤い油紙でできたツーピースの施術衣だけだが、年端もいかない金髪褐色の少女は気にする素振りもない。

むしろ特殊な状況に背筋をゾクゾク震わせる程度の余裕すら見て取れた。

特殊溶液で満たされた巨大な浮き輪にお尻をはめ、カーリングのように滑らかに進む、VRゴーグルを前後逆さに頭へ引っ掛けた小さな怪物。ノートサイズのゲーム機を両手で摑んだ『マンハッタン警備担当』の天才少女、メリー＝マティーニ＝エクストラドライはくすくす笑ってこう呟いていた。

『マンハッタン000』はニューヨーク警備担当たる彼女のモノ。

どこに中心があるかも分からない巨大AIネットワーク・キャピュレットに貸し与え、互いの意見を潰し合いながら操縦する事はあっても、あくまでも主人はメリーだ。

『リスボン、マドリード、ロンドンはいずれも断線、沈黙。なーのっ、これでパリに集中できるの。824、さあさあ「正統王国」にチェックメイトを決めちゃうよー？』

12

「『情報同盟』め、とことんまでイカれてやがる……」

パリ上空。Zig-27の操縦桿を握り込みながら、マリーディ＝ホワイトウィッチは吐き捨てていた。実際問題、対空レーザーを扱う防衛オブジェクトを片付けてくれなければこんな遊覧飛行は実現しなかっただろう。だが感謝の念など湧き上がるはずもない。

全長二〇キロ以上、規格外のマンハッタン。連中は温存なしだ、容赦なく秘密兵器を最前線まで持ってきて本気で海から地上軍事施設を立て続けに砲撃している。中には基地と民間施設が混在している街だってあるだろうに。

『アイスソード2よりアイスガール1へ、一秒でも早くパリに一定以上のダメージを与えれば世界レベルの混乱を収められると言ったのはアンタだろう。なら非情になれ』

「分かってる！」

そもそも『大戦』の発端はパリとローマの問題だ。

『正統王国』が『信心組織』側の許可なくローマ内で何かしらの作戦展開を強行した挙げ句、事態の収拾に失敗したから『本国』がこうなった……と判断されたのか。

もはやそれすら建前でしかなく、『信心組織』は自分だけがビリに陥るのが怖いから徹底的に周りの足を引っ張りたいのか。

真実なんて置いてきぼりだし、誰も気にしていない。

何度でも言う。

ローマだけが一方的にやられてボロボロなので、手の届く場所にあるピカピカで無事なパリがどうしても許せない。だから『信心組織』は躍起になってその足を引っ張ろうとしている。

逆に言えば、両者のダメージを均してしまえば良いのだ。つまり『信心組織』軍の攻撃決行を待つまでもない。マリーディ達が先にパリをフルボッコしてやれば『大戦』の大義名分はなくなる。そして『信心組織』が気にしているのは、あくまで『パリという「本国」全体に与えるダメージ』の総数だ。壊す対象はヒトでもモノでも構わない。

（……だから攻撃するのは軍関係か、あるいは無人制御かつ重要な価値を持つインフラ施設だけを集中的に狙えば民間の人的被害を抑えたままパリへダメージを与えられる。そういう仕事は大雑把なオブジェクト向けじゃない、目標を個別に選択して精密爆撃できる私達の出番。それは間違っていない、間違っていないはずなんだが！）

『アイスバーン4より各機、すげえっ。「モスグリーン」社の空挺が飛び降りるみたいっすよ！』

マリーディ達が活躍するまでもなく、例のマンハッタンが海からの超遠距離砲撃で防衛オブジェクトを軒並み倒してしまったので自動的に制空権もこちらのものになった。『資本企業』軍の鈍重な大型輸送機がパリ全域を大きく横切り、後部のカーゴドアが開いていく。中にはパラシュートを装備した三八〇人の精鋭が詰め込まれているはずだ。

まずは地上制圧の第一陣。

そう思った矢先、ガカァッツッ!!!!!! と溶接みたいな白い閃光が空中にある輸送機を焼き切った。対空レーザーだ。マリーディは慌てて操縦桿を握り直して、

「アイスガール1よりくそったれの『情報同盟』へ‼　死んだふりでやり過ごしてるオブジェクトがまだ残ってるぞ、『正統王国』の『エスカリヴォール』の残存を目視で確認。雑な仕事してないでさっさと全機片付けろ‼‼‼」

『アイスソード2よりアイスガール1、盛り上げるじゃないか聖剣野郎……。俺達も高度を下げるぞ、総員、ランジェリー引っ掛けた物干しロープなんかに絡まって落ちるなよ‼』

13

空中で爆発した輸送機が黒い煙の尾を引いた火の玉になった。

その周りでバラバラと落ちていくのは、背負ったパラシュートごと燃えている人間松明か。

ヘイヴィアは両手を振り上げて無意味に吼えていた。

「ざまあみろクソ野郎が！　落下時間は軽く見積もって三〇秒以上か？　死ぬに死ねない時間に包まれて最後の瞬間まで生まれてきた事を後悔しやがれ！　テメェらは死に化粧なんかできねえぞ金の亡者ども‼」

「何呑気な事言ってんの。落ちてくる『資本企業』の連中、軍服やパラシュートの火が消えてないぞ。まっ街が燃える‼」

クウェンサー達のすぐ近く、道路の上にも風に流された元人間だった黒い塊が落ちてきた。

べちゃっという水っぽい音と共に汚れが広がるが、炎はそれでも消えない。おそらく燃料系の何かだ。そして改めてクウェンサーが視線を遠くに投げると、夕空のあちこちに黒い煙が立ち上っているのが分かる。

もうクウェンサーは頭を抱えていた。

「こんなのどこから片付けるんだ、おい……。『信心組織』のコマンドに『本国』防衛のオブジェクトを黙らせた何か、『資本企業』の戦闘機や空挺満載の輸送機。トラブルってあといくつ残っていたっけ⁉」

「貴君、当初の予定が変わるはずないだろ。最優先は『信心組織』、コマンドの照準補整を邪魔しないとパリ全域は丸ごとプラズマ砲撃で焼き尽くされるぞ。被害規模は一発で直径二〇キロ！」

消防車のサイレンがあちこちから鳴り響く中、『黒軍服』のシャルロット＝ズームに背中を押される格好でクウェンサー達は再び行動開始。確か、エリーゼ＝モンタナの話では風景の中に溶けているプロの工作員でも街頭の災害スピーカーから警報を叩き込むとパニックを起こした街並みについていけずに浮き彫りになるという話だったが……。

ひっ、という息を呑むような短い悲鳴があった。

テレビクルーが何人かきらびやかなパリの大通りに倒れていた。血の匂いがする。そんな中、へたり込んでいるのは若い女性レポーターらしい。

対してカービン銃を握り込んで向かい合っているのは、パラシュートや軍服が溶けて肌と一体化した誰か。

ヘイヴィアはアサルトライフルを構えて叫ぶ。

「野郎⁉」

「モニカ‼」

クウェンサーが逆サイドからとっさに叫んだのは、全身火傷(ぜんしんやけど)の兵士の注意をこちらに引きつけるためだ。そうすればモニカを人質に取られる可能性を潰せる。

決して素早い動きではなかった。壁や天井を蹴ったり、なんて奇抜な事もしなかった。見た目は斜め前にふらっと歩いただけ。

なのに現実としてヘイヴィアが短く連射したアサルトライフルの弾丸を正確に回避している。

「何だあの動きッ⁉」

「北欧禁猟区仕込(じこ)みですね。やはり練度が違いますか‼」

人は物体の動きには連続性があると思い込んで知らず知らずの間に照準を未来の位置へ修正しようとするので、頭の中で思い描く予測のレールから『一歩横にズレた』動きをされるだけで自分から照準を外してしまうのだ。

エリーゼが叫んだ瞬間、ぐんっ！　と兵士が一転して距離を詰めてくる。やはり、人間には不可能ではないくらいの速度。にも拘(かかわ)らず『怪我(けが)を負った対象はゆっくりと移動する』という意識を外から刷り込まれたヘイヴィアの頭はギアの変化についていけない。

そこはすでにナイフの間合いだ。

銀の光の閃きに、エリーゼのライフルが割り込んだ。ストック側で強引に刃を止めるとブーツのカカトで相手の足を踏みつけ、くるりと銃器を回して銃口を敵の体に押しつける。

スパン!! と。

鋭い銃声と共に、エリーゼの銃弾が焦げた兵士の胸を貫いた。

あのヘイヴィアが珍しく相手の腕前を褒めている。

「すげえっ。腐っても第七特別教導隊の鬼教官か」

「……全身火傷状態だからですよ。万全の状態ならこっちがやられていたはずですう……」

エリーゼ＝モンタナは油断せず周囲に警戒を促した。

「それよりっ、ほら来ますよ!! 早く身を隠して!!」

クウェンサーは無防備なモニカを抱えたまま近くの陸橋下へ飛び込む。ドドドドガドガドガッ!! と、直後に真上を『資本企業』の戦闘機Zig-27が通過し、一直線にアスファルトの地面を機関砲の弾痕で縫い止めていった。表に顔を出していれば全身が爆発してその辺の壁にこびりついていたはずだ。

一方、幼馴染みの男の子に抱き留められたモニカはどこか夢見る乙女モードになっていた。

「ぽやー……」

（……パラシュートの残骸。って事は『信心組織』のコマンドじゃなくて『資本企業』辺りの空挺か）

「ダメだ、このクソ野郎じゃ意味ない……!!」

「ああん？　小間使い!!　美しいこの私を助けて一体何が不満ですの!?」

パン!!　という乾いた破裂音が響いた。

近い。小さく体を縮めたモニカを比較的安全な陸橋下に置いてクウェンサーが外の様子を確認すると、半分公園になった川沿いの対岸で、誰かが揉み合いになっている。金髪一本三つ編みの小さな少女と、もう片方は何だ？　右目に精巧な義眼をはめた女？

女が手にしているのはかなり小さな拳銃だ。銃身とサプレッサーは一体化しているようだが、音漏れしたのは排莢口を掌で覆わなかったからだろう。とはいえ一般の軍人に支給されるものではないし、まして普通の人が購入できるものでもない。そうなると秘密の破壊工作に従事する『信心組織』軍のコマンドか。

クソ野郎は見つけ次第一律で殺せば良い、それよりクウェンサーは思わずこう叫んでいた。

「キャスリン!?　何やってんだあいつ！」

「くそっ金属の手すりだの街路樹だの色々あって撃てねぇ!!」

「なら撃てる距離まで近づけば良いんですよ。早く!!」

焦って風景から炙り出す作戦のせいであなったとしたら、むしろ裏目だ。エリーゼは後で尻を叩こう。『本国』で第二の人生を謳歌している一二歳の少女は休日の午後、クソ重たい防弾ジャケットを服の内側に仕込んで出かけるとは思えない。警報やパニックに陥った群衆に煽られてコマンドの連中が功を焦ったら、何が起きるか分かったものではない。

幸い、川を挟んでいるとは言っても水深は浅い。所々に散策用の飛び石のようなものが顔を出しているのも分かる。

が、焦ってクウェンサーが踏み出したところで恐るべき変化があった。

ゴッ‼ と。

川の向こうからこちらを狙い、三段跳びのような動きで花壇やベンチを蹴って、一気に跳んで襲いかかってくる影が二つもあった。パワードスーツのような追加装備も特にない。同じ炭素でできている人間かどうかも自信がなくなる。

自分自身、揉み合いになっているのも忘れてキャスリンが叫んでいた。

「ダメだよおにーちゃん‼ コマンドたちは私と同じでふつうじゃないっ、そこらのけいトラくらいなら1人でもち上げられるようゴリゴリにカスタムされてる‼」

(うるせえ次自分を指差して『普通じゃない』なんて言い出したらガチ説教してやる‼)

スパパン‼ という短い連射があった。

ヘイヴィアが左右の片方を撃ち落とすが、あれで本当に致命傷かどうか、いまいちはっきりしない。しかももう片方は野放しだ。

思いっきりクウェンサーと衝突した。

前に進んでいた軌道を強引にねじ曲げられ、クウェンサーと『信心組織』の刺客は二人まとめて真横の水面へ叩きつけられていく。

「がぼっ⁉」

まともに白兵戦なんかやっていたらただの『学生』に勝てる道理もない。クウェンサーは鼻から入った水の痛みに顔をしかめながらも、すぐさま手を動かした。ボールペン状の電気信管を取り出すと、それで杭のようにコマンド隊員の胸の真ん中に突き立てる。

当然のように学生は逆の手を止められた。

女のもう片方の手にはギラリと光るコンバットナイフが握り込まれている。

（くそがっ無線機に指を掛ければ信管が胸の真ん中を吹っ飛ばすだろうに、その一手間が間に合わない……‼）

ぼごんっ‼　と。

鈍い、水風船が破裂するような音が響き渡ったのはその時だった。

刺客の胸に握り拳ほどの大穴が空いていた。

『ヒット一、ダウン確定。さっさと起きろクウェンサー』

（……フローレイティアさんか今のっ⁉　確かに対物ライフルいじってたけど！）

射線さえ確保できれば水の中でも容赦なしか。センサー類から補助を受けているとはいえ大した腕だ。

目と鼻の先で赤が散らばっても、クウェンサーは正直ホッとしていた。

『信心組織』にも良い人間だっている?

クウェンサーは自分自身の言葉に苦いものを感じるが、今はとにかくキャスリンだ。こんな所で時間を潰している場合ではない。

「ぶはっ!」

水面から顔を出し、川の向かいを睨みつける。状況が変わっていた。義眼の女がキャスリン=バーボタージュの体勢を崩して地面に転がし、例の小型拳銃を突きつけている。

「ヘイヴィっ、フローレイティアさんでも良い!! とにかく狙撃で支援を……」

『難しい。水中ならともかくこの距離感で撃つと装備や骨の破片であの子も巻き込む』

ヘイヴィアもすぐさま撃てないような事を言っていたか。

ずぶ濡れのままクウェンサーは思わず叫んでいた。

「ちくしょ、キャスリン!?」

14

そして『情報同盟』軍の将校、レイス=マティーニ=ベルモットスプレーは細い脚を組み、手の中でペン型デバイスをくるくる回しながら短く言った。

「突撃しろ、早く」

「良いんですかあお客様？　えーん、せっかくノーマークでパリに潜っていたのにぃ」

「それ以上の価値があれば」

15

ドンッッッ!!!!!!　と。

鈍い音が炸裂したと思ったら、横から突っ込んできたゴミ収集車がキャスリンの正面にいた義眼の女を右手側に吹き飛ばしていった。

側面にペイントされている社名ロゴは『戦場お掃除サービス』。

クウェンサーは息を呑んで、

（っ？　何でパリにいる、書類の上じゃ『資本企業』軍のＰＭＣだったはずだろ⁉　どこを叩いてもそんな会社は存在しないっていう不可解な報告があったけど!!）

しかし今は気にしている場合ではない。

パンパン!!　というサプレッサーだけでは殺し切れない銃声が続く。キャスリンはとっさにゴミ収集車の裏へ飛び込んだようだが、義眼の女はこちらを銃で牽制している間に自由を取り戻し、路地へ逃げようとしている。しかも拳銃以外にも、何かリュックほどの大荷物を倒れたコマンドの仲間から拾い上げて、だ。

『学生』の少年はとっさに叫んだ。

「まだ何かある!!」

「だったらしゃべってる暇で働けよクウェンサー！　シャルロットとエリーゼの二人は裏から回り込め。あとキャスリンテメェはそこ動くんじゃねえ危なっかしい!!」

クウェンサーとヘイヴィアの二人は慌てて路地へ飛び込んだ。

炎と煙の匂いが漂っている。

パリの街並みもまた、徐々に崩れつつある。せめて完全に倒れてしまう前に騒ぎへ決着をつけなくてはならない。

バカン!!　というくぐもった爆発音が炸裂した。

銃声、じゃない。手榴弾よりは大きい程度の。

狭い路地だと逃げ場もない。ビビって身を小さくしたクウェンサーだったが、痛みはなかった。奥から聞こえた炸裂音は今までと種類が違った気がする。

何かに気づいたヘイヴィアが叫んだ。

「……弾性波探査じゃねえのか、今の。野郎、この状況で地面に杭を打って地下の測量をやりやがった!!　この辺りだと九番シェルター辺りは丸見えかっ!?」

コンピュータで地中から跳ね返る反射波の分析さえ終わってしまえば、地べたのどこを打撃すれば五〇〇〇メートル下のシェルターにひきこもった王族を押し潰せるか、それが全部丸裸にされてしまう。

準備が終われば、指差し確認一つで遠方からプラズマ砲撃が飛んでくる。

選ばれた特権階級だけじゃない。一発あたり直径二〇キロの被害範囲だ、ありふれた街並みで暮らす普通の人々だって一瞬で火球に呑まれて蒸発してしまう。

「やろ……」

パン!! という乾いた銃声が、一歩さらに奥へ踏み込んだヘイヴィアを逆に後ろへ吹っ飛ばした。

意外と近い。

防弾ジャケットで弾を止めても衝撃は通ってしまう。焦るあまり集中を欠いたヘイヴィアが仰向けに倒れたまま、しかし震える指先を使って身振りで何か示した。先に行けと、声も出せないままクウェンサーに訴えかけている。

『学生』は金属製のゴミ箱の裏に張りついたままプラスチック爆弾を卵状に練って信管を突き刺す。軽く前に放り投げて爆風と衝撃波で狭い空間を埋めてから、改めて大きく前へ飛び出した。

義眼の女はいない。

だが錆びついた狭い非常階段の赤錆がいくつかこぼれていた。単に爆弾の衝撃で錆が落ちたのではない。鉄格子状の扉の蝶番には動いた跡や、階段の踏み板には赤錆の粉を踏んだ足跡がある。永らく使われていなかった階段を誰かが無理矢理通ったのだ。自分がやられた時のために無線でシャルロット達と連絡を取りつつ、クウェンサーも階段を駆け上がっていく。

小さなビルの屋上だった。

義眼の女はこちらに背を向け、そこらの次世代ゲーム機より大きな双眼鏡をリュックから取り出しているところだった。あれ一個でリュックが全部埋まってしまうサイズだ。明らかに普通ではない。きっとあれでターゲットを睨みつけてオブジェクトに攻撃指示を出すのだろう。パリの一角を潰す……のではない。こいつはきっと自分自身を巻き込んででも指示出しするつもりだ。

双眼鏡の側面についているスイッチ一つでパリの全てが瓦礫になる。

だが息を呑んだのはまずかった。

義眼の女は振り返りざまに小型拳銃でこちらに一発撃ち込み、クウェンサーは横に倒れながら丸めたプラスチック爆弾をあらぬ方向に放り投げた。

より正確には業務用エアコンの室外機だ。

ボバッ!!と。起爆と同時に室外機の外装やホースが千切れ飛び、真っ白な煙みたいなマイナス数十度の化学冷媒が全方位に飛び出して、触れたものをコンクリートでも金属パイプでもビキバキと凍りつかせていく。アイスクリーム売場の白い霜のようなものは義眼の女自身の衣服や指先にまで絡みついた。

眉一つ変わらなかった。

ビタリとこちらに銃口を向けたまま義眼の女が言う。

「狙う先を間違えたんじゃないか？」

「そうかな」

弾は少年に当たらなかったようだが、姿勢を崩してしまえば次の一発で殺せる。そう考えたのか。構わずクウェンサーを撃とうとした女だったが、そこで何かに気づいたらしい。目の前の敵よりも、手元の双眼鏡へ視線を落としている。

明らかに精密なコンピュータや大型バッテリーを搭載した双眼鏡。そこにも冷気の白い霜がびっしりこびりついていたのだ。

言うまでもないが、精密機器は極端な温度変化に弱い。

「まさか……」

その顔が上がる前にクウェンサーから飛びかかった。

実際にオシャカになったかどうかなんて関係ない。正面にいながら、とにかく一瞬だけでも確定でヤツの視線から逃れる事には成功した。とっさの発砲はクウェンサーに当たらず、少年はそのまま肩から義眼の女へ全体重をかけて突っ込んでいく。

二人分の体重が消える。

一瞬遅れて硬いコンクリートの上に叩きつけられ、クウェンサーと義眼の女はゴロゴロと転がる。

巨大な双眼鏡が女の手を離れ、がつっ、ごつっ、と何度もバウンドしていく。

だが安心もしていられない。

やはり地力ではクウェンサーはコマンドの隊員には勝てない。挙げ句かわゆい義理の妹の言葉が正しければ、キャスリンやプタナ同様体を改造した特殊な兵士らしい。義眼の女はこちらに馬乗りになると、消音効果の甘い小型拳銃でこちらの顔を狙ってくる。

クウェンサーはその銃口へボールペン状の電気信管を直接奥までゴリッとねじ込んだ。義眼の女が狼狽えてももう遅い。信管だってある種デリケートな火薬の塊だ。今、引き金を引けば暴発で拳銃は吹っ飛ぶ。引かなくてもクウェンサーがそうする。

逆の手を使い、無線機のスイッチに指を掛けて吹っ飛ばした。

無数の鋭い鉄片は義眼の女とクウェンサーの二人へ平等に降り注いだ。

女が壊れた掌を逆の手で押さえて叫ぶ。

「があぁ!!」

顔が熱い。

一体どこにいくつ傷ができたか、クウェンサー自身想像もつかない。

どろりと半分潰れた赤黒い視界の中、クウェンサーは確かに見た。血まみれの掌を押さえてのろのろと少年の上から横へ転がった女が、おぼつかない足取りで、それでも離れた場所に落ちている双眼鏡へ向かおうとしているのを。

（ここで暮らすみんなを、守らないと）

実際にはただ金属片で額を打撃されて数秒間意識が白く飛んでいただけなのだが、リアクションがなかったのでこっちがもう死んだと思ったのか。あるいはコマンド側も思ったより出血が多くてまともな思考を保てないのかもしれない。

あの双眼鏡はダメだ。みんなが暮らすパリを守らないといけない。

（パリ、を……）

何としても。

「っ!!」

もうなりふり構っていられなかった。

クウェンサーは歯を食いしばって身を起こすと、爆発のせいで屋上に転がっていたテレビのアンテナを摑む。人差し指より太い金属の棒切れを杭のように握り直し、双眼鏡を拾い上げようとして丸めていた女の背中に改めて飛びかかる。

突き刺す。

服の内側、こいつの特殊スーツは比較的隙間が多くて防弾が甘いらしい。

怒気の雄叫びを上げてこちらへ勢い良く振り返った女を、少年は逆に両手で突き飛ばす。思ったよりダメージは大きかったらしい、受け身も取れず派手に転んだ義眼の女は自分の体重で背中に刺さったアンテナのロッドを深々とねじ込んでいた。胸の側から勢い良く飛び出す。

それでも。

それでもまだ、死なない。

瀕死のコマンドは仰向けで血を吐いたままガリガリとコンクリの屋上を爪で引っ掻く。その指先が巨大な双眼鏡に触れる。義眼の女の、血の泡を噴いた唇が確かに笑みの形を作る。

スイッチ一つで。

パリの街並みはごっそりと抉られて消滅する。

「おおアッッッ!!!!!!」

叫び。

体を貫通した金属アンテナのロッドをクウェンサーは両手で掴む。全力でかき回してぐりぐりと赤黒い穴を広げていき、背中側から突き刺さったはずの棒切れを無理矢理腹側から引きずり出す。

「死ねよッ、もう死ねよおおおおお!!」

びくびくと女の体が跳ねた。

歯を食いしばり、それでも耐えられずに絶叫しながらクウェンサーはもう一度ぬるぬるのアンテナの先端を女に突き刺した。今度は顔。一回ではない、何度でも何度でも。ヤツが完全に動きを止めるまで、自分で自分の頭を爆発させてとにかく同じ行動を続けていく。

「たのむからっ、俺達のパリを、壊すんじゃあねええ!!!!!!」

女の顔面が壊れていた。

ころころと転がっているのは、ヤツの右目に収まっていた半球状の義眼か。

気がつけば痙攣(けいれん)は止まっていた。

実は随分前から生物学的には死亡していたのかもしれない。

「はあ、はあ……」

赤黒いアンテナロッドを放り捨て、クウェンサーは尻餅をついていた。あたかも食い散らかしたような、人間の尊厳なんか欠片(かけら)もない損壊死体。これを自分が作ったのかと思うと信じられない。だけどおそらく鏡を見れば、今のクウェンサーは返り血で真っ赤になっていただろう。これほど殺人鬼らしいビジュアルもないはずだ。

「は、はは」

心が砕けそうだった。

それでも何とか、いつもの街並みはそのままここにあってくれた。

消え去ったりしなかった。

ギリギリで数百万人が暮らすパリだけは守ったのだ。ヘイヴィアも、フローレイティアも、モニカもキャスリンも、ここにいるみんな。あの双眼鏡の指示さえなければ遠方のオブジェクトからの砲撃はないはずだ。

正義を貫いた。

せめてそこにすがりついて心を支えないと、本当に折れる……。

そう思った時だった。

何かが落ちていた。女の服からこぼれたものらしい。それはドッグタグだった。非正規作戦を展開するコマンドのくせに、こういう所は偽名を使わないらしい。長期間潜入するスパイとは違って、あくまで短期集中のミッションだったからか。あるいは『信心組織』側もローマ壊滅で大きな混乱に見舞われていて、最適な装備や偽造ＩＤで身を固める準備ができなかったのか。

そこにはこうあった。

呼吸が止まった。

『信心組織』軍海兵隊コマンド、グノーシスウィッチ部隊。

チェダー＝アフィ……


「ッッッ!!!?!??」


気がつけば、だ。

首が痛くなるほど全力で目を逸らしていた。受け入れ難い現実はそこにあった。

かさり、と。汚れた屋上に置いた掌、その指先に何かが当たる。

『東洋のお守りなんだって。中は開けちゃダメなんだよ』

『分かった。幸運があると良いな』

一瞬、そんな会話が頭の奥で弾けるが、違う。カラット少年から受け取ったお守りはきちんとポケットの中に入っている。

なら、これは何だ？

どうしてこれと同じものが血まみれの屋上に転がっている。出処は一体どこなんだ。

『なあ、アンタ名前は？』

『……カラット＝アフィニティー』

のろのろと、血まみれのままクウェンサーは不自然なお守りとズタボロにされた死体を交互に見やる。

「うそ、だろ」

そういえば。

ローマで助けたあの少年、四大勢力のどこに属していたかまでは聞いていなかったか。とっさに助けてしまったが、クウェンサーが知っているのはこれだけだ。

手触りだけで、お守りの中には木札か厚紙のようなものが入っているのが分かる。クウェンサーは震える指先で小さな袋を縛る紐(ひも)を解いた。まずは自分の方から。クレヨンらしきもので描かれているのは単純だが不思議な模様だった。縦に長い十字を描いた上で、上と右、左と下を別の直線で結んでいる。

四本のラインで構成された、方位磁石の針、か？

すぐ下には、アルファベットでエリアバイチャンスと書かれていた。たまたま、同じ所にいる。複数の意味を持つポピュラーな単語の並びなのでややこしいが、意味合いはその辺だろう。図形は正方形でも菱形(ひしがた)でもない、だけど四つの線は一つに集まる事で方位磁石のように明確な方向性を得る。生まれや勢力に関係なく、何かの偶然で居合わせただけの人達と手を取り合って助け合えるように。そういう想(おも)いでも込められているのか。

あるいは、そこまで深い意味なんてないかもしれない。

マッチ棒のクイズで遊んでいる時にたまたまできてしまった程度の図形なのかも。アルファベットの並びだってオンラインの類語検索や自動翻訳をいじくっている間に見かけただけでしかない可能性だってある。ただそれでもクウェンサーにはどこか小さな子供特有の、本質を射貫く何かを感じ取っていた。血まみれの両手を震わせる今の自分にはない魔力を。

「いやだ、うそだ……。全部嘘だ!!」

息が荒くなる。

クウェンサーは床に落ちていたもう一つのお守りの封も解いた。同じなのはガワだけであってほしい。直線の一本でも良いから何か違いがあってくれ、と。

祈りは届いた。

中に入っていた紙切れは、クウェンサーのものとは違った。

エリアバイチャンスという文字のさらに下に、付け足すようにこう書かれていたのだ。

がんばれ、おかあさん。

「ぐっ、あ……が!!」

呼吸が詰まる。胃液が喉の手前まで押し寄せてくる。

現実を受け止められずに目を逸らしたのがまずかった。さっきのドッグタグが思い切り視界の真ん中から飛び込んできた。

『信心組織』軍海兵隊コマンド、グノーシスウィッチ部隊。

チェダー＝アフィニティー。

麻痺(まひ)していた頭がようやく吐き気を思い出す。ぐしゃぐしゃの死体から顔を背けると、そこでもう限界だった。胃袋がひっくり返り、食道を逆流して、大量の吐瀉物(としゃぶつ)が屋上を汚していく。

「おっ、ご⁉　ぶげあっ、あば!!!!!!」

何をやった。誰を殺した。

これが、こんなものが……本当に正義を貫いただって？

自分の意思で立ち止まるチャンスだってあったはずだ。地獄と化したローマで何を見てきた？　サラサ＝グリームシフターは話が通じるプロだっただろう。『信心組織』の中にも良い人間がいるかもしれない。そんな可能性はすでに提示されていたはずだ。

それなのに。

疑問を持つ事もしないで。

回避のできたはずの悲劇。ではクウェンサー＝バーボタージュは、一体何を怠った？

「だ。だるば、がるぐ、ぶぼっ、うううぇぇァああ!!⁉??」

絶叫し、何も現実は変わらず、そしてクウェンサーは一人で横に倒れた。胎児のように体を丸めてガチガチと震える。

死体は死体のままだった。

どれだけ逃避したって血まみれの罪がなくなる訳ではない。

もちろんだ。当然ながら、『本国』パリは何が何でも守らなくてはならなかった。両親、モニカ、キャスリン、たくさんの人達を守りたかった。自分の肉体まで改造したコマンドは言葉で説得できる状態ではなかった。だからクウェンサーのやった事は間違っていない、ああそうだ、そこだけ見れば絶対に正しい。でもだからこそ、クウェンサーはもう何も信じられなかった。一〇〇回検証しても一〇〇回正しいという結果が出てしまい、どこにも落ち度がない。にも拘(かかわ)らずクウェンサーはこの血まみれドロドロの結果を許せない。じゃあもう『正しさ』なんて単語そのものが信用ならなくなったって事ではないか。

正しさに従ったら『こう』なる。

ならここから先、何を支えに『どう』世界を歩いていけば良い？

「あ、ああ、ああああ……」

こんなのがいつまで続く？　あるいは終わりなんかないのか？　『大戦』。『クリーンな戦争』なんてお題目が消えてしまった世界では、これが当たり前になってしまったのか。夜に寝て朝目を覚ますのと同じく、このくそったれな『当たり前』は永遠になくなったりはしないのか。

『正統王国』も『信心組織』もない。

『資本企業』や『情報同盟』の横槍(よこやり)だって見たくない。

もう、こんな『大戦』なんか真っ平だ。
全部が全部、辛すぎる。

インターミッション

……。

——。

……。

暗く閉じた世界の中で、クウェンサー＝バーボタージュは自分の体がどこかに引きずられている事にようやく気づいた。

誰だ？

どこに連れていく？

「こいつも『資格持ち』だ」

「……うへえ、マジですか？　全身べっとり血まみれなんですけど」

「疑り深く浅慮な清掃メイドよ、『例の死体』の傍に転がっていた男だ。少なくとも『大戦』に疑問くらいは持っているだろう。そうでもなければパリを守った英傑が、殺した敵兵の横で頭を抱えて罪悪感で潰されたりなんかしてないさ」

ゆっくりと世界が開けていく。

いいや、『疑問』がもう一度クウェンサーの意識を外に向けていく。それをそのままにはしておきたくないという小さな反抗心、挑戦心がまだ残ってくれていた。

傍らに物言わぬ青年フランクを従えた、小さな少女の冷たい声があった。

「気がついたか？」

「……、」

黒い軍服だが、『正統王国』の督戦専門部隊ではない。こいつは『情報同盟』軍だ。天才少女計画の成果の一人、レイス＝マティーニ＝ベルモットスプレー。とにかく癖で弄べればものは何でも良いのだろう、ペン型のデバイスをくるくる回す彼女は、確か軍高官が不祥事を起こした結果宙ぶらりんになった部隊を迅速に立て直す（という名目で残った兵員を徹底的に使い潰して時間を稼ぐ）『繋ぎの死神』と呼ばれる特殊な指揮官だったはず。

彼女だけではない。

その周りにはメイド服を纏った傭兵達が何人もいた。正体不明のＰＭＣ、戦場お掃除サービスの傭兵達。リーダー格の金髪褐色はワイディーネ＝アップタウンだったか。

レイスは言う。

ずっとずっと、特殊な役割を負ってきた指揮官は疲労と混乱でぐちゃぐちゃになっているで

あろうこちらの顔を覗き込みながら、

「今ただ四大勢力各々の『上』の命令に従っているだけではこの『大戦』を止められん。現状はまだ旧大陸にあるヨーロッパ側『正統王国』と『信心組織』、新大陸の北米側『資本企業』と『情報同盟』という図式に分かれつつあるが、それもいつまでもは保たないだろう。今に、この『大戦』はもっと支離滅裂でひどくなる。ステンドグラスのような世界は残らず砕け散る。そうなる前に行動し、これ以上火の手が広がっていくのを阻止したい。手を貸す気はあるか？」

「……本気で言ってんのかよ『情報同盟』。アンタらだってほとんど無防備なパリに向けて容赦なく攻撃を仕掛けてきた連中の一つだろ」

「ああ」

レイスは簡単に認めた。

その上で、

「『情報同盟』なんぞ私も信じられん、そして今この場を仕切っているのは効率的にして無価値な『情報同盟』じゃない。それでも信用するには値しないか？」

改めて見れば、レイスの肩の部隊章にはおかしな装飾が加わっていた。縦に長い十字に、上と右、左と下を別の直線で結んだ方位磁石の針。それが塗料のスプレーで雑に加えられていたのだ。部隊章を潰すでもなく、磁石は部隊章の左上に置いてある。おかげで直角の角にピタリとはまっているように見えた。

「……『大戦』を嫌って合流してきた人間はみんなこうしているよ」

素っ気なく少女は答えた。

『繋(つな)ぎの死神』。軍の不祥事で転んだ部隊を立て直すための特殊な指揮官。『情報同盟』軍を離れたレイスは、今度はそれを世界レベルで行うとでも言うのか。

「エリアバイチャンス。……もう私達には四大勢力のしがらみは存在しない、ただ『大戦』を終わらせるためなら何かの偶然で同じ場所にいただけの人達でも手を取り合って合流できる。そういう一個の集団になっている」

ぐっ、と胃袋の中身がせり上がってきた。

たまたまの偶然でこの組み合わせになるとは思えない。レイス達は、クウェンサーを打ちのめしたお守りの存在を知っていてその名前をつけたのだろうか。

しかしそこまで言われて、クウェンサーはようやく今さらのように思い至った。

……そう言えば、ここはどこなのだ？

ぶどう農園を潰して無理矢理作ったような、土と泥の野戦飛行場のように見える。そして滑走路の脇には低圧タイヤに付け替えた『資本企業』の戦闘機Zig-27が並べて停(と)めてある。それ以外にも『正統王国』のデルタ翼の戦闘機S/G-31もいくつか停(と)まっていた。翼に描かれたアイス飛行隊やバーニング隊の部隊章には、やはり大きく方位磁石の針が添えられていた。

ベースは第三七機動整備大隊のインフラのようだが、それだけとも限らない。『正統王国』のフローレイティア＝カピストラーノと『情報同盟』のレンディ＝ファロリートが一つのタブレット端末を覗いて情報を分析し、バーニング・アルファという通称で知られるスタッカート＝レイロングにからかわれた一二歳くらいの美少女パイロットが怒り剝き出しで噛みついている。ヘイヴィアやミョンリは他の軍の兵士達とレーションを交換し合って試食会を開いていたし、『黒軍服』のシャルロット＝ズームや第七特別教導隊のエリーゼ＝モンタナらが新しい規律と一日の行動予定表をああでもないこうでもないと話し込んでいる。『信心組織』側からやってきた志願兵までいるらしい。そうした面々はどこにでも潜り込める諜報部門のミリア＝ニューバーグや『信心組織』の警察系で風紀と処刑を担当していたサラサ＝グリームシフターらヴァルキリエの面々や、元『信心組織』系の操縦士エリートだったプタナ＝ハイボールがまとめ上げているのが分かる。

『正統王国』、『資本企業』、『情報同盟』、『信心組織』。

そんなくくりなど、もうない。ローマからパリまで続く血みどろの混乱の果てに、こんな『大戦』は真っ平だと考えた者達だけが今ここに集まってきているのだ。

エリアバイチャンス。

たまたま同じ場所にいただけでも良い。本来だったら絶対に繋がる事のない人間が集まり、一つの方向を目指して進もうと決めた者達だけが。

ただの兵士だけじゃない。天才少女のマティーニシリーズの三つ子や、キャスリンやプタナといった操縦士エリートも少なくない。スネに傷を持つ四人枠のアズライフィアやルイジアナ達も集まっていた。割と紙一重な天才達の意見を束ねているのは、ビキニに白衣のオブジェクト設計士クレア＝ホイストか。

本来ならウィンチェル家に属する眼帯メイドのカレン、あるいはソギアやサーニャら悪名高い『ユニコーン』など複数の護衛達に守られているのは、おそらくバンダービルト家のご令嬢やニコラシカ王家の王女ステイビアだ。実際の戦力というよりも、国際法や権力の面でのサポートまで期待できる。

極め付けに。

ばさり、という空気を蓄えた布を取り除く音があった。整備兵の婆さんが口元から塗装作業用の硬いマスクを外していた。『ベイビーマグナム』に『ラッシュ』。全長五〇メートルの巨体は、それぞれ部隊章に大きな方位磁石の針を寄り添わせて共通の意匠を共有するようになっていたのだ。

「人員や設備は機動整備大隊二つ分に毛が生えた程度、使えるオブジェクトはざっと二機。つまり二〇〇〇人規模の部隊まではかき集めた」

レイスは冷静に告げる。

「……それでも、『情報同盟』軍の『マンハッタン000』を始めとする、『大戦』を望む四大勢力のゲテモノどもと本気でやり合うには心許ない。今は一人でも多く、戦力はあればあるだけ困らない。力を貸せクウェンサー。私達には、豪胆にして悪知恵の働くお前の力が必要だ」

　少年は自分の両手に目をやった。

　力なく。

　鉄錆臭いぬめりはまだ残っている。おそらくは母親、助けたはずの男の子を地獄の底に突き落とすような真似をやってのけた。誰にも責任転嫁のできない一対一で、正しさを信じて行動する『だけ』ではまたああなる。なら、何を信じて進めば良い？　このくそったれな『大戦』に歯止めをかけるために戦う。お涙頂戴は結構だが、本当にそれで良いと信じられるだけの何かを、どうやって見つけ出す⁉

「クウェンサー、お前は戦争で何を見てきた？　何をやらかした？」

「……、」

「簡単には答えられない、か。……私達もそうさ。みんなこの『大戦』で何かしら派手に失敗して、そしてしぶとく生き残った。清く正しい人間から順番に死んでいく救いのない世界で、それでも自分か他人を助けるために間違えていくしかなかった。そしてそれは、黙っていればもっとひどくなる。私達はもう散々経験してきた。これ以上はたった一滴も入らないっていうのにな」

だから、払拭する。

俯くのはもうやめる。罪を償ってもう一度前を向くために戦う。

間違いから、始める。

一体いつになるかは誰にも断言できない。だけどいつの日か、当たり前に『正しさ』を信じていれば幸せに生きていける世界を取り戻すために。

そのためには、何もかもかき乱していく『大戦』に振り回されてはならない。

絶対に。

「レイス」

「何だ？」

「そこのスプレー貸せよ」

こんな極大の間違い。

一刻も早く、終わらせなくてはならない。

ばしゅしゅ!!　というガスの噴射音と共に、クウェンサーは肩の部隊章へ大きく噴きつけた。縦に長い十字に、上と右、左と下に別の直線を斜めに引いて繋げていく。決して『正統王国』を否定するのではない。部隊章の左上に十字の角を置き、自分や相手の生まれを尊重しつつみんなで同じ未来を見据える。四つの直線を組み合わせれば、そこに部隊章を置けば、それができる。

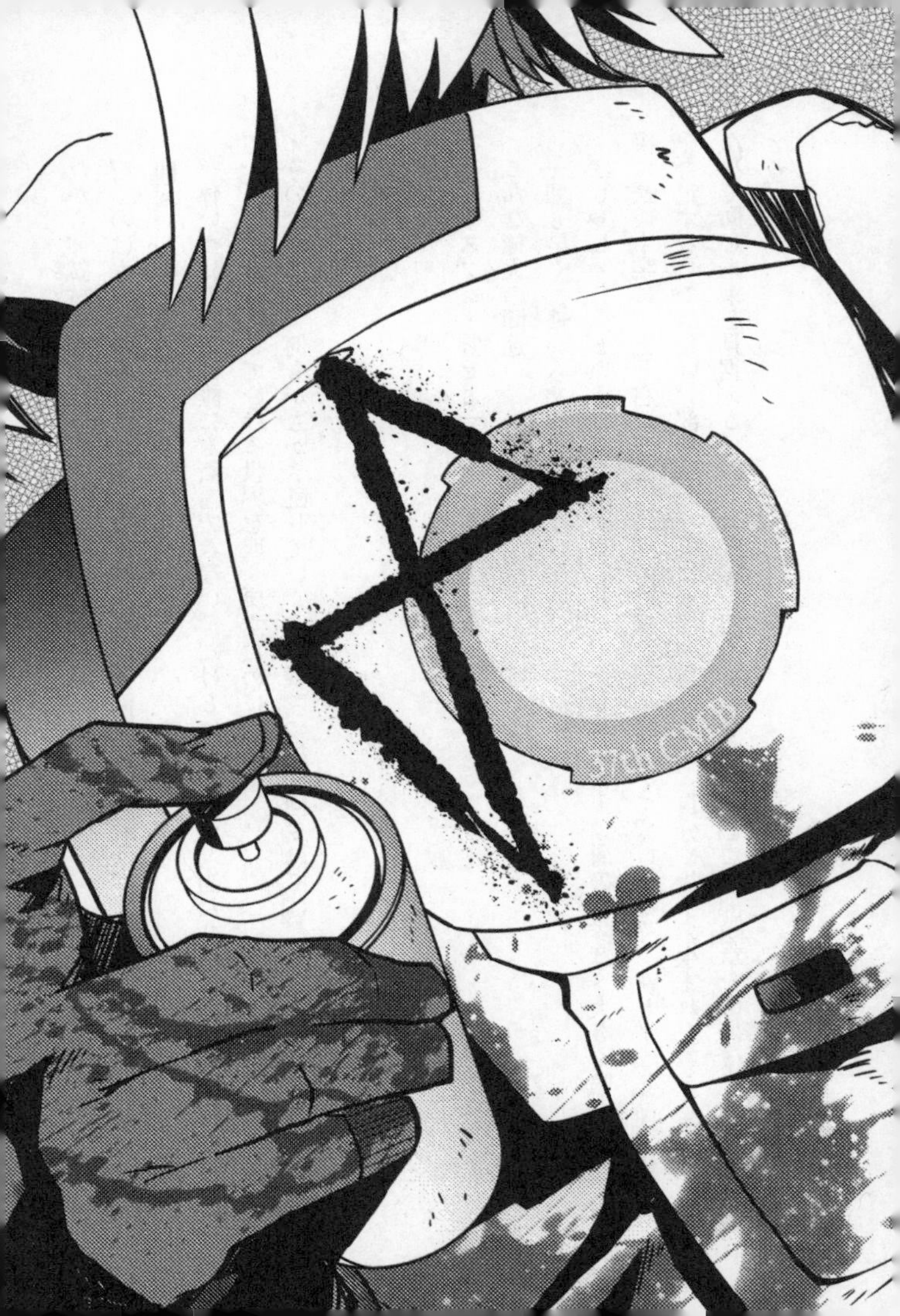

エリアバイチャンス。血まみれの自分には、こんな印を掲げる資格なんかないかもしれないけど。

（……それでも）

クウェンサー＝バーボタージュのピントがもう一度合った。

彼は確かに何かを見据えた。

（それでも止められる人間が止めるしかないんだ……）

「どこからやる？」

少年の声に、レイス＝マティーニ＝ベルモットスプレーもまた小さく笑った。

ここに誘ったという事は、彼女は不甲斐ないクウェンサーをずっと信じ続けてくれたという事でもあるのか。どれだけ打ちのめされても、再起のために歯を食いしばる人間だと。

改めて、レイスはこう切り出してきた。

「今回の『大戦』、事の発端は『信心組織』の『本国』ローマの壊滅だ。雄々しくチキンな『信心組織』は真相うんぬんよりも自分だけが沈むのが怖いんだろう、彼らは八つ当たり気味に『正統王国』の失態を糾弾して見当違いな報復攻撃で民衆の不満を吐き出したがっていたようだが、ここの相手をするだけでは本当の黒幕には辿り着けない」

「……バッドガレージ部隊はすでにいないはずだ。俺達が倒した」

「なら、その恨み節全開のバッドガレージとやらは本当に独力だけで『オブジェクト地球環境破壊論』に辿(たど)り着(つ)いたのか？」

「……、」

そうではない、気がする。

確か彼らはツングースカ方面にいた九歳の天才少女エリナ＝シルバーバレットの研究論文に目をつけて、持説の足場を固めたがっていた。つまり自分の言葉だけでは自信がなかったのだろう。

「一番初めに入れ知恵したヤツがいる」

ばさりと。

レイスはクウェンサーの胸板に紙束を叩(たた)きつけた。

「こちらで見つけたバッドガレージの隠れ家にあったものだ。正確には暖炉の燃えカスをコンピュータで統合して文章の断片を可視化した形となる。エリナと出会うよりかなり前だ。この黒幕は研究資料をいくつか送ると同時に、感情的な扇動も同時に行っている。いつの時代も、大きな後ろ盾にすがるようになったテロリストは悲惨だね。バッドガレージは与えられる情報を制限される事で、良(い)いように操られている。本当の黒幕からな」

「誰だ？」

クウェンサーは慎重に尋ねた。

ここでしくじって見当違いな相手を攻撃したら、今度こそもう二度と起き上がれない。

「ローマを攻撃させてこんな『大戦』を引き起こし、世界をメチャクチャにしてほくそ笑んでいる人間。そいつは一体誰なんだ……？」

「答えはもう出てる。暖炉で燃やし損ねたその資料の中にある」

対して、レイスはこれだけ言った。

短く。

「『島国』」

第五章　日の出ずる国より現る　≫『島国』非公式上陸戦

1

「そっちの準備は終わったか、お姫様？」

「クウェンサー」

暗がりの中でそんな声が小さく飛び交った。

『島国』に向かう途中だった。東南アジア、放棄された船の分解処分場に紛れる形で大艦隊が最後の整備を行っている。

『ベイビーマグナム』も最終調整を行っていた。

この作業が終われば、『島国』はもう目と鼻の先だ。

お姫様は後ろに回していた手をこっちに見せてきた。正確には摑んでいた小さな箱を。

「これ」

「?」

「『島国』だと、バレンタインデーにはチョコレートをわたすんだって」

「へえー」

「女の子から男の子にわたすんだって!!」

「ぶぎゅう⁉　何故そうもぐいぐい箱の角を押しつけて攻撃してくるのか⁉」

言ってもお姫様は目を瞑ったまま両手でぐいぐい攻撃を続けるだけで答えてくれない。

ともあれだ、

「ひゃっほー!!　手作りだ、女の子の手作りなら何でも嬉しいけど!!」

「何でも⁉　あつかいがざつだよクウェンサー!!」

「?」

「(ああもう、すっ、すすすす『好きな』男の子にわたすものだって言えないしぜったいに言えない、でもこれじゃあ『島国』のでんとうがぜんぜん何にもクウェンサーに伝わらないっ!)」

叫ぶクウェンサーはバリバリと包装紙を剝がしていった。石鹼みたいな無味無臭のレーションばかりで味に餓えていた人は中にあったチョコレートをおもむろに食べ始める。

目の前でやられてお姫様がちょっと遠い目になった。

とにかく少女は言った。

「クウェンサー……」

「だってほら、取っておけないだろ」

いつもの調子で言って、そしてクウェンサーはこう付け足した。

そっと。

だけど確かに。

「次、生きて帰れるとは限らないんだ。だったらできる事は全部やっておかなくちゃ」

「……そうだね」

お姫様はそっと目を細めた。

場違いな事をしている。言葉は交わさなくても、二人でそんな空気を共有していた。本来だったら石を投げられてもおかしくない。それくらいの事をやっている。でもだからこそ、悔いがないよう笑い合える時は素直に笑っておきたかった。

彼女もそうなのだろう。そんな場合じゃないと分かっていても、丁寧にラッピングした小さな箱にどんな意味があるかクウェンサーは知らない。だけど、お姫様からすれば誰もいない部屋に転がしたまま死んでいくのは怖かったのかもしれない。

「クウェンサー、これからどうする……？」

「うん」

「オブジェクト、せかいをこわすわるいヤツになっちゃった。わたしたちは守るためにたたかっていたはずだったのに」

クウェンサーは曖昧に笑った。

否定の言葉は出せなかった。

ことここまできて、操縦士エリートにオブジェクト地球環境破壊論を隠し通すだけの気力はもう少年にも残っていなかった。

それを言ったらクウェンサーだって、ある母親をこの手で殺している。『正統王国』の『本国』パリを守るため、滅多刺しにしてでも。

お姫様は『数ある原因の一つ』に過ぎない。だけどクウェンサーの方は、間違いなく一対一だ。事の善悪はさておいて、彼があそこにいなければチェダー＝アフィニティーが死ぬ事はなかった。

クウェンサーは母親を失ったあの子から一生恨まれて生きていくしかないんだろう。

「そうだな」

「……、」

お姫様は操縦士エリートだ。その悩みはおそらく誰とも共有できない。

だけどクウェンサーもまた、オブジェクト設計士を夢見て戦場へやってきたはず。その夢を奪われては困るだけの何かを抱えているはずなのだ。

彼の答えが聞きたい。

それによって見えてくるものがあるかもしれない。

そんな風に思っていたお姫様だったが、

「そりゃあオブジェクトに関わる何かをするよ。誰がなんて言ったって、それが一番好きなんだし」

ばっさりと、だった。

あの無表情なお姫様が、ぱちぱちと二回瞬きした。

「オブジェクトをこれからどう扱うのか、世界の中でどういう立ち位置になっていくのか。それは確かに決めなくちゃいけないんだろうけどさ……」

クウェンサーは言った。

ブレずに彼はこう続けたのだ。

「でもそれはこんな、すでにいもしないテロリストの亡霊なんぞに振り回されて決定づけられるようなものじゃない。このくだらない『大戦』を終わらせて、オブジェクトについてもどんな形になろうが自分達で決着をつけてやる。それが自分の望む形に収まれば万歳だけど」

「うん」

「お姫様は、オブジェクトが悪者にされた今の世界が気に喰わないんだろ？　だったらひとまずそこからやってやろうぜ。全部ぶっ壊して、オブジェクトがみんなに感謝される時代を創ってやれば良い。土木工事かゴミ処理か、どういう仕事をするかはさておいてな。そして平和な時代を眺めて、脅威論を叫ぶ有識者のお歴々にこう言ってやるんだ。ざまあみろって」

「……、うん」

ぽすっと、柔らかい音があった。

お姫様が自分のおでこをクウェンサーの胸板に押しつけた音だった。

蚊の鳴くような声で、彼女は確かに言ったのだ。

「わたしもそっちが良い」

「だったらやってやろう。誰のどんな思惑で引き金を引いてしまったとしても、それでも自分の人生だろ。別に俺達が何かに遠慮をしなくちゃいけない理由なんか一個もないんだ」

そのまましばらく時間が止まった。

次なんかないかもしれない。

この戦いでみんな死んでしまうかもしれない。

だけど今この瞬間を否定する権利は誰にもないはずだ。

やがてお姫様はそっと自分の頭を離すと、静かにこう切り出してきた。

「……それから何を言っているの、クウェンサー」

「？」

「『島国』じゃバレンタインデーにチョコレートをもらったら、ホワイトデーには3ばいおか

えしなくちゃならないんだよ？」

「何その闇金みたいなシステム⁉」

驚いて飛び上がった少年を見て、お姫様は口元に手をやってくすくすと笑っていた。

珍しく、氷のような表情が崩れた瞬間だった。

彼女は目を細めてこう言った。

「……必ずかえしてよね、クウェンサー」

「ああ……」

本来だったら、こういう時は約束なんてするべきじゃないかもしれない。

そういう縛りで未練を設けるべきではないのかも。

だけど、だ。

仕方がないといった調子で、クウェンサー＝バーボタージュは笑顔でこう答えた。

「分かった。約束だ」

2

『大戦』が花開く。

フリーの戦場カメラマン、シーワックスは思わず一眼レフを顔の前から外していた。

そのままぽつりと呟いた。こんな世界滅んでしまえ、と。


『正統王国』の『本国』パリ、その外周を守る三重の防衛線は外側の一つが食い破られていた。

しかし好きにはやらせない。

一面の巨大な麦畑を薙ぎ倒しながら進む五〇メートルの巨体が主砲の方式を切り替え、恐るべき爆音とオレンジ色の閃光が解き放たれた。凶暴なレールガンだ。

その足元で両耳を塞いでいた歩兵が天に向かって叫ぶ。

「やりすぎだ『エスカリヴォール』‼『信心組織』軍を本当の本当に根絶やしにしたらテーブルの脚は折れたまま戻らないぞ、憎たらしいがこの世界には四つの柱が必要なんだ。我々『正統王国』軍の騎士には世界の平和を守る責務がある‼」

操縦士エリートは気にしなかった。

たとえあれが、表向きは平和のために戦場までやってきた民間の医療団だとしても。

どうせ中には『信心組織』の刺客が混じっている。

つい先ほども食糧庫と飲料水を汚染され、味方から多数の犠牲が出たばかりだ。当時基地の中にいた部外者は慰問にやってきた合唱団だけだったという話だったが、問題発覚後に歩兵達の手で全員始末したはずだ。

すでに『クリーンな戦争』の図式は崩れている。

崩したのはヤツらだ。ならば『大戦』に際し、非道な選択にも文句は言わせない。

『「エスカリヴォール」より22しだん。ならばこのままひがいのはっせいをだまって右から左にながしてしまえと？　こちらも「本国」パリをちょくせつおそわれている。この手にあずけられた王のつるぎは、ここでみなを守るためにつかわれるべきだ』

彼ら一般兵は正しい事をした。

だけど合唱団の処分の後立て続けに三件以上拳銃自殺が発生している。歯を食いしばり、ＰＴＳＤに耐えている兵隊の数ならその何十倍、何百倍と広がっている事か。そしておそらくそうなる事も込みで『信心組織』側の謀略なのだ。あの外道どもなら赤子の腹を裂いて爆弾を詰め込み、老人を脅して銃でも握らせかねない。

極彩色の行いに付き合わせてはならない。世界を守るために戦うと誓ってくれた若者達をこれ以上犠牲にはできない。

……よって、汚れ仕事は全てこちらで担（にな）う。

『エスカリヴォール』の操縦士エリートは、一人で静かに自分だけの防衛目標を確認していく。

王から預かった剣を舐（な）めてくれるな。

『信心組織』も『信心組織』で黙っていなかった。

予想よりも『資本企業』や『情報同盟』など第三者の介入が早い。てっきり対岸の火事だけ眺め、どちらが勝つかを見極めた上で最後の最後だけ手を出してくるものと思ったが、意外なくらいがっつりと関わってくる。

欧州の火種を新大陸まで持ち込ませるな。

やはり戦争の一番の原動力は、欲望よりも恐怖なのか。

「……ええ、ええ。バッドメイデン部隊、タルタロス部隊、ポイズンフォレスト部隊、とにかく北欧禁猟区から異端扱いの非正規行動部隊を片っ端から呼び戻しているところです。オブジェクトの数では負けていても、彼らがいればまだ巻き返せる」

「ボランティアはどうしている？」

「気づいてはおりません。自分のバッグに爆弾が詰め込まれている事も含めて」

ありえない言葉に、しかし今さら疑問を持つ者などいない。

使えるものなら何でも使う。

今ならウサギのぬいぐるみであっても敵兵の口に詰め込んで命を奪う武器とする。すでにこはそういう時代だ。

「これがパリ内部の病院や学校で起爆すれば彼らは疑心暗鬼に陥るでしょう。敵の怒りを恐れてはなりません、逆手に取って利用するのです。戦線がパニックに陥れば真っ向勝負の図式は崩れます、オブジェクトの数の差だけが戦争を決める事態を切り崩せる」

正々堂々と戦え？

ローマ崩壊時からの混乱で、かなりの数のオブジェクトが運用・整備不能の状況に追いやられている。戦う前から使い物にならなくなってしまった機体も多い。すでに不利なのだ。それが分かった上で現実を見ないで正々堂々なんて選択肢を選んだ結果、『本国』のみならず臨時政府機能を分散配備するために一時的に接収したナポリやミラノまで怒りに燃えるオブジェクトに蹂躙（じゅうりん）されたらどれだけ被害が増えると思っている？

だから、彼ら『信心組織』は正攻法になど頼らない。

「人の業がもたらす不浄の星に、どうか争いなき神の世の到来がありますように」

それでも信仰は折れない。

守るべきものを見据えた時、人はどのような非道をも呑み込（のこ）む力を得る。

奇妙な縁ではあった。

テクノピックで顔見せした時に意外と高評価を得ていたのか、黒髪と浅黒い肌の護衛の男はそっと腕組みしていた。バリ島に建つ高級ホテルの一室だが、特に色気のある話でもない。

金持ちは、勝っている時にはいくらでも人を集めるものだ。

負けて疑心暗鬼に陥っている時に思わず浮かぶ顔こそ護衛業界では最大のブランドである。

すぐ近くでは、テーブルに置いたノートパソコンに向かう冷静な女性がいた。

アリシア＝スラピージョーズ。

本来なら『資本企業』の大会社と強く結びついた、広告代理店のエージェントのはずなのだが……？

「南米、アジア、アフリカ、東欧も危険警報、ですか。困りましたね、早いところ財産をどこに避難させるか決めないと、いつロサンゼルスのメインバンクが制御不能のシャットダウンに陥るかも予測不能だというのに。かと言って、ええい、オセアニアは元々政情不安で信用できませんし……」

「能書きは良い。ようはデジタルデータの管理状況がいまいち信用ならないから、財産はモノとして手元に置いておきたいんだろ？　できる事ならダイヤにしてくれ、札束や純金は移動しながら守るにしてはかさばるし重すぎる」

「守り切れるという保証はできますか？　この安全地帯のない『大戦』の渦中で。ダイヤは衝撃で簡単に砕ける他、炎に投げ込むと焦げるという話も耳にしますが」

「嫌なら俺は帰るよ、馬鹿馬鹿しい。俺が金を稼ぐのは家族のためだ。主に親の離婚で離れ離れになった妹のための積み立てとか。つまり誰から金をもらうかはさほど重要じゃない」

バタバタという慌ただしい足音があった。

おそらく(部屋単位で区切られるはずのホテルにあるまじき事に、いくつもの部屋を同時に囲い込むスイートルーム内の)隣室では薬剤師ステイシー=パーメットが味方の傭兵達に特別サービスをしているのだろう。……プロ選手向けの『安全なドーピング』とやらで。もちろん護衛の男は断る気まんまんだが。

護衛の男はそっと息を吐いて、

「それにしても、ちくしょう、こんな『大戦』の中でも金勘定から逃げられんとはな。今回もやっぱり軍需産業で世界を食い荒らす『資本企業』の一人勝ちか？」

「……そんなに甘い話でもないようですよ。投資プログラムのキャパシティを超えた事態に発展しております。表面上は無傷の楽勝ムードであっても、新大陸側も連鎖的な金融恐慌へ傾いていく事態を止められなくなっています。このままいけば破算・倒産も免れないでしょう。ここぞとばかりに『情報同盟』は各種サイバー攻撃で世界中に散らばっている暗号資産を潰して回っているようですし」

「7thコアでも？」

「彼らであっても、です。『本国』ロサンゼルスを守る例のオブジェクトはご存知ですか？」

「ああ、詳細なスペックは知らんが確か生物操作系だ。超音波や人工フェロモンなどを使い、イナゴや食用ミミズの大群を呼び中米国境を守る巨大な『壁』を作る第二世代だとか……」

「『資本企業』軍最強の第二世代、『クサンティッペ』。７ｔｈコアの中でも世界的なハンバーガーチェーンが設計と製造を担当した特殊なオブジェクトですね。単純戦闘の他、無補給の孤立状態に陥った場合の兵糧攻め対策まで想定・対応したモデルらしいですが」

「……、」

護衛の男が突っ立ったままわずかに顔をしかめた。ミミズとハンバーガーの組み合わせでも考えたのかもしれない。

アリシアはさして気に留めず、

「最強ヅラして睨みを利かせていますが、実際には被害を一定に留める方にお金がかかるためまともに戦うと資金難で会社が倒れるそうです」

「マジか……？」

「もうそこまで財布は底をつきかけている訳ですね。大国を滅ぼし、戦争を終わらせるのは一騎当千の猛将でも謎の試作兵器でもなく、いつだって経済破綻ですよ。７ｔｈコアは確かに世界で最も裕福な七社でしょうが、普段動かしている額が大きいほど金融工学の図式が崩れた際はリスクのケタも跳ね上がるものです。まあいきなりの破綻ではなく、直近、セイレム・ロジスティクスのＣＥＯがニャルラトホテプに暗殺されたり７ｔｈコアが共同出資をしたエレベーター連盟が派手に倒れたりと上も大きな動きはありましたが。そうしてガタついていたところに、この衝撃は強い。すでに事態は恐るべき域に達しつつある。だから銀行が信用できなくなっているんです、やっぱりダイヤかプラチナにでも換えて自力で抱え込むべきでしょうかね」

　ごっ、という鈍い音が独裁者の海に響き渡っていた。

『情報同盟』軍最強のオブジェクトにして『本国』そのもの、『マンハッタン000』。

　止められる者など残っていない。

　賢い者は炎と鉛の洗礼から沈黙を学んでいる。それができなかった者は人も兵器もまとめて海の底へ沈んでいった。

『ま、そもそも「マンハッタン000」はそれ自体が「本国」。どれだけこうかりょくであってもあまり長いあいださいぜんせんにおいておくのはとくさくじゃないし。なーのっ、114、テキトーにひがいをふやしてみちをひらいたらごづめのオブジェクトにばをゆずってすなおにうしろへ下がるのがセオリーなの』

　メリー＝マティーニ＝エクストラドライはニューヨーク警備担当のマティーニシリーズではなく、『操縦士エリートとしての顔』で呑気に呟いていた。

　まるで流行りの歌でも口ずさむように。

　語りかけているのは自分自身の情報整理か、あるいは『マンハッタン000』を操る巨大なＡＩネットワークに対するケアなのか。

『それよりなんきかこのホットなせんじょうからきえているのが気になる。……じょうほうの扱いにおいて全てにまさる「情報同盟」が、自分のしらないじょうほうにふり回されるっていうのもおもしろくないよねえ、９９４』

3

現地時間二月一五日、午前二時ジャストの話だった。

ざぱり、と海が割れる音が真っ暗闇の世界に響き渡る。

『ようこそ勇気ある諸君!! 我々が世界を救った英傑になるか意地汚い逃亡兵扱いで終わるかは君達自身の働きにかかっているよ。各々頭に浮かべているものは様々だろうが、少なくとも、ただ上からの命令に従って自分の命より大切なものをどぶに捨てるつもりはないから私達は合流した訳だ。世界のためなんてどうでも良い。それじゃあ自分の人生を守ろうか』

どこか油っぽい海水にまみれ、クウェンサーやヘイヴィアが闇に乗じて上陸したのは、東京湾の玄関口。神奈川エリアを守る小島の一つだった。

巨大な要塞砲を管理している自防ＰＭＣの兵士達の後ろから迫り、ナイフで音もなく首を刈っていく。かつては派手な内戦を起こしたというのに、必要なら再編される訳か。外周の一人一人まで腹黒とは限らないが、それでも彼らを利用する黒幕へ迫るには戦わないといけない。

名門貴族が何か落ち着きなく言った。

「早く爆弾仕掛けろよモヤシ野郎っ、邪魔な四〇〇ミリレールガンさえ取り除けば大艦隊を呼び込める！」

「砲塁島は全部で三つあったはずだ。いきなり吹っ飛ばしたら他の島が警戒するぞ。爆破なんか無線で一斉にできるんだ、ほら海に戻れ。次の島に向かうぞ」

『今回の「大戦」、全ての引き金はここにある。世界で初めてオブジェクトを開発して世に送り出したテクノロジー国家、「島国」よ』

海の上をぷかぷか浮いているものがあった。

船ではない。

水陸両用で渡河能力を持った二五トン以上もある履帯式の装甲車だ。つまりスクリューと舵（かじ）を備えた船としても使える。てっぺんのハッチの辺りでは（実は『情報同盟』の手先だったらしい）ＰＭＣ『戦場お掃除サービス』のワイディーネ＝アップタウンが何か困っていた。

原因は隣にいる眼帯メイドのカレン＝Ｉ＝ウィンチェルらしい。

「お客様っ、本職のメイドと私達を並べないでください。こっちはネコミミ装備なんですよ、パチモン感がひどいっ!! なんていうかもう超一流『貴族』に仕えるミルクメイドとか所属からして勝てる気がしない……!?」

「みっ、ミルクメイドは郊外で牛の世話をしてチーズやバターを作るだけの力仕事担当です。適当な印象だけで話を進めないでくださいっ!!」

「こんなキホン有能でクール眼帯な鬼教官のくせしてちょっとつつくとすぐ防御が崩れるなんてメイドレベルが最強過ぎて勝ち目ゼロです。誰か助けてーっ!!」

見た目クールな割に結構簡単に振り回されてしまうカレンお姉さんは、メイドとしての仕事に集中している方が気が落ち着くのだろう。小さく咳払いしてビシッとした顔でクウェンサーに向き直ると、

「こほんっ。クウェンサー様、こちらがタオルになります。我らウィンチェル家メイド一同に代わり、いつも不出来なゴキブリの面倒を見ていただき感謝の念に堪えません」

「ぷぷゴキブリｗｗｗ」

「やめろクウェンサーそこいじんのォッッッ!!!!!!」

『「島国」は表向き「資本企業」式の金の力で戦力確保した自防ＰＭＣに守られた同勢力の一員という扱いだが、実際にはかなり複雑で「正統王国」、「資本企業」、「情報同盟」、「信心組

織」、外からきた四つの勢力が全部入り乱れているといった方が近いかな。少子高齢化に悩まされた結果多くの外国人を呼び込んだおかげで、元からいた島国人とやらも今ではほとんど残ってはいないだろう。そもそもの定義も不明だし』

できるだけ海流を利用してエンジンを使うのは最小限に。

コンクリートに固められた小島まで可能な限り接近してから、身軽な歩兵戦力が改めて岸に上陸して音もなく（何しろ島国人の数が足りないので外国人傭兵だらけの）自防ＰＭＣを排除していく。

島の防衛隊よりおっかない影がチラホラ見えた。

クウェンサーは目を剝いて、

「うげえっ⁉　別の装甲車からマティーニシリーズがたくさん湧いてる‼」

「……これでも私は良識派というか、そこの楽天家にして冷血な三つ子と同じ扱いだけはやめてほしい派なんだがな」

呆れ顔でペン型デバイスをくるくる回すレイス＝マティーニ＝ベルモットスプレーだが、

「というかお前は指揮官だろ⁉　何でこっちの現場に出てきてるの⁉」

「おいおい、わざわざ『繋ぎの死神』なんぞに命令してほしいのか？　これでも今まで借りた部隊は徹底的に使い潰す事しかしてこなかったから、加減なんて知らないのだが」

「やっぱりマティーニシリーズはどいつもこいつもおっかない……!!」

寡黙な青年フランクを従える黒い軍服姿のレイスたん一二歳は、何がどうあっても三つ子の赤軍服とは迎合できない性格らしかった。おんなじワゴンへ雑に放り込まれ、なんかほっぺが内側から膨らんでいる。

国際色豊かな隊員を全員排除するとクウェンサーは衝撃波対策として砲身全体にジェル用の金属ジャケットを被せた四〇〇ミリレールガンの根元に爆弾を取りつけていく。

離れ小島の施設だと、いちいち死体を隠す必要がないのが利点だ。運が悪い民間人の悲鳴を気にする必要がない。

放っておけば夜明けと共に目を覚ました海鳥達が普通に啄むだろう。この辺り自然界は平等で残酷だ。だがクウェンサー達はいちいち死体の尊厳にかまけたりはしない。これはプロとプロの戦争、戦場で出会えば迷わず戦うし、敵の死体はいちいち持ち帰らない。

「……慣れたよね、人殺し。自分にゲロ吐きそう」

「そういう風に教育してくださったのは例の『大戦』だろ。お茶の間の暇な皆様がこれ見てどう喚くかなんて知らねえが、少なくとも黒幕のクソ野郎にだけは文句なんか言わせねえぞ」

ころころと転がった半球状の義眼がクウェンサーの脳裏に浮かぶ。

カラット＝アフィニティー。世界でたった一人しかいない母親を奪われたあの少年から報いを受けるのは、全てが終わった後だ。

『そして狭い「島国」の中で四大勢力のエージェントどもが互いの利害を調整するために話し合いの場を設けているの。それが通称「四阿（あずまや）」。市ヶ谷（いちがや）の自防PMC拠点の奥に築かれた秘密基地さ。ここでの話し合いが全てを決めていた。登録上はいくらでもいる兵士Aだからな、各勢力のトップはこいつらの存在すら知らない。バッドガレージ部隊に情報を流して焚（た）きつけ、世界全土を巻き込む「大戦」を生み出したのもこいつらだ』

散発的な抵抗もあった。

だがどうせ三つある内の最後の砲塁島だ。今さら警戒したってもう遅い。コンクリートで固めた岸辺から装甲車の四〇ミリ機関砲で分厚いコンクリ壁ごと敵兵を抉（えぐ）って黙らせると、クウェンサーはプラスチック爆弾を海から南側に向けた巨大な砲台に取りつけていく。

「これで最後の一つ、と」

「やっとパーティの支度が終わったぜ。さっさと玄関のノッカーガツガツ鳴らして招待客を呼び込もう」

ヘイヴィアやミョンリがうんざりしながら装甲車に戻っていく中、クウェンサーは一度だけ後ろを振り返った。

「どうしたクウェンサー？」

「……いや、四〇〇ミリのレールガンなんて言うからてっきりまん丸の動力炉でもセットでくっついているものだと思っていたんだけど……」

「どうせ地下でも掘って海底ケーブル通してんだろ。『ブレイクキャリアー』と比べりゃ可愛いモンだ、ほら行くぞ」

『当然ながら「本国」の重鎮とアジアに派遣された末端のエージェントなら、立場は「本国」の方が断然上よ。だがそれは各々(おのおの)の勢力のピラミッドの中での話。こいつらは自分にとっての目の上のたんこぶを、他の勢力のエージェントに頼んで殺してもらっていた。それが戦争の真実だったんだ、世界規模の交換殺人さ。そうやって互いが互いの邪魔者を消していった。こいつらが指先一つで指示を出せば、「正統王国」の王様も「資本企業」の財閥会長も自由に殺せる。いつしか末端でありながら世界的勢力全体を動かすほどの力を得ていたんだ。書類上では決して名前を出さずに、あくまでも顔も見えない隊員Aのままね。……「島国」は当然ながら四大勢力の上から強く睨(にら)まれているが、だからこそ何かを隠すには有利な条件でもある。ようは、手品師のテーブルと一緒さ。大きく注目されるからこそ灯台下暗しとなる。大掛かりな奇術なんて何の照明もなく家のリビングでやったら案外あっさりボロが出るものだ。ある種のタブーと化している「島国」でなければ、こんなになる前に捕捉されて潰されていただろうな』

ドガッ!! バガドガッ!! と。

海に浮かぶ装甲車まで戻ったクウェンサーが無線機のスイッチを親指で弾くと、立て続けに巨大な花火が深夜の海を照らしていく。三つの砲塁島さえ爆破してしまえばこっちのものだ。オブジェクトやその整備艦隊を東京湾に通してしまえる。

操縦士エリートの操る巨体がクウェンサー達を追い抜いていった。揚陸艦に回収されていく装甲車に向けて『ベイビーマグナム』が七つの主砲の一つを軽く振って挨拶してくれる。

『みんなサンキュー』

『おほほ。みなさんしんぱいしょうですわね。ようさいほう？　さいしょから「かくでもはかいできない」オブジェクトをつっ込ませてふみつぶしてしまえばよろしいものを』

爆破は引き金だった。

今さらのように横須賀や横浜の港湾地帯では空襲警報のサイレンが鳴り響き、夜空のあちこちにサーチライトの光が走るが、クウェンサー達の狙いはそっちではない。最低限護衛艦の停泊地だけ『バーニング・アルファ』や『アイスガール1』が航空爆弾で精密に爆破していくと、そのまま艦隊全体で北上していく。

『ようお嬢ちゃん。自前の火薬量にだけ頼ってちゃあどれだけ兵装搭載していようがあっという間に弾切れだぜ？　そのたびに空母へ下りていくのも面倒だろ。獲物は港だ。こういう時は敵さんの瓦礫で海を塞いで、少ない爆弾で最大の効果を発揮させてやんのさ。お宅「資本企業」だろ？　だったら弾丸コストにも気を配ってやらなくちゃあな』

『今すぐ黙れバーニング・アルファ、アイス飛行隊をきちんとまとめているのはこの私だ。こっちはようやくサブスクありのスマホを手に入れてハードロックに溺れている、必要ならどっちが上か立場を教えてやるぞ!!』

……なんかあの戦闘機ども、まだ本番前なのに地上目標の撃破数を競い合っているようにも見えるが？

東京、市ヶ谷。

もっと深く、お台場辺りから上陸して新宿近くまで強引に突き進む必要がある。

つまりは、

『何としても東京湾から市ヶ谷まで切り込み、この「四阿」を叩き潰す』

目的はあくまでも『四阿』。

そこを守る大半の人間にとっては無意味な戦いだが、基地だか駐屯地だかを攻める以上撃ち合いは避けて通れない。下手に説得を試みれば、現状顔も名前も特定できていない『四阿』がどう動くか予測がつかないからだ。

そして市ヶ谷駐屯地は表向き『資本企業』軍目防ＰＭＣ基地という事になっているが、実際には『島国』を分散管理する四大勢力の共同施設と言った方が近い。内戦を起こしてスカスカになった箱にそれだけ急ピッチで人を押し込んだという事か。

つまり同じ『正統王国』軍の人間も詰めているはずなのだ。にも拘らず協力を取りつける事はできない。クウェンサー達はすでに『正統王国』軍の命令系統の外にいるし、永らく『島国』に潜っている間にすっかり手綱が切れていたあっちの連中にしたって以下略だ。

外野は外野同士で殺し合いだ。

『大戦』を止める。だが正しい理由を持っている方が必ず勝つのなら、そもそも武力で雌雄を決する必要はない。

ゴッッ!!!!!! と。

夜空の一点が瞬いたと思ったら、装甲車ごとクウェンサー達が回収してもらった揚陸艦のすぐ隣、小柄な駆逐艦がいきなり真っ白に蒸発した。冗談抜きに、海水どころか鋼鉄の船体そのものがオレンジ色に溶けて泡を噴きながら海の底へと落ちていく。

「レーザービーム!? でも何だあれっ、高い!!」

上空を支配する戦闘機の編隊が慌てて高度を下げるのがここから見える。一瞬、セオリーを完全に無視して空飛ぶオブジェクトでも現れたのかと思ったクウェンサーだが、でも違う。

金髪褐色のナンチャッテメイド・ワイディーネ＝アップタウンが合成繊維のベルトで固定された装甲車の内部からこんな言葉を投げてきたのだ。

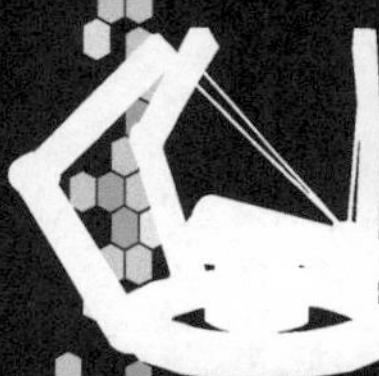

【島国レーザー要塞砲】
"SHIMAGUNI" LASER FORTRESS GUN

全長…130メートル

最高速度…時速0キロ（移動不可）

装甲…放射熱対策用特殊装甲

用途…超広域防衛兵器

分類…不明（オブジェクトと認定した場合は第二世代相当）

運用者…『島国』自防PMC

仕様…固定式

主砲…レーザービーム×1

副砲…なし

コードネーム…なし（通常のオブジェクトとは定義されていないため）

メインカラーリング…ホワイト

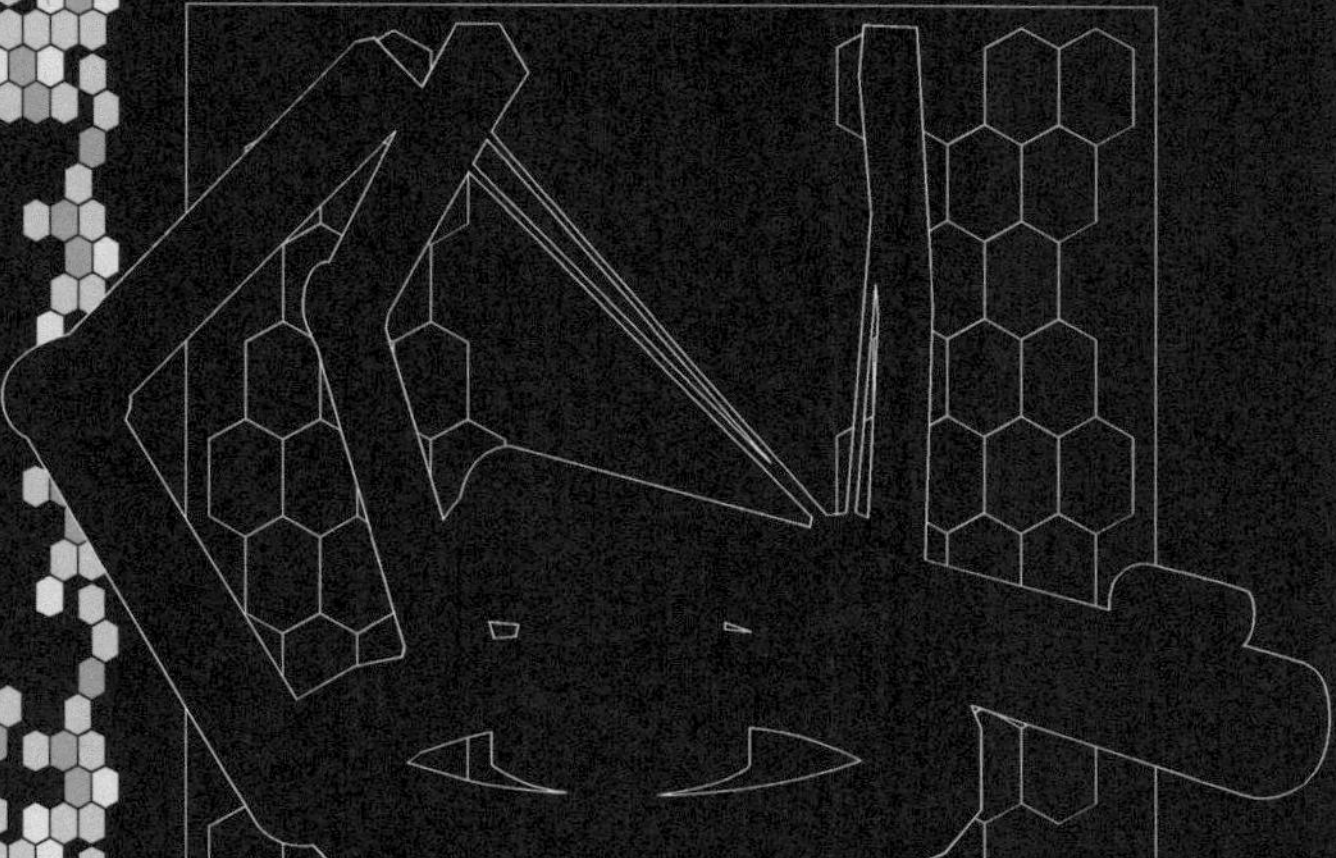

"SIMAGUNI"LASER FORTRESS GUN

「お客様。概算ですが西方一〇〇キロ、高さおよそ三八〇〇メートルからの俯角撃ち下ろしです。合致する地形は富士山の山頂‼」

冗談ではなかった。

道理で東京湾を守る要塞砲はレールガン……つまり水平線の向こうまで狙える対艦船用に特化していた訳だ。弾道ミサイルや爆撃機など、対空専門の分厚い防衛手段は別に用意されていたのである。

我らが上官フローレイティアの説明不足なんぞいつもの話である。

良く鍛えられているクウェンサーはちゃんと青い顔をして爆乳を呪った。

「つ、つまり逆に言ったらフジヤマが見える所は全部レーザー要塞砲の射程圏内って事？　ふっ、ふふふ富岳三十六景ってどこからどこまでフジヤマが見えたんだっけ⁉」

「何でも良いさ。それだけ馬鹿デカいレーザービームだろ、人口密集地域のトーキョーまで上陸しちまえばヤツらも撃ってはこれねえ‼」

「……おい毛虫、そんなに簡単な話じゃあなさそ――――うじゃけんぞ」

眼帯メイドが低い声で（実はご主人様ラヴでこんな所で絶対絶対ぜえーったい死んでほしくないから☆）『貴族』のボンボンを厳しく戒めていた。

オブジェクトは時速五、六〇〇キロで高速戦闘を行う。東京湾の通行なんてあっという間だ。にも拘らず『ベイビーマグナム』や『ラッシュ』の進軍が止まっていた。

ずっ、と。

前方、深夜の真っ黒な海面から何かが浮かび上がってきたのだ。

まるで『島国』の連中が好きそうな巨大な怪物だ。

東京湾を東西に結ぶ高速道路の真ん中、人工島サービスエリアの辺りからだった。まるで招かれざる客の東京入りを阻むように、海に引かれた一線に反応して何かが起動したのだ。

全長五〇メートルもの影の正体は、今さら語るまでもないだろう。

ついに、謎に包まれた『島国』製がやってきた。

『どれだけ風や油を取り除いても、根本の火種がそのままなら山火事はなくならん。……「四阿」を踏み潰すぞ。オブジェクトという巨人の脚を使って、薄汚れた地面に捨てられているマナー違反の吸い殻をな!!』

ただで済むはずがないのは誰でも分かっている。

それでも本気で『大戦』を止めたい人間だけが集まった。だから彼らは今さらオブジェクトが顔を出したくらいでは止まらない。

オペレーション・東京攻略が始まった。

4

『ざざっ‼　正体不明の雑音あり、おそらく「島国」側が何かしている‼』

『千葉側、工業団地は複雑に入り組んでおり金属パイプや煙突の排熱によってレーダーやセンサー系が邪魔されています。じじーじっ、民間への誤射に注意を‼』

千葉、神奈川、そして東京。

南方より湾に突っ込んできた『エリアバイチャンス』の艦隊を出迎えるように、あらゆる方向から分厚い砲撃が押し寄せてくる。

揺れる甲板上ではまともに立っていられる者の方が少ないだろう。現に、補修材を抱える熟練の整備兵達はおっかなびっくり壁に体を擦りつけながら移動している。外側、金属でできた手すりの方に頼ると衝撃で海に投げ出される事を知っている者の動きだ。

そんな中、だ。

大仰な船にならいくらでもあるレイピアの刃の先端を垂直に立てたまま真っ直ぐ前に右手を伸ばしている女性指揮官がいた。レンディ＝ファロリートは剣を重ねて遠くへ目をやっていた。まるで画家が絵筆を使って風景のどこを切り取るか確かめていくように。

（ま、息苦しい戦闘指揮所は『正統王国』の煙草女に任せるとして……。不調気味のレーダー、

センサー系を補助するのが私の役割とみなします。それが一番あの子のためになる）

重要なのは剣の根元にある装飾だ。

チチカッ、と遠方から輝く瞬(また)き。音速を超える砲弾が空気を引き裂き、すぐそこの黒い海で二〇メートル以上の水柱を天高く舞い上げた。一発直撃どころか、海に浮かぶプラスチックゴミの千切れた破片が当たっただけで手足が吹っ飛ぶほどの力を持った要塞砲だ。

だがレンディは眉一つ動かさなかった。

命の危機は同時に重要なヒントを与えてくれる恵みでもある。

そう変換できない者に軍人は務まらない。

（……敵が使うのはおそらく一七五ミリ。マズルフラッシュの広がりはキヨンの幅一個分の二分の一だからおよそ一〇キロ、光と音の間隔は三〇秒なので間違いなし。ダブルチェック完了、と）

「中央管制より『ガトリング033』へ要請。西北西一万二〇〇メートルを基準点に設定。敵、『島国』の要塞砲は貨物列車に搭載されています。過重積載でひっくり返らないよう、慎重に時速四〇キロで北へ移動し続けていると見て各種修正を。撃て」

ッッッばじゅわ‼‼‼　と灼熱(しゃくねつ)の光が夜の空気を焼く音が炸裂(さくれつ)した。

放たれた副砲のレーザービームは工業団地の煙突の排熱を浴びて急角度で不自然に折れ曲がると、真上から食らいつく格好で、コンビナートの隙間に潜ろうとしていた敵要塞砲を正確に蒸発させる。

『げっ、撃破確認です……。木更津(きさらづ)エリアにて敵、移動式要塞砲沈黙!!』

『すげえ、一般の工業団地を飛び越してから真下に落ちたぞ、あのレーザービーム。あんなの絶対やり合いたくねえ……』

今さらのような報告の嵐だが、まあ、アイドルには歓声が付き物か。

甲板上でレイピアの切っ先を立てたまま前に突き出すレンディが見えているのだろう、アイドルエリートからこんな評価をいただいた。

『おほほ。よいポーズです。まえからおもっておりましたが、あなたもアイドルかぎょうをはじめてみては？　ムチムチせくしーろせんで』

「……ご冗談を。私は裏方のマネージャー向き、そこが一番輝くのよ」

もちろんこれで全てが終わる訳ではない。

一つ一つの破壊の積み重ねによって戦争全体の趨勢(すうせい)は傾いていくのだ。

レンディが息苦しいと嫌った戦闘指揮所ではこんなやり取りがあった。

「カピストラーノ少佐、駆逐艦及び小型空母より当旗艦へ指示の申し出が来ております!!」

「こいつはただの偽装巡洋艦だよ、スカーレットプリンセス号」

(……ちえっ、『情報同盟』のアイドルマニアに面倒な仕事を押しつけられた。黒衣の幼女なり赤衣の三つ子なりマティーニシリーズの小娘どもも気がつけばジャガイモどもに交じって

『島国』入りしているし……。ちくしょう、私もさっさと表に出ていれば良かったな）

フローレイティア達が乗っている船は、そもそも本来は海賊を釣って皆殺しにするため豪華客船に見せかけた特殊な軍艦だ。こんなものを最前線に持ち出している事自体、何でも使う物資不足の戦争を自分から露呈しているようなものだ。

「本当の旗艦はニコラシカ王家が乗り合わせている例のアレでしょう。そういえばあっちにはちゃんと日光浴と深呼吸を勧めておいたか？」

銀髪爆乳が尋ねると戦闘指揮所に詰めるオペレーターは困った顔になった。

「深夜二時ですよ、頭上に太陽はありません」

「そいつは残念、窓もない戦闘指揮所に引きこもっている間に私も未練を断ち切り損ねたな。せめて消毒用のブラックライトでも浴びておくか……」

フローレイティアが適当に呟くと、艦長のアルフォンソ＝ズームもまた肩をすくめていた。

銀髪爆乳の指揮官は続けて言う。

「もちろん最善は尽くすが、展開次第ではこれが最後になるかもしれん。この四角い缶詰だ、いったん戦闘が始まれば外の空気なんて吸えないぞ」

正体不明、『島国』製オブジェクトと富士山山頂に設置されたレーザー要塞砲。

状況はまともではないが、こちらもオブジェクトを二機同時に運用している。

（二対一で強気に攻めればヤツは挟撃を避けて距離を取ろうとするはず。いきなり決着はないね。こちらの船はレーザー要塞砲から丸見えだが、オブジェクトのレーザービームや下位安定式プラズマ砲で海水温度を上げれば湯気や蜃気楼を使って光を曲げられる……）

　そのスケールに惑わされるな。

『島国』の伝説で思考を捨てるな。

　フローレイティア＝カピストラーノは決して高くはない確率を少しずつ拾って、具体的な勝算にまで積み上げていく。

「……それよりまずは敵機の名前を決めるか。『正体不明』なんてテキトーに吹いているからいつまで経っても厳かな空気を払拭できないのよ」

　ヤツは物理に支配され、化学に縛られた鉄の塊だ。

　別に魔法の結界でこちらの弾を跳ね返す訳ではない。

5

『これより敵「島国」製オブジェクトは「アジアンモンスター」と呼称するものとする。繰り返す、敵性コードネームは「アジアンモンスター」‼』

「うるせえマジメに赤ちゃんの名づけをやってる暇あったら早く退避しろ‼　たいひー‼」

　良く教育されているヘイヴィアが律儀に絶叫を返していた。

富士山（ふじさん）山頂（さんちょう）に設置されたレーザー要塞砲は発射頻度不明だが、一発撃ち込まれればどれかの艦船が消える。真正面の『アジアンモンスター』だって馬鹿にできない。菱形状に前後左右四つ並んだエアクッション式フロートに、右側にある長大な主砲はおそらく下位安定式プラズマ砲。砲撃はもちろん、あんなもの体当たりの一発でも受けただけで駆逐艦くらい沈めてしまいそうだ。

よって大勢で揚陸艦に固まっている場合ではなかった。急いで合成繊維でできた平たいベルトの固定具のレバーを両手で動かし、クウェンサーやヘイヴィア達は水陸両用の履帯式装甲車にしがみついて滑り出るように船を離れていく。

そしてクウェンサー達は哀れな漂流者ではない。

ゴッ!!　と。

『ベイビーマグナム』と『ラッシュ』が二機総出で『島国』側のオブジェクトと衝突している隙を突いて、波に揺られるジャガイモ達は東京湾埋立地を目指す。

もちろん『島国』側の防衛戦力はオブジェクト一機だけではない。

『アイスガール1より各員。ハネダにて敵戦闘機の離陸準備を確認、これより同空港を敵性軍事施設とみなして攻撃する』

『こちらバーニング・アルファ。ハネダは三角州と埋立地で構築された足場の不安定な空港だ。つまり馬鹿正直にバカスカミサイル落とすんじゃなくて地表への衝撃の伝わり方を計算して液状化現象を誘発させれば簡単に滑走路から離陸能力を奪……』

『そこの空軍基地（AB）より先に貴様のおしゃべりな口に太くてでっかいミサイル突っ込んでやろうかバーニング・アルファ！　とにかく攻撃開始だ、エンゲージ!!』

パチパチッ!!　と暗い海の向こうが瞬（また）いたと思ったら轟音と共にすぐ近くの海面が一〇メートル以上垂直に盛り上がった。

クウェンサーは目（め）を剝（む）いて、

「北からもなんか撃ってきてる⁉　おい、あっちは例の遊園地がある方だろ!!　いつの間に武装されてんだっ⁉」

「……『島国』の連中、神をも恐れてねえぞマジで」

しかし今から試し撃ちして誤差を求めてから本命の照準をもたもた進めていくようではもう遅い。陸地は目と鼻の先なのだ。

二発目を撃ち込まれる前にさっさと上陸するに限る。

直線照準なら建物を盾にすれば怖くない。

クウェンサー達がいくつかある埋立地の端に到達するのと同時、西の内陸側からも複数のくぐもった爆発音が聞こえてきた。

一瞬、頭の上から降ってくる迫撃砲の合図かと思って身をすくめたクウェンサーだったが、そういう訳ではないらしい。

すぐ隣でガチャガチャとアサルトライフルの点検をしながら褐色少女プタナ＝ハイボールがこんな風に言ってきた。

「はしやトンネルをばくはしているようですね。こちらに『しせん』は向いていません」

埋立地は自然公園や魚市場が多い。まだまだ開けた立地だ、舗装もされていない砂利や雑草だらけの原っぱも少なくなかった。この程度なら普通に砲弾が飛んでくるかもしれない。

『……、───』

沈黙、とは違った。

無線機の向こうから、整備兵の婆さんの押し殺したような吐息が聞こえてくる。自らの意思で『島国』を離れて『正統王国』へ亡命したアヤミ＝チェリーブロッサム。彼女にとって、二度目の来訪はどんな風に映っているのだろう。

空気を全く読まない人が呟いていた。

『これが……伝説の「島国」？』

和風マニアのフローレイティアが、ジャガイモ達の胸にある小型カメラからの映像を精査して呻いていた。

『……フジヤマがいきなり光ったから期待大だと思っていたのに、ゲイシャもニンジャもいない……。どうした「島国」、己のキンニクと刀一本だけでオブジェクトを輪切りにするサムライ部隊はまだなの？』

「こいつこの野郎俺らの命と世界の行く末がかかってる事を完全に忘れてやがる……」

『信心組織』側に切り取られ、歴史と伝統を重んじる『正統王国』の影響力も強い京都や島根辺りならまた違ったかもしれないが、東京や神奈川は『資本企業』や『情報同盟』が幅を利かせているため数字の合理化が進んでいるはずだ。フローレイティアが思い描くような景色でないのは無理もない。

それにしても、

「……フローレイティアさんじゃないけど、思ったよりも普通だな。あの『島国』だぞ？　てっきり景色の半分くらい記号だの立体映像だのに呑み込まれているもんだと思っていたけど」

『貴様も貴様で基準がズレとるのう』

にゅっと、雑に積まれた鉄骨の裏から新しい影が現れた。

銃もナイフも持たない人影が両手を緩く広げていくと、ボッ!!　と赤黒い炎が彼の周りを取り囲んでいく。

それはクウェンサーの見ている前で派手にうねり、そして真上から躊躇なく襲いかかってきた。まるで大蛇がカエルでも丸呑みしていくように。

「どこのどの辺が普通だ馬鹿野郎っっっ!!!!!!」

慌てて散開しながらヘイヴィアが叫ぶ。

砂利の原っぱに叩きつけられた炎は四方に飛び散った。火炎瓶や火炎放射器のような、不自然に粘ついた炎だ。

反応が遅れて固まっていたクウェンサーについては、一二歳のキャスリンに押し倒されて土管の裏へ引っ込む形になった。幼女から腰に抱き着かれて倒れたまま少年は叫ぶ。

「なにあれっ、あいつもプタナと同じオカルト系か⁉」

「センパイ。わたしたちの『力』はかんかくのきょうかが主であって、いわゆるちょうのうりょくではありません。手から炎を出したりスプーンを曲げるほどげんじつをむししませんよ。ああいうのはたいていトリックです」

大蛇のように曲がりくねる炎の塊は、銃弾とはルールが違う。遮蔽物の裏に引っ込んでも普通に回り込んでくる恐れがある。

ただし、扱っているのはあくまで同じ人間。

『視線』の有無で攻撃のタイミングを読めるプタナが指先で合図すると、少し離れた別の盾に引っ込んでいたワイディーネやカレン達メイド組が頷いた。彼女達がピンを抜いたスモークグレネードを投げ込んで敵の視界と呼吸を奪ったタイミングに合わせて、ヘイヴィアやレイスの傍らに控えている青年らが複数の角度から鉛弾や擲弾をぶち込んでいく。

スモークの中では咳や涙を誤魔化せない。それをしないのは死人だけだ。

「ハイテク火炎放射器だ……」

ヘイヴィアは死体の傍に近づくと、太い銃に似た武器を足で軽く蹴って呟いた。

得体の知れないパイロキネシスの正体は、

「カグツチ9？　とにかくこいつはマイクロレベルの泡で可燃性の燃料の粒子を包んでから辺り一面に散布してやがったんだ。そいつを任意のタイミングで割って空気中の酸素と結合させて起爆する。ようは顕微鏡サイズのナパーム弾だぜ。こいつがあれば火炎放射の空間デザインができる。ドラゴンブレスも炎の剣も自由自在だ、小さな『ビーアブレイズ』ってトコか」

『カグツチ系のシリーズは元々音楽科のパレード用装備じゃぞ……？　何だかんだで追い詰められておるのかもな、「島国」側も』

唯一『島国』の実像を知る整備兵の婆さんが、疑問と不審を滲ませながら呟いていた。

死体は東洋人っぽくなかった。外国人傭兵かハーフなのか、髪は明るい金色だ。そういえば婆さんも以前そんな事を言っていたか。

クウェンサーはごくりと喉を鳴らして、

「……個人レベルの装備で『こう』ならオブジェクトの中身はどうなってんの？」

おっかないが、足を止める訳にはいかない。

当然ながら敵は一人ではない。道中、建設用の鉄骨やトンネルみたいな鋼管が宙に浮かぶ場面を見た。何か細かいものが群がったと思ったら、口から血を噴いて仲間が倒れた。

だがそれらはみんな手品だ。

得体の知れない『伝説』に振り回されなければ、実態以上の被害や混乱に襲われる事はない。

「竜巻発生実験装置？　ようはやたらとハイパワーな掃除機を積んだ気圧変化ドローンに、いきなり血を吐いたのはマイクロプラスチックか。本来は空気と混ぜて燃やすっぽいけど」

「結局フツーの鉛弾が一番強えんだよな」

「敵だって分かってるさ、だから鉛弾が通じない戦場を作りたがっている。小細工じゃ怯(ひる)まないって判断したら基本に路線を変更してくるぞ」

　クウェンサー達が埋立地を経由して浜辺のテレビ局に向かうと、実際に巨大な橋が丸ごと落ちていた。ただクウェンサー達にはあまり関係がない。渡河能力を持った履帯式装甲車で海を渡ればいよいよ東京本土(とうきょうほんど)だ。

　ドカドカドカッ!!　と。

　遠くから響いてくるやや丸まった追加の発破音は、高架線路なり高速道路なりが『島国』自らの手で爆破されていく音か。クウェンサーは身振りで近くの少女達を手招きしながら、

「プタナ、キャスリン、来い。レイスもこっちだ！」

「ふむ。まあ頑強で不穏な三つ子の装甲車よりはマシか……」

　クウェンサーは身振りでマティーニシリーズの指揮官を誘って『戦場お掃除サービス』の装甲車の屋根に引っ張り上げる。見た目はクールだけど背丈がないのでほとんど両手で抱き上げられるネコちゃんだ。

　履帯式の装甲車はガロガロ音を立てて人工の砂浜から暗い海に向かうところだった。対岸ま

では二キロもない。

揺れる屋根の上で幼いレイスは言う。

「向こうに着いたら、ひとまず目印は京浜東北線だ。海辺の線路沿いの道を北に向かって秋葉原まで辿り着いたら、そこから西へ方向転換。総武・中央線に沿った道路をなぞれば間違いなく市ヶ谷まで行ける」

クウェンサー達を乗せた水陸両用の装甲車は落ちた橋に沿って瓦礫の海を進む。線路を目印にして道路を進むのは最短コースではないらしいが、クウェンサーも賛成だった。こんな複雑に入り組んだ敵地の中を無理にショートカットして迷子・遭難なんて末路は真っ平だ。

「おにーちゃんほきゅうー」

「うわ抱き着くなキャスリン、今は戦闘中だ！　周りに警戒‼」

「へっへへー。おふねでぷかぷか、おにーちゃんがうみにおちないように！」

と、

「……、」

「む？」

キャスリンが疑問の声を上げた。

少年の隣にいたレイス＝マティーニ＝ベルモットスプレーが自分のペン型デバイスを指先でいじくりながら、逆の手でクウェンサーの軍服をちょこんと摘んでいたからだ。

　正面からしがみついたままキャスリンのほっぺたが膨らんだ。

「おにーちゃんこいつだれ？　おにーちゃんは私のおにーちゃんだ！　なんて言ったって私はキャスリン＝バーボタージュだもんね、ふふんっ」

「ぶぼふば！　こっ、こんな小さな子とけっこんしたんですかげどうセンパイ!!⁉??」

「いきなり割り込んできて面倒臭いプタナ！　こいつは義理の妹だよ!!」

　が、台風の目は一個だけではなかったらしい。

　手の中でペン型デバイスをくるくる回し、レイス＝マティーニ＝ベルモットスプレーは語る。

「こんな凡庸にして薄汚れたジャガイモなんぞ貴様にいくらでもくれてやるが、いつでも自由につまみ食いする権利は常にこちらにある」

「つまみ⁉」

「どうだ、オトナだろう？　（……というか海には不快で醜悪なヤツらがいるからな、わさわさ蠢くフナムシどもが。ああ怖い怖い……）」

　幼い少女達の間で攻防があったようだが、クウェンサーには価値基準がサッパリ読めなかった。何故レイスは（うっすーい）胸を張り、そしてキャスリンは青い顔して戦いているのだ？

　ヘイヴィアはヘイヴィアでなんか暗い顔してブツブツ呟いていた。

「……ああ、うちの妹もこれくらいの可愛げがあれば……」

　レイスにしてやられた（？）キャスリンはクウェンサーの腕の中でガタガタ震えながら、

「でもおにーちゃん、こんなはでにうごいて『四阿(あずまや)』のクソやろうたちはにげ出しちゃわないの？　『大戦』をおこしたくろまくってぜんぶで4人しかいないんでしょ」

「どこからどうやって？　いいかいキャスリン、ヤツらは表向き書類に出てこない木っ端(こっぱ)の隊員Aなんだ。特権はない。勝手に持ち場を離れて逃げ出せば敵前逃亡扱いで同じ『島国』から背中を撃たれる。仮に手際(てぎわ)良く逃げ切ったとしても指名手配の脱走者として書類からばっちり浮かび上がる。つまり早いか遅いかの違いしかなく破滅確定だ。だから『四阿(あずまや)』は逃げられないよ、悪目立ちしたら死ぬ運命なのは分かっているからね」

「へぇすごーい、おにーちゃんあたまいーい」

「これ絶対一二歳のガキに言い含める内容じゃねえぞ……」

しかしそう考えると穴を埋めるためあちこちから集めた傭兵とはいえ、何も知らずに自分の古巣に紛れた黒幕を守って死んでいく自防ＰＭＣの皆さんには可哀想(かわいそう)な事をしている。手を緩めれば黒幕の思うつぼだが。

そうこうしている内に装甲車が対岸に辿(たど)り着(つ)いた。

戦車と同じ履帯だとギャリギャリと音がうるさい。これでも時速七〇キロくらいは出るらしいから驚きだ。

平べったい埋立地から海を渡って陸地に乗り上げると、景色がガラリと変わった。ウォーターフロントの一等地。きらびやかな高層オフィスビルや億ションがずらりと並ぶ夜の景色は、都会型の成功者が身を任せる世界そのものだ。ここでは塩素臭い水道水よりヴィンテージのワインの方がパカパカ呑まれているだろうし、多分こうしている今もどこかの窓では美女がガラスにおっぱい押しつけながらセッ○スしてる。

宝石箱の世界でヘイヴィアやミョンリ達は車両の上から地面に降りると、無骨な武器を構えていく。

低く重たいモーター音は隠し切れていなかった。道路工事並みの破壊力でセレブな女社長のタイトスカートの中を抉り込むタングステン製のオモチャでなければおそらく敵の新手だ。

「……来たぜ、来た来た。総員散開して警戒、これだけ人数いるのに射線が一本きりじゃもったいねえ！　『普通の戦力』がやってきやがった‼」

いきなりだった。

片側三車線の巨大な十字路を遮る形で、貴族サマの赤絨毯のように何か巨大なロールが転がった。足回りを狙う対車両スパイクが一斉に展開されたのだ。ビルの陰から何か顔を出してきた。それは分厚いパワードスーツだった。しかもあれだけ膨らんだ巨体であっても手にした一五五ミリ狙撃砲の反動を自分で管理しきれないのか、足回りはなんか特殊だった。オフィス用の小さな車輪のついた椅子に腰掛けているように合体しているのだ。椅子の脚そのものがわさわさ動いて段差を越えられる他、前に放り出した人間っぽい二本足でも方向転換はできるようだが。

『……歩行最適化計画、か。あれから何十年経っていると思っておる、まだあんなオモチャで遊んでおったのか「島国」は』

「パワードスーツの意味ないっっっ!!!!!!」

クウェンサーからの苦情の声は聞いてくれなかった。ドカバカバカ!!　という重たい連射音と共に『戦場お掃除サービス』の履帯式装甲車が粘土の塊を木の棒でガツガツ削るみたいに大きく抉り取られていく。並の装甲車くらいでは耐えられないが、外に出たってあの連射の中では普通に自動車で良い人からワイディーネ達は逃げられない。ヘイヴィアは頭を低くして逃げながらもスタングレネードのピンを抜いて放り投げた。

落雷みたいな発光がいつまでも残像を滲ませる。

パワードスーツの動きが一瞬固まったのは目を潰されたからではなく、凄まじい光量に対応するべくカメラ映像のネガとポジが自動で入れ替わったからだろう。それが最も効率的とは言っても、無警告で機械にいきなりやられると中の人間は狼狽えてしまう。密閉されたパワードスーツあるあるだった。

そのタイミングでワイディーネ達ナンチャッテメイドが履帯式装甲車（の残骸）から飛び出し、まだ生き残っているマティーニ三姉妹の履帯式装甲車から四〇ミリ機関砲が火を噴いた。もちろん本命ではなく牽制用。パワードスーツ側の射撃のタイミングに合わせて着弾させる事で反動を上乗せし、椅子に腰を下ろしたような巨体のバランスを崩しているのだ。

ボールペンに似た信管をつけた粘土状の爆弾『ハンドアックス』を投げつけると、ぺたりとパワードスーツの装甲表面に張りついた。ちょうど右の鎖骨辺りだ。

人体骨格ベースの制約から逃げられないパワードスーツの場合、一番脆い箇所とも言う。

アスファルトへ飛び込むように身を伏せたクウェンサーが無線機のスイッチに手を掛け、一気にパワードスーツを爆破していく。

最も交差点に肉薄したクウェンサーがいの一番に気づいた。倒れたまま叫ぶ。

「パワードスーツ撃破ー、ただし奥にまだ何かいる!!」

『うわー歩兵もろーい』

「俺はただの『学生』ですッ!!」

うんざりしたような女子ボイスが無線から聞こえたと思ったら、倒れているクウェンサーのすぐ横を履帯式装甲車が突っ込んでいった。交差点を塞ぐように展開された対車両スパイクも無視して、故障も辞さない覚悟で二機目のパワードスーツに正面から突っ込んでいく。こっちは本体の手前にデカい脚立を置いて寄りかかっているようなシルエットだった。あれで一機。両手の可動に影響が出そうだが、よっぽど地面に手足をついて犬みたいに這いずり回るのは嫌らしい。とはいえ何にしても基本はバランスの悪い人体ベース。履帯式装甲車は後ろにひっくり返すような格好で敵の上に半ば乗り上げ、パワードスーツの動きを封殺していく。

　あまりに近すぎるとかえって長大な砲身の一五五ミリ狙撃砲は使い物にならなくなる。なんかやたらとでっかい飼い犬にのしかかられて身動きが取れなくなった幼女みたいにわたわたしている巨大なパワードスーツへ、ヘイヴィアが肩に担いで発射した携行ミサイルが思いっきり突き刺さった。

「撃破ー！　モヤシ野郎にばっかりイイ思いさせてたまるか!!」

「うるさい鉄釘よりえげつない破片がそこらじゅう飛んでるよバカ！　お前のおかげでここ爆風の危険帯!!　伏せてなきゃ破片の雨でフツーに死んでるし!!」

『感謝の念ならこっちだろ。タングステンのスパイク噛んじゃって履帯が丸ごとやられちゃったからさー、そっちの「戦場お掃除サービス」のスクラップからまだ使える修理道具引っこ抜いてくんない？　どうせ宝の持ち腐れっしょ』

　自分で整備点検のできない三つ子のおみ足を恩返しモードでマッサージさせていただく羽目になった。いつ爆発するかも分からんズタボロ装甲車におっかなびっくり近づいてジャッキで車体を持ち上げ、数珠のように繋がった履帯を交換していく。

「こっ怖い、こんなの月給でざっくり給料計算されるのなんておかしいよ……。きちんと作業とリスクを数えて計算するべきだっ」

「何言ってんだ俺ら『エリアバイチャンス』だろ。今どこにも所属してねえんだから『大戦』

終わるまで給料なんか出ねぇよ、まだ『正統王国』気分でいたのかよ」

「正義のための戦いなんて絶対変だッ!!」

とはいえ、だ。クウェンサー達としても重装備の敵集団相手に歩兵だけで突っ込むのは心許ない。動かせる車両は一台でも多い方が良いのだ。

しかし戦車砲のように爆発しないとはいえ、『島国』側はこのキラキラした夜の街で一五五ミリの馬鹿デカい狙撃砲を水平に連射してきた。ヤツら複合装甲の戦車を普通に貫通する流れ弾が自前の街を薙ぎ払ってしまう展開については恐れていないのだろうか?

「変だぞ、こんなの変だ……」

「何が? 『島国』相手にまともな常識なんか通じるとか思ってんじゃねぇよ。おっ、あれじゃねえのか。青い案内板に秋葉原ってある」

「ちょっと待て、いつまで経っても話に聞く電気街っぽくならないと思ったらこっちはオフィス街側か? 駅を通りすぎてる……。戻れ、訳知り顔にして方向音痴な総員よ。どうやら不発で半端に残っている真上の高速道路に惑わされたらしい。こりゃいったん高架線路を潜って大通り側から引き返した方が確実だ」

ちなみに電気街側から改めて再突入した深夜の秋葉原は超寂しかった。

レイスの言う大通りとやらも、どこもかしこもシャッターの下りた死んだ街だ。そしてガショガショと音を立てて複数のパワードスーツが巨大なコンクリートの箱みたいなバリケードを置いていた。今度は設計レベルでバランスを強引に補強している訳ではなく普通に二本脚だった。なんかアニメっぽい柄のコンクリ塊については車両留めと遮蔽物を兼ねているようだが、だったら最初からコックピット周りの外殻を分厚くすれば良いのに。クウェンサーは不思議に思った。というか四角い塊の方に走行能力と射撃能力を与えた方が同じスペックでパーツも少なく済むから楽して大量生産できるのでは？

「……やっぱり人型兵器なんて無駄の塊だ。『島国』め、こいつら何で掌でちゃんと武器を握って腕力で戦いたがるんだ」

「おい、伝説のアキバまで来て人型兵器と鉄道の悪口はやめておけよ。殺気立った連中に囲まれてえのか？」

『パワードスーツ最大の利点はマニュアルなしの手足の感覚だけで操縦できる利便性じゃよ。人体としてのバランスの悪さを呑んででもな。……それにオブジェクトもオブジェクトで無駄の塊じゃ、特に最初期はとにかく核の時代を終わらせる事しか考えない採算度外視状態じゃったからのう』

ようはスマホ感覚ですいすい殺せる便利兵器って訳だ。

そんなラメでギラギラ光る黒ギャル系ガジェットにやられてたまるか。

誰も来ないのに牛丼屋だけが開いている不思議な街で大口径の銃撃戦が始まった。

「ぐおおこっちが設計士志望のインドア系ってだけで虫けら見るような蔑んだ目でくすくす笑

いやがって、クラスの中心に立ってるケバケバ女子がそんなに偉いのかあああー!!」

「えっ、ちょっと待ってテメェさっきから丸めた爆弾投げながらナニ変換してんの？　アキバでギャルだとパワードスーツの中身はナゾの地下アイドルとか表でチラシ配ってる胡散臭いメイドさんとか？？？」

『……まあ秋葉原のメイドがある程度の知名度をもってチヤホヤされておるのは事実じゃが、はて学校の中心人物とプロファイリングは一致するもんかのう……？』

　わざわざ遮蔽物を用意しているところからも分かる通り、パワードスーツは硬さで言えば装甲車より軽い程度で、つまり専用の装備があれば普通に抜ける。地上はもちろんビルの屋上などにも携行ミサイルや装甲車の機関砲で砲撃して３Ｄプリンタ代行やソシャゲの広告看板裏に潜む伏兵のパワードスーツを地べたに落としつつ、クウェンサー達は方向転換して西へ向かう。

「くそっ中身は全部男じゃないか、躊躇わずにもっとパワードスーツの正中線を集中的に狙っておけば良かった!!　何これ執事喫茶？」

「ひとまず得体の知れない『島国』カフェから離れようぜクウェンサー」

「(ピキーン！)　えっええ!?　ベイビーマグナムってアキバでなくちゃ出てこないんですか？早く言ってくださいよッ道理で今まで世界各地の戦場をどれだけ歩き回っても見つからないと思っていたらこんなあっさりと……!!」

「「ミョンリ貴様私用のスマホ持ち込んでるな？」」

世界の命運を分ける戦いがブレ始めていた。

今度は総武・中央線だ。すでに『島国』自身の手で爆破されて落とされている高架線路を目印に神田川沿いの道路を集団で歩き、いよいよ都心内部へと切り込んでいく。

というか都心の奥に進んだのに雰囲気がちょっと寂しくなってきた。

なんていうか、建物の高さが低い。

クウェンサーはうんざりしながら、

「御茶ノ水の先は例のドーム球場だよ……。絶対なんかあるよ……」

「何で野球場までは何もねえって無邪気に信じてんだ？　ほら来たぞ新手!!」

コンクリで固められた狭い川を窮屈そうな格好で巡視艇が流れてきた。見た目は釣り船よりちょっと大きい程度だが、あんなのでも前後の甲板には二〇ミリのガトリング銃と八一ミリの迫撃砲を備えている。ただ幸い、川は一段低い所を流れているので撃てる角度はかなり限られている。緩い坂を下りつつ、ブタナとキャスリンが死角からピンを抜いた手榴弾を大きく投げ、護岸ブロック下の船の甲板に落として元気に吹っ飛ばしていた。

ちなみに遊園地と合体したようなドーム球場ではやっぱりド派手なお出迎えが待っていた。

来るぞ来るぞと身構えていたので実はそんなにビビらなかった。

「走れ早く突っ込め!!　土塁と装甲板でガワを固めた列車砲だ、ヤツら近くを走る地下鉄で材料運んでこんな場所で組み立ててやがった。クウェンサー、テメェの爆弾でアレ吹っ飛ばさねえと俺ら全員立ち往生だ!!」

「やだよ給料出ないのに何で俺が⁉　ほらミョンリ頑張って!!」

「ぶっ⁉　……人がせっかく存在消してやり過ごそうとしてたのにこのダメ人間は……。どさくさに紛れて何でもかんでもこっちに振らないでくださいよっ、こういうのは最初に言ったヘイヴィアさんが一人で頑張れば良いと思います!!」

馬鹿どもがぎゃあぎゃあ叫んで摑み合いしている間に眼帯メイドのカレン達が素早く動いてささっと隊員達を皆殺しにしてしまった。

口径八〇〇ミリ。一発撃ったら学校の校庭が分厚い爆風と破片の雨で埋まるほどの破格の威力を持つ列車砲だが、距離一キロ以内まで近づいてしまえば逆にできる事は何もないのだ。今まで撃ってこなかった事を考えるに、『島国』側も大慌てで組み立てていったものの最終的な照準まで間に合わなかったのだろう。忘れてはならないのが、向こうは奇襲を受けてベッドから飛び起きた側だという点である。

クウェンサー達がさらに線路沿いに進んでいくと、川が道路の下へと潜っていくのが見えた。暗渠だったか。なんか自己主張が激しい。普通にどぶ臭かった。

「そろそろ？　市ヶ谷って釣堀のある駅なんだっけ？？？」

「待て待て、ここは一個前だ。間違えるなよ、水道橋の次だからここはまだ飯田橋だぜ」

『飯田橋より先は神田川ではなく外濠に変わるはずじゃ。まあ緑色の藻のひどさはどっちもどっちじゃが……』

駅からやや離れた背の低いビル群。その屋上から一二〇ミリ砲で狙撃され、クウェンサー達は慌てて駅のモールに身を隠す。またもやパワードスーツだ。そしてこういう時はやっぱりマティーニ三姉妹の装甲車だった。途中で拾った迫撃砲を強引にくりつけていたのも良い。ハッチから這い出てきたアリサだかリカだかが屋根の後ろの方で屈んでもそもそ作業していた。

夜空に銃口を向けてスコープを覗くヘイヴィアは、アサルトライフルにゴテゴテつけたセンサー類から何か掴み取っていた。

「気温は二度、湿度は五〇%。チリや埃は少ねえ。風は基本南西から三メートル、ただし高層建築の壁面に沿ってビル風ができてる」

「あいよー」

コルクを抜く音を派手にしたような発射音と共に野球の遠投みたいな放物線を描く。最初の一発で屋上の辺りで派手に爆発が起こり、パワードスーツをしっかり巻き込んだ。

敵は沈黙した。

薄汚れたジャガイモ達は双眼鏡を使って着弾の確認をしていた。

KADOKAWAと書かれたビルが斜めに傾いていた。

「ヤバい逃げろっ」

6

『ベイビーマグナム』と『ラッシュ』の二機は、深夜の東京湾で『島国』側の詳細不明オブジェクト『アジアンモンスター』と高速戦闘を繰り広げていた。

東京湾は言うほど広い戦場ではない。東京、千葉、神奈川。どこの湾岸からでも砲撃されるリスクはあるが、逆に言えばその程度の広さしかないのだ。

地形はむしろお姫様達に味方する。

逃げ回るための可動域が少なくなれば、『ベイビーマグナム』と『ラッシュ』からの二面同時攻撃をかわすのも難しくなるはずだ。

なのに、

「しぶといっ。もうなんぱつか当たっているはずなのに沈まない‼」

『おほほ、オブジェクトの方は足止めが主なのかしら。そうなるとやはりほんめいは……』

ガカァッッッ‼‼‼ と。

深夜の闇を引き裂く真っ白な閃光の一瞬前に、二機は軽やかな挙動で回避運動を取っていた。

富士山の山頂に設置された巨大なレーザー要塞砲。関東から中部にかけての一円は丸ごとヤツの射程圏内だ。海上のオブジェクトにばかりかまけていると、開けた海で狙い撃ちにされてしまう。

　こっちは特殊なゴーグルを使って瞳孔や虹彩に負担をかけてまでレーザーで眼球の動きを読み取らせているのに、まるで透明な粘液の中でも泳いでいるようにもどかしい。場当たり的な攻撃が当たる当たらない、敵弾を回避できるできないではなく、もっと根本的な所で状況に追い着けていないのが分かる。

　フローレイティアから緊迫した提案があった。

『お姫様、必要ならサーモバリックで蜃気楼を作る』

「こっちのしょうじゅんがそれるからやめて。ただしふねがねらわれたばあいはそっけつで」

『おほほ、この私がもうちょいまえに出て「島国」をあせらせましょう。ノロマなかんたいの方がねらわれてはたまりませんわ』

　こういう所は腐っても一応部隊全体の中枢たる操縦士エリートか。

　ゴッ、と二機はより一層『アジアンモンスター』に向かっていく。

　二面同時攻撃ができるのはこちら側だけではない。

　むしろ破壊力だけなら『島国』の方が上だ。富士山山頂のレーザー要塞砲はオブジェクト相手であっても一撃必殺の域に達している。

「……出力デカいよね、じっさい」

『つうじょうのどうりょくろの他に、火山のエネルギーでもうわのせしているのではなくて？

おほほ、今でこそあんていしておりますが、ぶんるいてきにはフジヤマは巨大なかつかざんでしょう』

「どうやってほうしゃねつをうけながしているのやら」

『ひょうこう3000メートル以上なんですのよね。なら氷か何かでほうしん全体をうっすらとコーティングしているのでは？』

しかし来るべき方向さえ分かっていれば怖くない。

要塞砲は要塞砲。『動かない狙撃手』であれば脅威のレベルは一段下がる。

レンディ＝ファロリートからはこうあった。

『こちらも富士山山頂周辺で分厚い雲が出るように天候兵器を散布しておりますが、芳しくありませんね。やはりミサイル、砲弾の類は対空レーザービームとの相性が悪い』

『おほほ。目立ちすぎてしゅうちゅうほうかをあびないていどにしておきなさい。あなた方は、ゆうこうなダメージを与えられないくらいでちょうど良いのです』

お姫様はそっと息を吐く。

（……はあ、とっととじょうりくしてクウェンサーたちのサポートしたいんだけどな）

『アジアンモンスター』はいったん右手側に緩くスライドした直後、一転して激しく左へ切り返した。

典型的なフェイントだ。

狙われたお姫様はレーザー要塞砲の動きに留意しつつも真正面からの下位安定式プラズマ砲をスライド移動で回避すると、まず返礼として『ベイビーマグナム』がカウンター気味にレールガンをわざと敵機のど真ん中ではなく左手側に撃って退路を断ち、相手がビビって動きを止めたところへ続けて『ラッシュ』が本命を放った。

　ばじゅわッ!!!!!!と。

　金属の蒸発する嫌な音が炸裂した。『ラッシュ』の連速ビーム式ガトリング砲がまともに『アジアンモンスター』の球体状本体、そのど真ん中をぶち抜いたのだ。数万もの死の雨が一本の太いラインを形成する。抉って抉って削って抉る。機械の傷口はオレンジ色に溶け落ち、冗談抜きに、ドーナツのように向こう側の景色が抜けて見える。

『おほほ！　ごらんになりまして私のじつりょくを？　このはなばなしさこそがアイドルのあかしなのです!!』

「わたしがサポートしてあげたからでしょ」

『きゃー!!　世界のトップアイドルはやっぱりやる事がちがーう!!!!!!』

「そこのしきかん、このバカ甘やかさないで。はあ、これってきっとファンとかんきょうが人をダメにしているのね……」

　無線越しに響くレンディ＝ファロリートの声にうんざりしながらお姫様は返す。

ぎぎぎ、と軋んだ音を立てて斜めに『アジアンモンスター』が傾いていくのが分かる。

あの状態では動力炉は保たない。海に沈んでいく前に派手に起爆して巻き込まれるのを避けるため、『ベイビーマグナム』はゆっくりと機体を後ろに下げようとした。

危なかった。

何かに気づいたお姫様が、慌てて機体を真横に鋭く吹っ飛ばす。

閃光(せんこう)が炸裂(さくれつ)した。

『ベイビーマグナム』の七門ある主砲の内、一番左の外側にあった一門が強烈なエネルギーを浴びて焼き切られていく。

富士山(ふじさん)からのレーザー要塞砲……ではない。

今のは明らかに同じ海の真正面から、『アジアンモンスター』から解き放たれた下位安定式プラズマ砲の一撃だ。

というか、

『おほほ。沈ま、ない？　どっ、どうりょくろははかいしたはずですわよ!?』

「やっぱり『島国』せい……。まだ何かある!!」

7

飯田橋(いいだばし)を抜ければ次はいよいよ本命、自防ＰＭＣの拠点がある市ヶ谷(いちがや)だ。

『……市ヶ谷、か』

無線で整備兵の婆さんが何かぽつりと呟いていた。何か思い入れでもあるのだろうか。

書類上は『資本企業』の駐屯地だが、実際には四大勢力全部が自由に行き来できる共同利用施設。

場所については建物の屋根から突き出た特徴的なアンテナ塔を見れば良い。普通の市街地から明らかに浮いた一角が見て取れる。

ヘイヴィアは二月の深夜に白い息を吐きながら、

「ようやっと『四阿』にご到着だぜ。あのビルまとめて吹っ飛ばしゃ良いのか？」

「外国人傭兵が蜂の巣みたいにわんさか詰まってる自防ＰＭＣの中で『四阿』は四人しかいないんだぞ、顔と名前分かってんのか。『大戦』が終わるかどうかがかかっているんだ、しっかり殺して完全に確認を取りたい」

「命令に従って戦う大多数の自防ＰＭＣは悲惨だなオイ」

「なら後生大事に抱えてる銃を捨てて感動と勇気で説得してこいよ。俺は『島国』の技術が怖い。ひとまず連中黙らせて、建物の中のコンピュータを漁ろう。絶対どこかに痕跡が……」

クウェンサーの声が途中で止まった。

ボン!!　と。

まだ何もやっていないのにいきなり市ヶ谷駐屯地の建物から爆発があった。ただし煙の出ている場所がおかしい。ビルの窓からではなく、なんか地べたにある地下の通風孔みたいな場所から体に悪そうな黒い煙がもこもこ湧き出している。

しばし、ヘイヴィアはぽかんとしていた。眼帯メイドのカレンから呆れたように肩を叩かれて、ようやく我に返ったようだ。『貴族』のボンボンは数秒遅れて敵の狙いに追い着いた。

「やっ野郎、馬鹿デカいサーバールームに火でも放ちやがったか⁉ あの四人は俺らを迎え撃つより自分の顔と名前を消す方に集中しやがったんだ‼」

もうメチャクチャだった。

機密保持のためか、市街地にあってもこういう時自防PMCは外から消防車を呼んだりしないらしい。消火栓に太いホースを繋いで自前の消火設備を敷地の内側に向ける隊員達にそっと銃を突きつけ、容赦なくヘイヴィアやミョンリ達がその背中へ発砲していく。

普通ならこんな簡単にはいかないはずだ。やっぱり戦争では予期せぬアクシデントが一番怖い。

敵前逃亡には銃殺、隊員Aとして正体を隠しながら生きている四人だって逃げられない。

そういう前提もこれで崩れる。

兵隊と四人は施設内で火災が起きた場合に限って持ち場を離れて逃げ出す事が許されているのだ。死体の数や身元を調べ終わるのにいくらか時間がかかるため、一時的に行方を晦ましていても『混乱下の点呼ミス』と言い張ればさほど悪目立ちもしない。

一方、奇襲を仕掛けているクウェンサー達はあまり長時間『島国』に留まっていられない。そうなったら今度はこちらが包囲されてしまうのを、クソのカルテットも理解している。

（カラット……）

この一瞬逃げ切るだけで黒幕達は永遠に手の届かない場所へ潜れる。

だからそうならないように、ここで潰す。

（お前に糾弾される時代は俺が作るよ。だからもう少しだけ、俺に戦う時間をくれ）

蜂の巣をつついたような騒ぎ。

火事と銃撃の板挟みにされた自防ＰＭＣは不運だが、こっちは誰が『四阿』の四人なのか区別がつかない。おそらく黒幕四人は人命の消耗も織り込み済みだ。そうこうしている間にも炎は広がり、特徴的な建物全体を包んでいく。

アサルトライフルを構えながらへイヴィアが吼えた。

「何でも良いからとにかく探せッ‼」

「ええい、やっぱり中に飛び込むしかないのか。火事の中だぞ、ここだって基地なんだから弾薬庫くらいあるんだろ⁉」

分かっているのは四人という人数だけで、こっちは一人一人の顔も名前も知らないのだ。これまで射殺してきた中にしれっと『四阿』の隊員Ａが交じっていれば問題ない。だがどうにもそういう手応えを感じられなかった。いかに完璧に溶け込んでいても、本気で銃を突きつけたら絶対ボロを出すはずだ。具体的には、『普通の人間が持っていない切り札』を取り出してでも生き残ろうとする。なのにそういう工夫を見ていない。

やはり火災現場を漁る必要がある。

『四阿』が自分の巣に火を放ったという事は、大至急消さないと自分の身元が割れるような何かがあると向こうがビビった証でもある。被害妄想で勇み足をしたのでもない限り、『証拠』自体は確かにあるのだ。だがそれも黙っていたら時間の経過で消滅してしまう。

とはいえ、単純にヤバいのも事実。イメージの世界と違って、実際の火事では頭からバケツで水を被った程度では大した補強にならない。こうしている今も激しい黒煙と火の粉を吐き出し続ける正面玄関を見てキャスリン＝バーボタージュがこう言ってきた。

「おにーちゃんはここにいた方が良いとおもう」

「やだよ!!　一二歳の妹を死地に投げ込んで後ろで楽するくらいなら俺が行くっ!!」

結局戦争なんて見栄の世界だった。

キャスリンちゃんやレイスたんなど幼女軍団を侍らせてクウェンサーが中に飛び込むと、視界が一気に狭まった。黒煙のせいだ。そしてサウナみたいに空気が熱い。プラスチック爆弾が心配になってきた。柔らかい樹脂は高温で溶けてしまう恐れがあるのだが、バックパックの中で変質していないだろうか？

「おい」

黒い軍服を纏うレイス＝マティーニ＝ベルモットスプレーがサブマシンガンを注意深くあちこちに振りながら声を掛けてきた。寡黙な青年はこっちについてきていないから、おそらく別の仕事を任せているのだろう。

「時間がないな。大慌てで鈍足な駒よ、どこから探る？」

「『四阿』の連中の心理を読むんだ、火元に一番ヤバいものが眠っているはず!!」

一刻も早く証拠隠滅したいのに、わざわざ遠く離れた場所で火を点けるバカはいない。逆説的に言えば、クウェンサー達は火の手を避けて捜索する事はできない訳だ。それではいつまで経っても本命に辿り着けない。

クウェンサーが安易に奥へ続くドアを開けようとし、レイスとキャスリンの二人がかりで横に突き飛ばされた。ドアがわずかに動くと同時に内側から激しく爆発する。バックドラフトだ。こんなのいちいち付き合っていられない。

「ひぃーっ!!」

「ふふふ、かたの力を抜いて私にだけみっともないトコ見せてくれるおにーちゃんすっげーあいしてるぜ？」

「……補整効果とは恐ろしい。こいつのこれきっとそんな良いモノじゃないぞ？」

まず炎の中を自由に歩ける装備がいる。

幼女まみれで床に押し倒されたままクウェンサーが震える声で提案する。

「ぱ、パワードスーツを探そう、自防PMCはこれまでも何度も使っていたはず」

幸いすぐに見つかった。

『島国』の最新装備が整備場でずらりとスタンバイ……ではなく、燃え盛る通路で普通に乗り捨てられていた。丸々膨らんだ巨体だから、場所によっては小さな扉を潜れないケースもあるのだ。現実に今まで建物の奥にいたんだから知恵の輪みたいに潜れるはずなのだが、どうやら火災のパニックでそれどころではなくなってしまったらしい。クウェンサー、レイス、キャスリンの三人はそれぞれパワードスーツを見繕って中に乗り込んでいく。

レイスから感情のない声が無線越しに飛んできた。

『ないよりはマシ程度だが、弾薬庫が誘爆すれば建物ごとお陀仏だろうな。臆病な襲撃者よ、それまでにカタをつけよう』

オーブンじみた熱風から全身を守るよりも、黒煙に嬲られ続けた目や鼻から痛みがなくなった方がクウェンサーとしてはありがたい。画像補整をかけて煙に遮られた視界を確保すると、少年達は観葉植物が松明みたいに燃え上がり、何かしらの啓発キャンペーンらしきアニメっぽいポスターが変色してめくれ上がる、オレンジ色の高温地帯をガショガショ歩く。

「……あの笑顔で敬礼している二次元ポスターにつられて自防PMC入りする若者なんかいるのかな。体は小さいのに思いっきり巨乳な魔法少女だぞ、ゴリゴリのマッチョ時空とは世界が違い過ぎるだろ」

『さあ？　うちではGカップのアイドルに憧れて入隊する者が後を絶たないようだが。ま、野草ソムリエやヨガインストラクターよりは箔がつく肩書きなんじゃないか？』

レイスのクール可愛いモーションでゴツいパワードスーツがそう言った。

どうやら意地汚い人間はクウェンサーだけではないらしい。ただ女の子の欲望や計算高さは覚悟もなく不意打ちで喰らうと肩が縮むので事前に一言いただきたかった。心臓に悪い。

目的地はもちろん火元だ。自然と階段を降りて地下へ向かう形になった。公的な図面に存在しない隠し区画でしかも黒煙だらけだと普通におっかない。酸素ボンベの残量が予想よりも少なくなっていると気づいた中、沈没船の探索で頭の上を塗装が剥げて錆で埋まった天井に全部塞がれたダイバーならこんな不安に襲われるだろうか？

オーブンレンジの鉄板のように焼けた鉄の階段を降りていくと、何故だか逆に火元に近づいた方が炎の勢いは減っていく。

『つまりさんそがへっているってことだね』

不幸中の幸い、そんな風にホッとしかけたクウェンサーは一二歳の義妹から猛省を促された。パワードスーツを着ていなければ熱風で目玉と肺を焼かれていたか酸欠空気のせいで一瞬にして意識を奪われているガチの極限状況である。

奥には黒く変色した鉄扉があった。バックドラフト対策か、キャスリンとレイスがドアの隙間やノブなどいくつかチェックしていたが、傍目に見ているクウェンサーには良し悪しを判別できない。とにかく分厚い装甲で着膨れした幼女達が可愛らしく頷き合うと、鉄扉をそっと開けていった。

広い空間が待っていた。

自防PMCのデータリンクを支えている巨大なサーバールームだ。イメージ的にはサッカー場より広い平面空間に等間隔で自販機がずらりと並んだロッカールーム、といった感じ。ここにあるだけで関東一円のスマホやタブレットをカバーする通信データセンターの倍以上の処理能力があるはずだ。

壁際に下りの階段が見えるという事は、この一フロアだけではないらしい。全部でどれほどのコンピュータが敷き詰められているのだろう。

「炎は空気を求めてダクトから外に広がったのか……。さあてそれじゃあどこから探す？」

『非常時の情報伝達経路。これだけデカい施設ならバックアップがないなんて話はありえない』

「そんなの証拠を消す側だって把握済みなんじゃない？」

『このバックアップ、軍の公式マニュアルには存在しない裏技だとしてもか？　軍関係じゃ上官一人が部隊全体のコンピュータへキーロガーを仕込んで配下を丸ごと監視するくらい珍しくもないよ。たまにこれで部下のスマホから自分の妻や娘が一家丸ごと喰われている事実が発覚して真面目にして哀れなハゲ頭が絶句したりもするがね。情報なんていうのは握っている側は握られている側には収集の事実すら知らせないもんだ。そして気づいていない者には対策の練りようもない』

　この辺はやっぱり元（？）『情報同盟』の将校か。

　外装は熱で溶けかかっているものの、全てのコンピュータが壊れている訳ではない。レイスは生き残っている機材に（パワードスーツの分厚い指先で）何かを差し込みながら素早く言った。そしてそうなると、『四阿(あずまや)』が火を放った事は逆にヒントに繋(つな)がる。ずらりと並んだ並列コンピュータの内、直接火を点(つ)けられたコンピュータが一番怪しいのだ。

『おにーちゃん、ここだけ油が撒(ま)いてある。N-88ってラベルが貼ってあるよ』

「だってさ、レイス」

『N-88自体は物理的に焼損しているが、こいつは並列コンピュータだぞ。つまり周辺サーバに共有のキャッシュが残っているはず。ほら発見。N-88に収められているのは隊員の技術、体力、モチベーションなどのパーソナルコンディション可視化数値化サービス……。ようは隊員の給与査定資料だ。表向きは「資本企業」でも、実際は四つの勢力がごちゃ混ぜだな』

　クウェンサーはパワードスーツの中で困った顔になった。おそらく顔は見えないだろうから声に出して言った。

「……あのう、それ全部で何万人登録なの？」

『「正統王国」、「資本企業」、「情報同盟」、「信心組織」から同時期に「島国」へ集められた四人だ。利害の調整役ならいずれも前科なしで三ヶ国語以上を扱って、心理学と交渉術のエキスパート、何より金融経済と地政学に明るくなければ話にならん。……そしてハッカー部隊でもない限り、一般で大量に欲しい人材はそこまで学歴を気にしない。変にスマートなヤツが逆に怪しい。ほら、明らかに殺しとは関係ない資格で埋め尽くされているのはこいつらだ』

するとこうなる。

『『正統王国』からはケインズ＝アンブロジア。年齢二八歳性別男性』

『『資本企業』からはイザベル＝ミリオネア。年齢二二歳性別女性』

『『情報同盟』からはフォンラン＝グリーンデビル。年齢三九歳性別男性』

『『信心組織』からはダリア＝ウエディングベル。年齢一五歳性別女性』

ようやく見つかった。

『四阿』、全ての黒幕、くそったれの大戦利益享受者達。

「参ったな……。これ『島国』の陰謀だろ？　なのによそ者ばっかり、元からいた島国人なんか一人もいないじゃん。傭兵だらけとはいえ、自防PMCとか丸っきりやられ損だぞ」

『『四阿(あずまや)』は周りの目を欺く手品師のテーブルが欲しかっただけだ。タブーとしてちょうど良(い)いサイズだったってだけだよ、ここは』

狙撃手とハッカーと世界の黒幕は、顔の見えない間が華だ。

8

動力炉を撃ち抜いたくらいでは『アジアンモンスター』は沈まない。

不死の怪物との戦いが始まった。

「チッ!!」

いつの間にか戦闘指揮所に戻っていた銀髪褐色の指揮官・レンディ＝ファロリートが舌打ちしながらホワイトボードに向かっていた。黒、赤、青。いくつものペンを同時に操る彼女はあっという間にびっしりと文字や矢印でホワイトボードを埋めていく。
＊動力炉が二つ以上ある可能性?
＊サブ動力?
＊動力炉を破壊し損ねた?

＊新しく海底などから予備を送って水面下でジョイントさせた可能性。

＊そもそも本当にJPlevelMHD方式なのか。

現実に可能かどうかは捨て置いている。ひとまずあるだけ意見を並べてからアイデアとアイデアを衝突させて次のインスピレーションを『計画的に』獲得する。より具体的に、より現実的に。そうして無数に撒き散らされる仮説から合体させた一つが正解を引き当てれば問題なし。それがレンディの整理法なのかもしれない。

「ほう」

フローレイティア＝カピストラーノは少し感心していた。その手法というよりは、なりふり構わず自分の手際を『正統王国』側の目の前で見せつけた点に。

それなり以上に認めてもらっているのかもしれない。

そしてホワイトボードの中央にはこうあった。

＊うちの子を一番輝かせるには？

「……、」

傍で見ていたフローレイティア＝カピストラーノは無言で細長い煙管を咥えた。何で敵機の

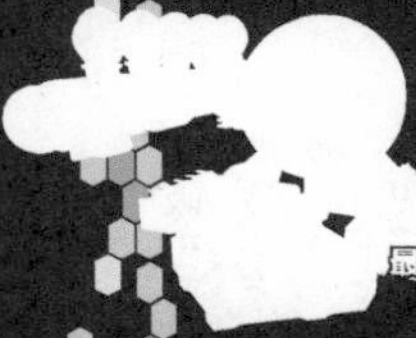

【アジアンモンスター】
ASIAN MONSTER

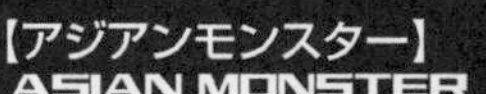

全長…100メートル

最高速度…時速590キロ

装甲…1センチ×1000層(溶接など不純物含む)

用途…首都防衛兵器

分類…水陸両用第二世代(実質的にはほぼ海戦専用)

運用者…『島国』自防PMC

仕様…エアクッション式推進装置

主砲…下位安定式プラズマ砲×1

副砲…レーザービームなど

コードネーム…アジアンモンスター
(極東に現れる巨大な脅威のイメージから)

メインカラーリング…シルバー

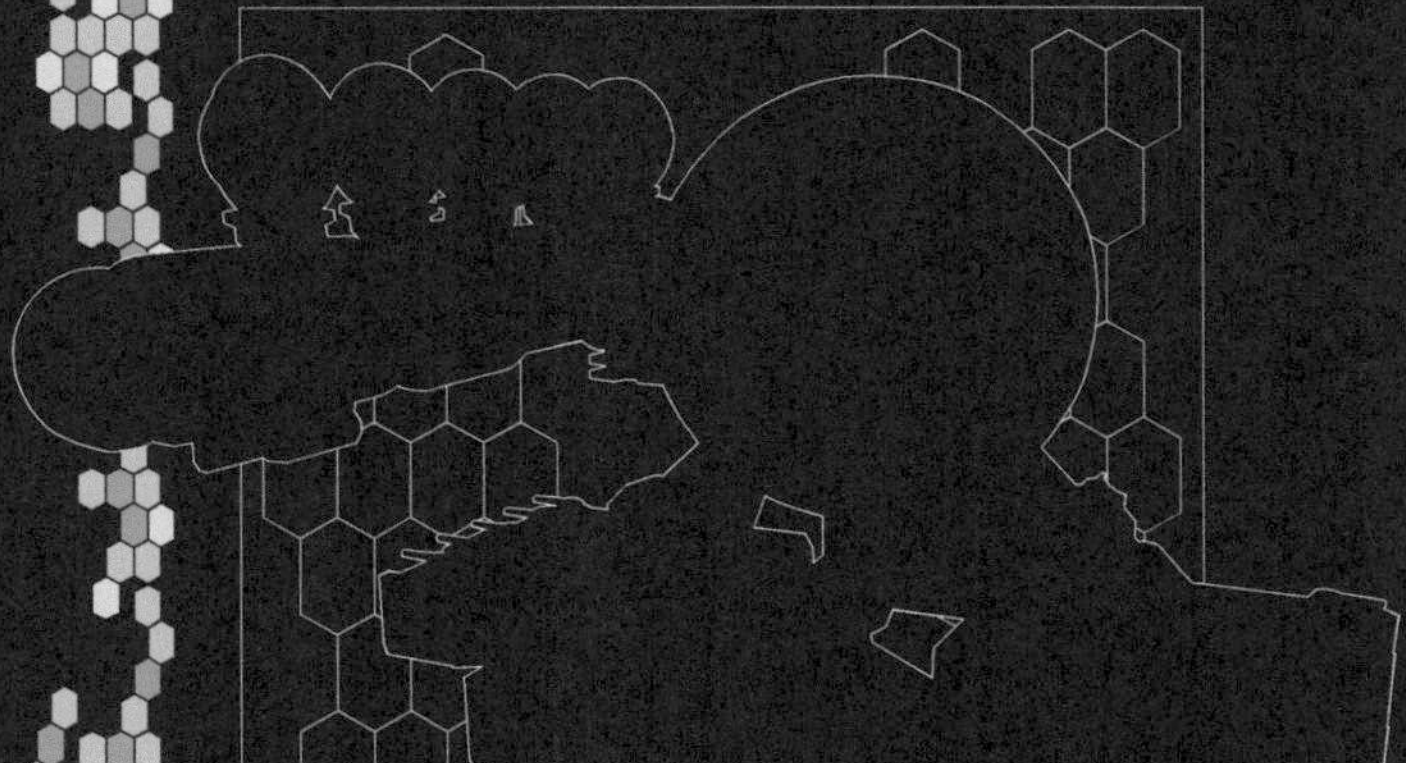

ASIAN MONSTER

撃破が最重要になっていないのだ?

ぎぎぎと首を回して視線を投げてみると、いくつものペンを同時に操る褐色美人はなんか微妙にハァハァしていた。

「リスクはリターン、リスクはリターン、ええもう強い顔だけ見せていればアイドルが成り立つ訳ではないものね。普段は見せない弱った顔を『あなた』だけにそっと見せる、そう思わせる! この良い塩梅こそが狭き門を潜り成功の階段を駆け上がる最大のロケット燃料となるのよ!!!!!!」

「おい……」

レンディにとっては戦争なんていかに自前のアイドルを宣伝するかの場でしかないのかもしれない。もしやと思うが、『エリアバイチャンス』に参加したのも『大戦』を終わらせるというお題目が一番ヒロイックだったからでは……? そんな疑惑すらフローレイティアの頭に浮かぶ。

でもってホワイトボードの端っこに小さくこう書かれていた。

*『正統王国』軍とかは捨て駒でOK☆

ついにフローレイティアはハァハァしてる人の襟首を掴んだ。

「おい‼　こいつこの野郎ナニ可愛いらしくデコってんだッッッ‼⁉⁇」

9

『ベイビーマグナム』や『ラッシュ』の側でも至急情報をまとめて次の戦術を組み立てる必要があった。実際に砲火にさらされているのは彼女達なのだ。

予想外に見舞われたからといって、時間は待ってくれない。

コックピットの中。特殊なゴーグル越しに、お姫様は信じられないものを睨みつける。

「何でうごいているのアレ⁉」

『おほほ、どうりょくろは別のばしょにくっついているとか？』

絶対に違う。

動力炉は剝き出しの状態でも一〇メートルくらいある。どう考えても主砲や推進装置など、よその部位にはくっつけられない。そうなったらラクダのコブみたいに悪目立ちして仕方がないだろう。確か『エクストラアーク』辺りがそんな感じだった。

根本的に何かを思い違いしている。

ここの認識をきちんと合わせられない限り、足をすくわれるのはお姫様の側だ。

「『リザードテイル』よりつよそう、早く何とかとっかかりをつかまないと……。フローレイティアもレンディも、えらい人がふえてもあんまり役に立ってくれないみたいだし」

『『おい』』

無線を切るのを忘れていた。が、低い声を気にしている場合ではない。

お姫様は真面目な顔して小さく頷いた。

「……おねがいこわいよクウエンサー」

『あっ、ずるい!!　何なんですの今の子犬ボイス!?』

何をやっても破壊不能な不死のオブジェクトに、富士山山頂から正確に襲いかかってくるレーザー要塞砲。

状況を無線越しに説明すると、なんか呆れたような声が飛んできた。

クウェンサー＝バーボタージュは告げる。

『まず「アジアンモンスター」の動力炉の位置は不明。次に富士山の山頂には規格外のエネルギーを使用するレーザー要塞砲がある。なら話は簡単だろ。ちなみにお姫様、周辺の電波状況は？　さっきからレーダーや通信に障害が出ていないか？　うっすらノイズが混じっているとか、通信速度が落ちてレスが遅いとか』

「まあ。でもジャミングってほどじゃない。『島国』がわだって必死なんだし、とうきょう、ちば、かながわでそれぞれレーダーはをとばしまくっているんじゃないの？」

『全然違う』

スパッと言い切られた。

結論はこうだ。

『無線式の送電だよ、通信に影響が出ているなら媒体は電磁波で確定。つまり動力炉の本当の位置は富士山の山頂だ、そこから送られた大電力だけで海のオブジェクトは動き回っている。東京湾のど真ん中で待っていたのは入り組んだ都市部じゃ戦いにくいっていうのもあるけど、それ以上に開けた海上じゃないとビル群が邪魔して電磁波を受け取りにくいからだ』

『おほほ。でもヤツはさいしょ、うみのそこから上がってきたでしょう？　でんじはは水にはよわいのですわ。レーダーよりソナーがはったつしたのもそのためです』

『だからエアクッション式なんだろ。厳密には、最初の浮上アクションは風船の力で浮かんだだけだった。無線式の送電を受け取ったのは海上に出てからだ。……砲塁島の四〇〇ミリレールガンだって動力炉はなかった。ヘイヴィアは海底ケーブルから電力供給を受けてるって言ってたけど真実は違ったんだ、電磁波だったんだよ』

「……、」

『ズタボロにされている割にビビっている様子がないって事は、コックピットも怪しいもんだ。ただしドローン系の操縦電波は特徴的だからすぐバレる。だとすると、こっちはおそらく人体通信の応用かな』

「人体？」

『人の体ってのは大部分が水分だ。つまり電気を通すから、それを利用してアンテナや導線の代わりにしてデータをやり取りする技術だよ。実際には体に埋めたチップや手首に巻いた腕時計なんかに情報を詰めておいて、人間と人間が握手する事でデータの受け渡しをしたりする。この方法なら外から電波を傍受しようとしたって変化を捉えられないって訳。……おあつらえ向きだろ？　東京湾はでっかい塩水で満たされているんだ。やろうと思えば電気信号を通して、そこに浮かんでいる機体の操縦だってできる』

つまり、

『オブジェクトの正体は「東京湾そのもの」だった。その海は隅々まで操縦士エリートの神経が通っているって事、だから見た目のクリーンヒットなんか意味ない。そういう思わせぶりなリアクションは全部時代劇の端役と一緒で、あらかじめ全部デザインされた「安全なやられ演技」でしかないんだ。まともに戦ったって斬られて良い場所を斬らせているだけだ、「アジアンモンスター」のデカい掌の上じゃ本当の意味での致命傷なんか与えられないぞ。でも正体が分かってしまえば怖くない。電磁波にしても海中電気信号にしても、今あるテクノロジーだけで拡散・減衰する方法はあるはずだ。現実の戦争を制するのはゲテモノじゃない。当たり前の基本ってヤツがどれだけ怖いか見せてやりな、お姫様。それで勝てる』

10

そして無線機を口元から離したクウェンサーはどこか遠い目をした。

「……やっぱり俺あっちが良いなあ。こんなの適材適所に反しているよ」

「おにーちゃん、私の何がふまんなわけ？」

ジト目の汗だく妹が隣でそんな風に言っていた。だが両手を腰に当ててほっぺたを膨らませる金髪三つ編み一二歳ではステータスの成長がまだまだ未熟、具体的にはバカを十分に引きつけておくだけの誘惑スキルが圧倒的に足りていない。

燃え盛る市ヶ谷駐屯地を抜け出した辺りで、パワードスーツは脱ぎ捨てていた。ある程度の装甲に頼れると言っても専用の消防装備ではない。熱暴走の警報がビービー鳴り続けていて危なっかしい事この上なかったからだ。火災現場に取り残されて馬鹿デカいホイル焼きにはなりたくない。

『四阿』。

ともあれ顔と名前は判明した。これで市ヶ谷に詰めている隊員を片っ端から射殺していかなくて済む。まあ抵抗した場合は残念ながら容赦なく黙らせるしかないのは同じだが。

そう思っていた矢先だった。

ギャリギャリギャリ!! という重たいタイヤが地面を擦る音が響き渡った。

八輪の……何だ？ デカい消防車くらいある金属塊だが、黒い装甲車ではなさそうだ。奇麗に収まっているから四角いシルエットに見えるが、実際には後部に畳んだクレーンアームを備えているらしい。

レイス＝マティーニ＝ベルモットスプレーが目を剝いて叫んだ。

「重装甲回収車!!」

「えっなに？ 今の答え？？？」

どうやらそういう名前の車らしい。正解を言われてもピンとこないし、正直クウェンサーには名前とかどうでも良かった。このタイミングでどさくさに紛れて逃げていく人間なんて心当たりは限られている。普通のバスやワゴン車と違って後部側面に窓はないが、それでも運転席側でチラリとある青年の横顔が見える。

ケインズ＝アンブロジア。

吸い出したデータベースの中にあった『四阿』の一人だ。そして同じ車には別に複数の人影が見て取れる。クウェンサーは叫んだ。

「逃がすか!!」

『あいよー。それじゃ私達の出番かにゃ？』

ゴッ、と履帯式装甲車が前に出る。

　そもそもジャガイモ達の大半は徒歩移動の歩兵ばっかりだった。突発的にカーチェイスが始まったとして、即座に対応できる車両は限られている。

　マティーニ三姉妹の装甲車がすぐ近くを通り抜けたタイミングで、クウェンサーはとっさにその側面にしがみついた。戦車と同じ履帯だと鈍重な印象があるが、これでも高速道路を走れるくらいは出るようだ。

「おにーちゃん!!」

「キャスリンはそこにいろっ!!」

「りたいにふくをかまれるよ！　早く上に上がって!!」

　両手の掌でメガホンを作って可愛らしく叫ぶ義理の妹から、金玉が縮むほど適切なアドバイスを頂戴する。ギャリギャリとチェーンソーよりうるさい履帯の存在感が増す。これはさっさと従わないと死ぬ流れだ。

　見ればへイヴィアもまた同じ履帯式装甲車に身を乗り上げていた。目と目が合うと馬鹿どもは互いに口を開く。

「少しでも結末に関わりたい？」

「それ以前にあの三つ子はどうにも信用ならねえ。監視の目がなくなった途端に何しでかすか分かんねえし」

　ま、泥臭い戦争なんてそんなものである。

高架状の高速道路自体は『島国』側が自分で爆破して落としてしまっている。なので大型観光バスに匹敵する巨体は入り組んだ一般道を通って逃げおおせようとしているらしい。カーブは曲がりきれず、当然のように信号を無視して反対車線にまで飛び出していく。車体が大きいと通れる道も限られるとはいえ色々とやり過ぎだ。

「おっかねえな……。なんか瓦礫の中でぶすぶす燻ってねえか？」

「爆薬じゃないな。多分、高架下は駐車場とかだったんだよ。下は潰れたガソリン車でいっぱいだ。あれじゃいつ爆発するか予想できないぞ」

元から戦争やってたから人々は深夜の街から屋内に引っ込んでいるのだろうが、そうでもなければこの数分だけで何人撥ね飛ばされていたか分かったものではない。

塊みたいな風に嬲られながら、ヘイヴィアは道路の上をまたぐ青い案内板に目をやっていた。

「西に向かってるみてえだぞ……。まさかフジヤマまでドライブって訳じゃねえだろうな。そういや、まだあそこにゃレーザー要塞砲が残ってるはずだぜ」

「わざわざ山頂まで助けを求めに行くかな……。足取りだけを消すなら、麓に広がっている青木ヶ原樹海でも使うのかも。あそこ、鬱蒼と茂る木々のトンネルのせいで衛星写真は通じないし、磁石も誤作動起こすって話じゃないか。しかも、麓の一帯は自防ＰＭＣの大規模な教導隊施設や演習場が広がっていたはずだ」

ようは、東京を出るまでに仕留めてしまえば良い。

『エリアバイチャンス』のオブジェクト二機は東京湾で展開しているのだ。クウェンサー達としても、未知の『島国』であまりオブジェクトから離れたくない。

　無線機を通して、履帯式装甲車の中からマティーニ系の三つ子が話しかけてきた。

『黒幕分かったんだから、あれはもう殺しちゃってイイ枠だよね？』

「レイス」

『軍法裁判の展開を考えると一人は残しておいた方がやりやすいが、手に入れた書類やデータだけでも交換殺人やバッドガレージを焚きつけての「大戦」誘引の立件はできる。生け捕りはボーナスくらいの感覚と考えろ、さっさと撃て』

「だとさ」

　重たいモーター音と共に屋根にあった砲塔がゆっくりと回る。戦車と比べると随分スリムだが、それでも四〇ミリ機関砲と言ったら対物ライフルの三倍以上の口径を持つ鉛の塊だ。連射を浴びせたら分厚い鉄筋コンクリートの壁ごと裏に隠れた人間をバラバラにできる。
と、射撃開始の二秒前だった。

　何かが跳ねた。

　重装甲回収車。言ってみれば壊れた装甲車やミサイル車両なんかを引きずって戦場から持って帰る巨大なレッカー車だ。そのワイヤーが解放され、釣り針のお化けみたいなJ字の金属フックが高速で流れるアスファルトに弾かれた。

ギン!! と。

オレンジ色の火花を散らし、大蛇のように不規則にうねる金属フックが勢い良くこっちに向けて突っ込んでくる。工事用の鉄パイプよりちょっと太い程度の機関砲の砲身に横から勢い良く激突する。

それだけで二五トン以上ある履帯式装甲車が斜めに滑った。

歯を食いしばって屋根にしがみつくクウェンサーは、目の前に飛び込んできた光景を見て慌てて叫んだ。

「ストップ!! 射撃中止、ストップだ!!」

『えー何でー?』

「砲身が折れ曲がってる……。このまま撃ったらこっちが暴発するぞ!!」

水陸両用で『反射鏡が濡れる』事をあらかじめ織り込んでいるからか、この装甲車にはレーザーの反射で砲身の歪みを検知する装置はついていないようだ。

がん、ギン、という重たい音を立てて、こうしている今もすぐそこを太いワイヤーと金属フックが飛び跳ねていた。まるで騎士の兜を力任せに潰すモーニングスターだ。あんなものが不意に飛び上がってクウェンサーの頭でも叩いたらひとたまりもない。履帯式装甲車の縁に引っかかったらそのまま車両ごと振り回されそうだ。

こちらに残った武器はハッチの近くに取りつけられた一二・七ミリの重機関銃と、車体の後ろに強引に取りつけた八一ミリの迫撃砲くらいか。

ヘイヴィアはより扱いの難しい迫撃砲にすがりつくため、屋根の後ろへ身を滑らせていった。

「走行目標に当たるとは思えねえが……それでもヤツらの前に落とせばブレーキを踏ませるきっかけ作りにはできるか。クウェンサー！　テメェは重機で野郎のケツを狙え！　構えて覗いて引き金引くだけだ、銃座に固定されてるから反動の心配もいらねえ!!」

「えっえっ？」

クウェンサーが挙動不審な感じで狼狽えていると、不意にすぐ近くのハッチががぱりと開いた。屋根の上で座り込む少年の右足と左足の間から赤いパレード用の軍服を着た三つ子がにゅっと這い出てくる。

アリサ＝マティーニ＝スイート。

リカ＝マティーニ＝ミディアム。

オルシア＝マティーニ＝ドライ。

それぞれ特徴を持った姉妹というより、そういう一個のイソギンチャクみたいだ。クウェンサーから見ると髪型とおっぱいの大きさくらいでしか個人を判別できない。

「もー何してんのお？　動きおそーい」

「あら。扱い方が分からなくてもじもじしているのかしら」

「仕方がない、手取り足取り教えてアゲル。まずはここをこう持って……」

ものの一瞬で揉みくちゃにされてしまった。三人がかりでクウェンサーにのしかかって右手と左手をぐいぐい操るくらいなら、素直にこいつらが銃を扱えば良いではないか!?

そして全く関係ない所でヘイヴィアが血の涙を流していた。

「……何でこう全体的にあのモヤシ野郎ばっかり……!!!?⁇」

というか、だ。

……確か、以前キャスリン辺りの日記に『おにーちゃんは銃を使わないのがすごい』的なコメントがあったような?

アリサ＝マティーニ＝スイートは舌なめずりすら交えて寄り添うクウェンサーの耳に吐息を吹きつけた。

「ほうら、最後にここをこうして……。さあ、奥に溜まっているあっついモノぜーんぶ吐き出しちゃえーっ☆」

「あっあっ、ちょっと待って俺には無垢なる三つ編み少女キャスリンとの約束がっ、らめ、いくら何でも一二歳は裏切れな、あー出ちゃーう!!」

ドガドガドガッッ!!!!!!　と簡単にやられちゃう堪え性ゼロの一二・七ミリ弾がフルオートで発射された。重装甲回収車の左側、何もないアスファルトで派手な火花が咲き乱れ、オルシア＝マティーニ＝ドライがほっそりした手で太くて長いのを掴んでぐいっと横に動かした。

前方でミシンに似たフルオートの着弾のラインが振り回され、ようやく標的と重なる。

分厚い金属が嚙み千切られ、オレンジ色の火花が激しく飛び散った。前方で跳ね回っていた親指より太いワイヤーが切断され、こっちに向けてクウェンサーの頭より大きな金属フックが思いっきり飛んでくる。

ビビったクウェンサーが意味もなく身を伏せたら三つ子の誰かのおっぱいに顔が埋まった。

「危ねモガッ!!」

「やんっ☆」

「(さてミディアム、このヤキモチ作戦はこうしている今も運転席でガッチガチに緊張しながら運転してる『彼』に通じると思うかね?)」

「(究極朴念仁だから無理そうかなー?　でもそういう天然で人畜無害なトコに惚れてるんだから文句も言えないけど……)」

なんか黒い笑みを浮かべている三つ子にいちいち構っている場合ではない。

重機関銃の弾丸はいくつか浴びせたはずだが、前方をギャリギャリ走る八輪の重装甲回収車はまだ健在だ。消防車やクレーン車と一緒で、車体に積んでいる特殊装備がそのまま分厚い装甲の代わりを務めているのだ。砂利を満載にしたダンプカーを思い浮かべれば良い。正面や側面から運転席へ撃ち込めばまた変わるだろうが、後ろから撃ってもまともなダメージは入らない。

チカッ、と夜空が瞬いた。

そう思った時には暗闇を突っ切って強大なレーザービームが千駄ヶ谷の夜景を突き抜けた後だ。道路脇に並んでいた高級マンションの列をまとめてオレンジ色に焼き溶かしていった。

「野郎っ⁉」

「揺れる車内から身をひねって双眼鏡タイプの手持ち照準装置でも使っているのかな？　普通に考えたら航空機やミサイル対策の光学兵器が自動車レベルの走行標的を外すとは思えないし……」

頭が沸騰するクウェンサーに比べて、彼の顔面をおっぱいで支えるマティーニ姉妹の誰かは平静さを保っていた。そしてやわらかクッションから顔を引っこ抜いてみるとクウェンサーにも分かった事がある。

「何だ……？」

後ろに流れていく破壊の痕跡を、クウェンサーはわざわざ振り返って確認する羽目になった。

「……オフィスビルじゃない、人が暮らしているマンションだろ？　ぽっきり折れたはずなのに悲鳴の一つもない、バラバラに落ちていく人影も見えない……」

「無人施設なんじゃない？」

だから何で？

深夜のオフィスビルやデパートならともかく、人が暮らしているマンションが全くの無人だなんて理屈が合わない。真夜中ならむしろみんな自宅に集まって寝ていると思うのだが……？

(すでに住民全員の大規模避難が完了している……？　いや違う、いきなり襲われた自防PMCの連中は自前の列車砲の組み立てすらおぼつかなかったはずだし。言っちゃなんだけど防衛まわり以外に気を配るほどの余裕はなかったはずだ)

そして『島国』の文化の謎に思いを馳(は)せている場合ではなかった。

楽器店やライブハウス系の看板をいくつか見かけたと思ったら、不意打ちで『新宿(しんじゆく)』と書かれた青い案内板がクウェンサー達の上を突き抜けていった。なんか遠くの方にラグビーボールを真(ま)っ直(す)ぐ立てたような形の特徴的なビルが見える。そしてすぐ脇で爆破されて落ちているのは高架線路だ。気づいて、ヘイヴィアが慌てたように叫ぶ。

「山手線(やまのてせん)の輪っかの外に出ちまったぞ⁉　ここ海から何十キロだ？　とにかくこれ以上東京(とうきよう)湾(わん)から離れるのはまずい。敵地でオブジェクトから離れて得する事なんか一個もねぇ‼」

このままではらちが明かない。

山手線(やまのてせん)？　を越えた辺りから急激に夜景を形作る建物が小粒でみっちりしてきた。つまりそれだけ道が複雑に入り組んでいるという事だ。特大の重装甲回収車や履帯式装甲車の通れる道は限られているが、それでもいつ見失うかと思うと気が気じゃない。

クウェンサー達がそう思っていた矢先だった。無線機から指示があった。

『アイスガール1より地上各員。ようやっとハネダ空軍基地の離陸機能を黙らせたのでこれより貴様達の航空支援を行う。前を行くそいつの足を止めれば良いんだろ、シンジュクを出る前にケリをつけてやる。カウントするから震動に注意』

ゴッ‼ とクウェンサー達と正面から交差する格好で、特徴的なシルエットの戦闘機Zig-27が道路に沿って上空を突っ切っていった。その主翼に取りつけられていた航空爆弾はすでに切り離されている。逃げる重装甲回収車そのものではなく、その正面にある道路を派手に吹き飛ばして足止めを実行したのだ。

『着弾するぞ』

「カウントはあ⁉」

クウェンサーは音というより見えない壁に顔を叩かれるようだった。

履帯でがっつり道路を掴んでいるはずの装甲車が派手に横滑りする。前方から激しく膨らんだ灰色の粉塵が襲いかかってくる。

だから、先を行く重装甲回収車を汚れたスクリーンのせいで見失ったかと思った。

でも違う。

バランスを取り戻しながらお前に車体を突っ込ませる装甲車が、ふっと重力を忘れた。

航空爆弾に砕かれた大穴へと落ちていく格好で。

高所に対する根本的な恐怖が遅れて這い上がってきた。思わず三つ子の誰かの腰にしがみついて再度おっぱいに顔を埋めたクウェンサーは叫ぶ。

「ち、か。くうかん……⁉」

「衝撃で舌噛むのは良いけど人様の乳首噛み切ったら流石に怒るからね？」

11

ゴッッッ!!!!!!　と。

深夜の東京湾上空に、特徴的なデルタ翼の戦闘機が突っ切った。『バーニング・アルファ』が駆るS/G-31だ。未だに敵性オブジェクトが健在であってもお構いなし、富士山山頂から絶えず天敵の対空レーザービーム兵器で狙われる状況でもエースパイロット達のダンスは止まらない。

『ベイビーマグナム』の上空を突っ切り、戦闘機は無線でその操縦士エリートに報告と提案をしてくる。

『バーニング・アルファより海上各員。ハネダの全滑走路は液状化で沈めた事により離陸能力の喪失に成功、これより目標を切り替えて貴君らの支援に回る』

「バーニング・アルファ、『アジアンモンスター』はでんじはをつかったむせんしきのそうでんにたよっている。どうにかしてしゃだんする方法に心当たりは!?」

『そんなもんで表彰してもらえるなら安い買い物だぜ』

高度を落とし、『ベイビーマグナム』と『ラッシュ』の隙間を音速以上で突き抜けながらデルタ翼機が何かを投下した。キラキラと輝く紙吹雪の正体は、本来ならミサイル除けに使われるチャフだ。

空中散布される金属箔の効果はレーダーにも使われる電磁波の散乱。

ただし、

『しっ、出力のきぼがちがいますわよ!? おほほ、はつでんしょレベルのエネルギーをまとめてしゃだんできるほどのこうかがあるとは思えませんわ!!』

『そこまで期待しちゃいねえさ、今はオブジェクトの時代だろ? ……二機とも海面に向けて主砲構え。激しくぶち込んでやれば、金属箔まみれの海水の柱が立ち上るぞ!!』

爆音が炸裂した。

お姫様は下位安定式プラズマ砲、おほほは連速ビーム式ガトリング砲。

双方共に黒い海面に触れた瞬間に激しい蒸発音を鳴らした。単に海水を水蒸気爆発させているだけではない。バーニング・アルファが事前にばら撒いた金属箔も多数含まれている。

全てが高温のスプレーと化した。

それは『アジアンモンスター』の表面を覆うと、まるで鏡の表面のような銀色のメッキで一面ピカピカに覆い尽くしてしまう。

するとどうなるか。

『あら?』

ぎ、ぎ……と。

あれだけの猛威を振るっていた『アジアンモンスター』の動きが明確に鈍る。山頂からの無線式の送電は、逆に言えば目には見えない電磁波を受け取る器官を一ミリ以下の薄い金属メッキで覆われてしまえば受電不能になってしまう。

『だがまだ動く。遮蔽は完璧にゃいかねえか……。お嬢ちゃん、他にヤツの弱点は⁉　無線送電だけか‼』

「えっ、えっと、たしかクウェンサーは『じんたいつうしん』を応用しているとか……。かいめん自体にでんきをとおしてリモートできたいをあやつっているって」

割り込むようにして、レンディ＝ファロリートが叫んだ。

興奮気味にバンバン叩いているのは戦闘指揮所のコンソールか、あるいはホワイトボードだろうか？

『なら機体を振り回して海水を攪拌すればよいのです‼　直径で一〇〇メートル以上の円、それで勝てます‼　はいここ重要ッ‼‼‼』

とにかく反射的に動いた。

『ベイビーマグナム』と『ラッシュ』で、互いに高度と位置を切り替えて回っていく。まるで社交ダンスのようだが、それで海戦用のフロートが大きく海水を回していく。洗濯機か何かのように。

海水全体に微弱な電流が流れているという事は、切っても切れない関係にある磁力もうっすら広がっている事だろう。そしてこれは分かり切っている事実だが、磁場を持つ流体に回転運動を加えると電気が発生する。例えば大地に蓄えられた地磁気の源は、地中深くの溶岩や地球中心核の運動によって地球という惑星そのものが巨大な一個の発電機と化しているからだ、という仮説もあるくらいだ。

　これも同じ。

　すでに情報は手に入れている。『アジアンモンスター』は人の体が電気を通すのと同じく、海中に電気を通して信号のやり取りをしているのだ。すでにある電気の向きを変え、回転運動を与えてやるだけで新しい電磁場は発生する。

　そしてそれは、微弱ながら確実に電気信号を阻害する力に化ける。

　がくんっ、と。

　明確に『アジアンモンスター』の動きが止まった。

　それは一秒未満のわずかなエラー。

　だが巨体のすぐ近くを寄り添うように、バーニング・アルファのデルタ翼機が横切っていった。富士山山頂(ふじさんさんちょう)にあるレーザー要塞砲はまだ残っている。戦況の変化から、邪魔な飛行機をまず落とそうと考えても不思議ではない。

　いいや、そうなるように最初から誘っていた。

『テメェのケツから出てきたクソにまみれて死にやがれ、ゲテモノ』

お行儀の悪い勝利宣言の直後だった。

考えなしに発射された規格外のレーザー要塞砲が、戦闘機を食いそびれて『アジアンモンスター』に突き刺さった。

12

実際には何メートル落ちただろう？

「う……」

とにかくクウェンサーが再び目を覚ました時、彼はうつ伏せに倒れていた。直前までしがみついていたはずのマティーニ姉妹の誰かはいない。焦げ臭い匂いがすると思ったら、履帯式装甲車はひっくり返って横転していた。

新宿地下。

そこはコンクリートで固められた広大な空間だった。

一応明かりはあるけど、全然足りない。トンネルの中のように暗闇を拭い切れていない。

何かしらの資材保管庫らしくあちこちにコンテナが積んであるが、ここだけでサッカーグラウンドよりも広い。

そう、空間だ。ここは地下鉄や高速道路とは違うようだ。そういう途中の通り道ではなく、きちんとした『施設』というかハコモノの香りがする。大量の雨水や電気ケーブルなどを集中管理する共同溝なのかもしれない、と適当に予測をつけつつ、重い頭を振ってクウェンサーはゆっくりと身を起こす。

誰のものだろう？　近くに拳銃が転がっていた。

クウェンサーは黙って拾い上げると、先に進む。少し離れた場所に今まで追っていた重装甲回収車が停まっていた。こちらは八輪のタイヤは地面についているものの、運転席からコンクリの壁に激突して半分スクラップになっている。

誰かが助手席のドアのすぐ下で呻いていた。

一五歳くらいの、金髪褐色の少女。確か『信心組織』軍のダリア＝ウエディングベル。『四阿』。

自分の利益のために、『大戦』を起こした黒幕の一人。どうやら事故で地下へ落下した衝撃を殺し切れずに、体の中を深く痛めつけているらしい。正面からゆっくり近づいていくクウェンサーに対し、銃やナイフを構える力もないようだ。

こいつが。

このクソ野郎さえいなければ、あの子もその母親も……。

「あなた……」

パン!!　と躊躇なく体の真ん中を撃った。

ルール無用で良い。倒れて血だまりを広げていく人影がまだ呻いていたので、至近距離から頭にもう一発。完全に黙らせる。

直後に別の角度から灼熱の鉛弾が空気を引き裂いた。

まともにもらったクウェンサーが真横に薙ぎ倒される。暗がりに別の誰かがいたのだ。自分より年下の少女が呟いた『あなた』はクウェンサーに話しかけた訳ではなかったのかもしれない。

自分を囮に使い捨てた誰かへの恨み節だったのか。

混乱に乗じて市ヶ谷から一緒に逃げた『四阿』の四人と言っても、どうせ仲良しこよしなんかじゃない。『信心組織』だけが大打撃を受けて『大戦』が勃発すると同時に四大勢力の『総意』も崩れてしまったという事は、こいつらもこいつらで胸ぐら掴んで怒鳴り合いでもしていたのではないか。

「は。はは。こんな所で死んでたまるか……」

「……、あずまや」

東洋系でもうすぐ四〇に届くおっさんだった。

おそらくはフォンラン＝グリーンデビル。

「僕は何があっても生き残るんだ、どうせ守るべき価値なんかない世界だろう……!!」

この期に及んで、クウェンサーはまだ拳銃を手放していなかった。極度の興奮によって握り込んだまま筋肉が硬直していたのかもしれない。

横倒しになったまま拳銃を突きつける。

だがやはり、向こうの方が早い。


スパン!! という乾いた銃声が密閉された地下空間に炸裂した。


まともな訓練もしていないクウェンサーが震える手で撃った弾は普通に外れた。見当違いな壁に当たってオレンジ色の火花だけが弾ける。

だけど『四阿』の男、フォンランが撃った弾丸も当たらなかった。


「……お?」


最後まで疑問があった。そのまま世界の黒幕は体をくの字に折って汚い床に倒れ込んだ。仲間を犠牲に捧げてまで生き残ろうとした男の末路はひどく乾いていた。

まだ他に誰かいた。

それが真相だった。

「生きているか、少年」

そいつは『正統王国』の軍服を着ていた。

だけど見た事もない人間だった。笑みを見ても全く安心はできない。ただ、『前』に見た時も生まれながらの顔ではなく整形手術をしていたのだったか。

心当たりは一つしかない。

「おまえ……ニャルラトホテプか……？」

「そんな名前に意味はないよ」

顔のない誰かはそう言った。

オブジェクトとは違った意味での怪物。

元は『資本企業』の諜報員でありながら、家族や故郷を奪った大会社が許せなくて、7thコアの一角、そのCEOを個人の力だけで暗殺してのけた正真正銘の『邪神』である。

「まともに応答できているという事は、言うほど出血はないと思うが。おそらくサバイバルキットのポーチか何かに当たって弾が止まったな。装備はぐしゃぐしゃだろうが、死ぬよりはマシなはずだ」

「お前……どうして？」

「もう二度と、こちらの世界に顔を出すつもりはなかった。だけど時代の方が俺をお誘いしてきた。俺が出てきた以上、この『大戦』はメチャクチャにさせてもらおうか……」

一体いつから三七に潜り込んでいたのか。そういえば、シャルル＝ド＝ゴール国際空港がプラズマ砲撃を受けた際も、クウェンサーは『見覚えのない誰か』の手で瓦礫の下から引きずり出されたはずだが……？

がさりという音が聞こえた。

奥だ。

「行くぞ」

「……ああ」

扉を開けると下りの階段があった。

鉄の階段から下を覗き込むと誰かと目が合った。クウェンサーとニャルラトホテプは同時に撃った。

『四阿』の三人目が何を手にしていようが、一度に撃てるのは一人。どちらかの弾丸が当たり、壁まで吹っ飛んだ女は真っ赤な汚れを広げ、ずるずると床に崩れ落ちていく。

立っていたのはクウェンサーだった。

ニャルラトホテプもまた、床に倒れたまま動かない。

特別なんかない。

どれだけ長く潜伏して思わせぶりに顔を出したところで、本物の戦争では鉛弾が一発当たればそれまでだ。もちろんクウェンサーだって条件は変わらない。

でも彼がいなければ、きっとここで死んでいたのはクウェンサーだった。

「にゃるらと……」

『馬鹿野郎!! こちらヨグ＝ソトース、最後の一人がまだ残っている。残念だが今動けるのは君しかいない、行け!! 早く「大戦」を終わらせてこい!!』

ニャルラトホテプの懐にあったスマホから、世界の誰にも捕捉できない女性ハッカーの声があった。物理的な整形手術はともかくとして、『正統王国』軍に潜るために電子的なＩＤを用意したのはこいつだったのか。

感傷に浸っている場合ではない。

残りは一人。

最後は誰にも頼れない。ここから先は一対一。

こいつだけは、絶対に止める。

(待ってろ、カラット。あと少しだ……)

「……ケインズ＝アンブロジア」

四つの窓口の一つ、『正統王国』から『島国』へやってきたクソ野郎。

弾はあと四発。ヤツを殺せば『島国』に根を張っていた『四阿』は全滅する。もう二度とこんな事を繰り返させる機会を潰せる。

転がった半球状の義眼。

お守りに込められたメッセージ。がんばれおかあさん。

「……、」

クウェンサーが鉄の階段を最後まで降りると、二重の扉が待っていた。汚れを持ち込むのはもちろん、扉の開閉によって空気中のわずかなチリが入り込むのも嫌っているらしい。半導体工場などで見られる配慮だった。クウェンサーは二重扉の向こうに歩を進める。

白々しい照明。

広い空間をローラーコースターの模型が埋め尽くしていた。

無人の工場で、大量の試験管が立体的に走るコンベアを流れていた。透明でどろりとしたゼリーのような何かが底の方に数センチほど溜(た)まっているが、何をしているのかまでは分からない。

「精子と卵子だよ」

突然の声。クウェンサーは無言で振り返って拳銃を構えたが、すでにそこには誰もいない。何かしらの操作盤なのか、冷蔵庫より大きな金属製のボックスの裏から青年らしき声が聞こえてくる。

ケインズだ。

『四阿(あずまや)』の最後の一人。こんな『大戦』を引き起こしたクソ野郎。

こいつがいなければ誰も苦しんだりはしなかった。

「ここでは島国人を作っている。疑問を持たずに労働し、休日の使い方まで政府の推奨行動に従って、きちんと納税する人手としてね。表の景色の異常さにはそっちだって気づいているはずだ」

「……吹き飛ばされた深夜のマンションには誰もいなかった。オフィスビルじゃない、マンションなのに」

「突発的に戦争が起きたくせに、やけに民間人の避難が早かった。深夜とはいえ通りには誰もおらず、乗り捨てられた一般車両も見ていない。だろ？」

火薬臭い拳銃を握ったままクウェンサーが機材の裏までゆっくり回るが、やはりいない。階段ではないだろう。一体どこを足場に這い上がったのか。ケインズ＝アンブロジアの声は頭上、二階通路から聞こえてくる。

「彼らは消えたんじゃない、元々いなかった。ここ一〇年辺りで、少子高齢化がそれだけ一気に進行したって事さ。人のいる住居なんて二割あるかな。そもそも当たり前の街並みが普通に広がっている事、それ自体がありえないんだ。謎多き『島国』だけど、食糧自給率は？　いくら海から資源が採れるようになったとはいえ、本当に窓の明かりの数だけ人が溢れていたら、輸入なしで何とかなる国じゃないよ、ここは」

だから、空き家ばかりが並ぶ空虚な撮影村が広がっていた。

だから、資源や食糧の消費は緩やかになって生活を続けられた。

だから、『島国』は外の四大勢力からさほど危険視されずに捨て置かれた。

食糧や資源の消費はやがてゼロになる。黙っていても勝手に自滅する国なら、放っておいても構わないだろうと。それを丸ごとひっくり返す仕掛けがここだった。

実は国の人口、島国人は大量にいた。

一億人でも一〇億人でも。

誰にも気づかれず、こっそりと人間を増産し、国力を増やしていた。人間が作れるなら他の肉や魚だって工場で作れるだろう。それでも足りないものは化学合成したゼリーやサプリメントで補えば良い。

もちろん実際には意味なんかない。

私達はただ老衰でくたびれていくだけじゃない。ご自慢のテクノロジーを使ってくそったれな世界全体を騙(だま)しているんだぞ。そんなプライドにすがりたいだけの、空虚な仕掛け。

良く考え、そしてクウェンサー＝バーボタージュは真上に拳銃を向ける。

「だったら何だ？」

「……、」

「『島国』の窮状や矛盾なんて話はしてない。煙(けむ)に巻(ま)くなよケインズ、お前の正体は『四阿(あずまや)』だ。元から『島国』にいた人間じゃなくて、あくまでも外の四大勢力から派遣されてきたよそ者の調整役。アジアの遺伝子組み換え国家がどこにどう沈んでいこうが、隠(かく)れ蓑(みの)にしていただけのお前にとっては何の関係もないだろうが」

「ま、そうなんだけどね」

「……何で『大戦』を起こした。戦争利益？　こんな事しなくても、甘い汁をすすり続ける事はできただろうに」

「邪魔なものを取り除いた」

青年はあっさり言った。

「『島国』と一緒だよ。四大勢力はそれぞれ問題を抱えていた。歪みが凝縮されたのが四つのピラミッドの頂点だった。知っているか？　君が属する『正統王国』じゃあ血と歴史が全てだ。だから王侯貴族が持て囃されているとでも思っているかもしれないが、実際はそうじゃない」

「……、」

「カエサル・プロジェクト。特定の人名ではなくカイザーやツァーリを束ねる者、くらいの意味だろうが。まあ少将以上まで上り詰めれば名前くらいは耳にできるかもしれないね。でも軍人では中身まで見られる機会はない。君達『正統王国』のトップはね、精子と卵子なんだ。こうしている今も『本国』地下深くのシェルターでは全自動の掛け合わせ作業を続けているよ。計算では最短であと五九代交配を繰り返せば理想の支配者が出来上がるらしいが、今は途中で紛れ込んだ遺伝病を希釈・無力化するために一七六代ほど回り道をしている最中らしい」

声は楽しげに続ける。

「『正統王国』軍が極少数の遺伝的に虚弱な王侯貴族のために稀少な薬草や鉱石を集めるべく戦争するっていう『ボディファイル』だって、結局この辺りの『素材集め』のしわ寄せみたいなものだ。『貴族』はすっかりカタログ化され、『平民』はランダム性の高い多種多様な遺伝子提供者として生かされているに過ぎない。自分達が何に跪いているか分かったか？　マイナス二〇度で凍りついた陰毛だらけの臭いプールを拝み倒し、要求に応じて白い粘液を注ぎ続けるだけの蛇口役で納得できるなら、回れ右して自分の家に帰れば良い」

ぴぴっ、と電子音が聞こえた。

ケインズ＝アンブロシアの懐からか……？

一体何の合図だったのだろう、彼は小さく笑うと、

「今、『信心組織』が送り込んだ爆弾が例のカエサルを吹き飛ばしたってさ。これで金色に輝く試験管は砕けた。『正統王国』の偶像は、もう終わりだ」

「……、」

「『信心組織』も悲惨なものだった。ローマ陥落を経て民衆達はようやくカリスマにすがったところで鉛弾を防げる訳じゃないと目を覚ましたようだけどね。『資本企業』の頂点大会社、7thコアを束ねていた錬金術の正体は生命保険ベースの金融計算コンピュータだった。彼らにとっては人の命すら温存すべきものではなく、いつ売りに出すか、最大効率で消費するために使われる取引資源だった訳だ。ま、計算不能な『大戦』の流れは読み切れず、乱高下に巻き込まれて軒並み破算申告をしているようだけど。……この世界は終わっている。『最初の最初から』分かっていたはずだよ、誰だって。オブジェクトがもたらす大災害でも、『島国』が緩

やかな滅びを回避するために歪んでいった話でもない。もっと根本的に、こんな世界は一番初めのスタートの時点から壊れていたんだ」

四大勢力。

世界を支える巨大なテーブルの脚を一本折ってしまえば全体が傾く。

だけど四つの脚を全部平等にへし折ってしまったら？　それだってぐらつく事のない、また別の安定の形とは呼べないか。

クウェンサー＝バーボタージュは少しだけ考えた。

そして結論を導き出す。

パン!!　と躊躇なく真上に拳銃を発砲した。

ぐらりと何かがよろめいた。二階通路の手すりを越えて、人影がこちらへ落ちてくる。

クウェンサーは床に転がったケインズに拳銃を向けた。

「くそったれだ、何もかも」

「か、は」

「『正統王国』のカエサル・プロジェクト。少将辺りまで上り詰めれば名前を聞くくらいはできる。だけど軍人では決して内容を知る機会はない。そんな風に言っていたよな、お前？」

少年の表情は変わらなかった。

いくらうんざりしようが、クソみたいに長々とした演説を聞き流すな。

彼は冷酷に言った。

「……なら軍の調整役のエージェントから始まったお前達『四阿（あずまや）』はどうやってそれを知ったんだ？　『軍人には絶対知る機会のないトップシークレット』とやらを、当の軍人のお前達がどうやって。たまたまの偶然？　クレバーな自分達だけは例外だった？　いいや違う。そんな甘い抜け穴なんか用意されていないからこその、トップシークレットなんだろ」

「……、」

気づいたのだろう。

だがもう遅い。

「どうやって知った？　そいつが本当に本当の黒幕だ。お前みたいな、与えられるだけの情弱じゃない」

「あ」

スパン!!　と。

クウェンサーは顔の真ん中に撃ち込んで、何回も引き金を引き、哀れな青年を完全に黙らせた。

これで弾切れらしい。

用済みの拳銃を適当に放り捨てる。

そして男の口からいちいち話を聞く必要はない。大体の答えはすでに出ていた。

やはり、流すな。

ケインズ＝アンブロジアは確かに言っていたではないか。

『正統王国』の頂点、カエサル・プロジェクトは爆弾によって吹き飛ばされた。

『資本企業』の頂点、７ｔｈコアは相次いで破算申告を提出する羽目になった。

『信心組織』の頂点、神話的指導者は民衆から失望されてカリスマ性を失った。


なら、『情報同盟』は？

ヒト、モノ、コトを全て支配する巨大なＡＩネットワークだけは無傷のままではないか。


ズズン……ッッッ!!!!!! と。

クウェンサーの立っている人間工場が激しく揺さぶられた。何かしらのエラーが検出されたのか、ベルトコンベアで流れていた大量の試験管が動きを止め、照明全体が赤く切り替わっていく。

東京湾（とうきょうわん）からどれだけ離れていても、大深度地下でもお構いなし。

並のオブジェクトではありえない。一機五〇億ドル、二〇万トンの塊。あれだけ規格外のオブジェクトに『並の』なんて冠をつけさせるほどの、あまりにも巨大な何かが近づいてきている。

思いつくのは一つしかなかった。

「あの野郎……」

13

喝采なんてなかった。

『アジアンモンスター』撃破について各員の戦功を分析している場合ではない。富士山山頂のレーザー要塞砲の存在すら忘れてしまいそうになる。

もっと、根本的な天敵が戦場に顔を出したのだと誰もが気づく。

あるいはひょっとしたら、お姫様やおほほ側だけでなく……『島国』側さえも。

「な、何かあります……」

戦闘指揮所において、オペレーターの顔は真っ青になっていた。

「全長二〇キロ……？　嘘でしょう。こいつはメガフロート空港とかじゃないっ、これ、これはっ、オブジェクトです!!」

フローレイティアもレンディも、ただ黙ってそれを聞いていた。

そして覚悟を決めてゆっくりと口を開く。

「……おい。元々はお宅のオモチャだろ、『ヤツ』の情報は持っているか？」

「部署が違いすぎます。多少の抜け道や裏道くらいならともかく、『ヤツ』の詳細な設計データなど私が持っているとでも？」


ゴッ!!　と。

その時、東京湾(とうきょうわん)は南方からの突き上げによって完全に封鎖されてしまった。

原因となるのは全長二〇キロを超える巨体。そんなものが狭い湾の出入口に陣取ってしまえば、火砲の有無以前の問題として純粋な障害物として海を塞いでしまう。

『情報同盟』軍最大最強のオブジェクトにして、『本国』そのもの。

『マンハッタン000』。

『あっはは』

メリー＝マティーニ＝エクストラドライ。

天才少女計画、序列二九位。

大きな浮き輪にお尻をはめてVRゴーグルを逆さに引っ掛けた金髪褐色の少女が、ノートサイズのゲーム機に向けて優しく語りかけた。

『……さあ、世界の膿(うみ)を全部片付けるの。８１９、「マンハッタン０００」はあなたに貸与する。巨大ＡＩネットワーク・キャピュレット、あなたの不備は私が整えてアゲル☆』

第六章――決断――〉〉地球全領域救済戦

1

午前四時。

人によっては深夜ではなく早朝と呼ぶかもしれないが、夜明けにはまだ早い。

にも拘らず、富士山の山頂から純白過ぎる巨大な爆発が巻き起こり、あらゆる闇を拭い去っていった。

「レーザー要塞砲の消失を確認、富士山自体の標高もまた二一メートル以上削り取られています!!　以前の交戦レポートにも記載のあったマンハッタンの電磁投擲動力炉砲です。ヤツは巨大なレールガンを使ってJPlevelMHD動力炉そのものを投擲し、標的を一〇キロ単位、平均でも摂氏数万度の爆風で完全に吹き飛ばしている……。中心部は、億？　ふっ、フジヤマ表面は高温でガラス化しています!!!!!!」

異常極まりないご来光に、巡洋艦のオペレーターから悲鳴のような報告が飛んできた。

ガタガタガタ‼ と船全体が細かく振動し、慣性の力で乗員の体が横に持っていかれそうになるのは、大気が急激に攪拌されて圧倒的な気圧差によって人工的な嵐が生み出されたからか。船の横滑りに耐えながらフローレイティアがモニタを見れば、例の山の頂上付近では不自然な閃光がいくつも連発していた。おそらく立て続けに不自然な雷が落ちているのだ。

射程、威力共にケタ外れ。あれが一発狭い東京湾に落ちただけで、フローレイティア達『エリアバイチャンス』の艦隊なんぞまとめて全滅しかねない。しかも当然ながら、マンハッタンはあれしかできない機体ではない。

あんなものは数ある手札の一つに過ぎない。

わざわざ全長二〇キロもの巨体で東京湾南側の唯一の出口を塞いでいるのだから、マンハッタン側にこちらを逃がす気はないのだろう。

フローレイティアは細長い煙管を指先でちょっと弄びながら、

「巨大なAIネットワークのキャピュレットと『ラッシュ』単体を管理するジュリエットには互換性があったはずよね。そちらの操縦士エリートに、『マンハッタン000』をサイバー攻撃させる手は？」

「『ガトリング033』。それから、前とは状況が違います。世界のどこにいくつ機材があるのか誰も知らないキャピュレットそのものにオンラインの脆弱性があったとしても、すでに人の手で脆弱性は塞がれているでしょう。基本的に、サイバー攻撃は一度使った手札は捨て去るものと考えるべきですし」

問題なのは、マンハッタン側が……いいや、『情報同盟』が何を理由に戦闘を望んでいるかだ。

フローレイティア＝カピストラーノとレンディ＝ファロリート。

二人の指揮官はそれぞれ口を開いた。

「可能性一。『エリアバイチャンス』の中には『情報同盟』出身者もいる。よって命令に反して軍から離脱していった者達への粛清……つまり四大勢力の総意に従わせるための戦いかもしれない」

「可能性二。あるいは四大勢力を呑み込み、引き裂いていった『大戦』の継続を求める線もあります。よってそれを邪魔する『エリアバイチャンス』の排除に乗り出してきた、とかも考えられますか」

戦闘という状況そのものは変わらなくても、理由によって立場は一八〇度ガラリと変わる。マンハッタンは四大勢力の存続を望むのか、破滅を望むのか。現状、困った事にマンハッタンはどっちにも転がれる存在だ。どちらであっても最大の利益を享受できる。

緊張の一瞬だった。

レンディ＝ファロリートがひとまず場を譲るように細い顎で無線装置を指し、紫煙を吐いたフローレイティア＝カピストラーノが先方からの通信を受ける事に。

(何でこんな面倒な時だけ私ばっかり……。さてはこのクソ馬鹿アイドルマニア、こんな風に面倒事を周りのライバルへ徹底的に押しつけて脱落を促してのし上がっていった人間か?)

『聞け』

「……メリー＝マティーニ＝エクストラドライ?　貴様がキャピュレットのスポークスパーソンか、わざわざマンハッタンまで持ち出して」

『今回の「大戦」における我が方の目的はすでに完璧に果たしてある。「正統王国」、「資本企業」、「信心組織」の社会的根幹・精神的支柱は全て破壊した。よって、これら過去の世界的勢力のくくりに意味はない。矛を収めよ、我らはすでに統合を終えている。「大戦」は「情報同盟」が意義ある勢力として唯一最後まで生き残り、これをもって我らは単独で世界全土を総べる段階に入った』

(……こいつ、AIネットワークに屈服した?　いいや、単に暴走したマティーニ系と考えるのは早計か。自分の意思で『情報同盟』全体の利益に繋がる行動自体を成し遂げているのは事実だし)

メリーについては以前接触した事もあるが、まず口調が違う。おそらく固定の原稿を読み上げているだけなのだろう、会話の端々にある三ケタの数字も今はない。

確か、あの数字は記憶を呼び出しやすくするためのタグ付けだったはずだ。……逆に言えばつまりこの程度、記憶に留めるに値しないという訳か。

フローレイティアは細長い煙管の吸い口を噛んだ。

感情を表に出すべき場面ではないと、自分に強く言い聞かせる。

(可能性二……ですらない!? こいつはもう四大勢力の総意なんて打ち合わせすら求めていない。他人の意見なんか聞かない！)

レンディがホワイトボードを埋め尽くす文字をざっと消して、中央に黒のペンで大きく新しいメッセージを書き込んでいた。音が鳴らないよう細心の注意を払って。

＊四大勢力の総意は不要。「情報同盟」一極でケリをつけたい？

＊大戦のどさくさ。

＊おそらく総意が総意として君臨するために必要な柱を折って回っている。

フローレイティアは小さく頷く。

会話の流れや主導権を決定づけるほど大きな情報はない。だが自分以外の手で客観的に情報を可視化されると頭の混乱をかなり緩和できるのも事実だった。

メリー＝マティーニ＝エクストラドライの言葉は続く。

『これはすでに終えた戦いの勝利宣言である。敗残兵に再度告ぐ、矛を収めよ。以降は我が方の指示に従い、再編の時を待て。我が方は無用な流血を望んでいない。繰り返す、世界の管理者たる「情報同盟」は不要な流血を望まず』

敗残兵。

フローレイティア達が『島国』で戦っている間、外の世界はどうなっていたのだろう？　ひょっとしたら情報の途絶えた深い深いジャングルでいつまでも脅え続けるのと同じように、彼女達は歴史の流れからとっくに置き去りにされていたのであるまいか。

仮に『正統王国』なんていうくくりがなくなったとして。それでも戦いを継続するほどの強い理由を、フローレイティアは胸の中に育てているのか？

その時だった。

『おいおい、ほんとにチェックメイトならわざわざ口に出す必要もなかったんじゃないか？　アンタ、明らかに俺達の方からカードを投げて勝負から降りるよう仕向けているだろ』

声を放ったのはフローレイティア＝カピストラーノでもメリー＝マティーニ＝エクストラドライでもなかった。

クウェンサー＝バーボタージュ。

あれだけ唯我独尊だったメリー側の言葉が止まったのは、マティーニシリーズとキャピュレットの間で意見が大きく割れたからかもしれない。

何の変哲もない少年の言葉が、無線越しに響いてくる。

『まだ終わってない』

躊躇(ちゅうちょ)はなかった。

そもそも彼は『大戦』を終わらせるために集まった戦力の一人だ。

フローレイティア達だってそのはずだ。

『テーブルの脚は折れた。四つの内三つが砕けた状況じゃ今から何をどうやったって世界のぐらつきは止められないかもしれない。だけど一つだけ、安定を取り戻す方法がある。脚に頼らなければ良い。壁に打ちつけようが天井から吊(つ)り下(さ)げようが、もう俺達はお前を必要としない』

だから、止めなかった。

何の権限も持たない戦地派遣留学生の言葉を、誰も止めなかった。

ややあって、だ。

『私達を殺して、251、それで「大戦」が終わるとでも？　あっはっは。「マンハッタン000」は手足に過ぎず、キャピュレットやマティーニシリーズはAIネットワークの構成因子であって、あなたはまだ「情報同盟」の心臓部をその目で見てもいないの』

その声色は、ただ緊張しているのではない。

状況にも背格好にも似合わない、奇妙な昂揚感(こうようかん)が混じっていた。

世界の誰もが異常に気づかない中、唯一違和感を覚える事のできる存在から真っ直ぐ捕捉されている。メリーはそんな事実に幼げな背筋でもゾクゾク震わせているのかもしれない。

『……ああ。そう言えば「前の時」にはＡＩネットワークのキャピュレットは隠れ蓑で、「真なる代表」はまだ他にいるとか言っていたな』

対して、クウェンサーは鼻で笑ったようだった。

『実はいない、とまで疑うのは可哀想か。だけどここまで状況が動いてまだ表に出てこないなら、そいつが誰であれいないも同然だ。純粋なプログラマか分析者かは知らないけど、荒事向きじゃないんだろ。少なくとも、俺達のフィールドに影響を及ぼす人種じゃない』

『なーのっ、９７９、あなたは私を殺してくれる？』

『吼えてろ。全裸にボディペイントでカメラだらけの街中歩いて勝手にゾクゾクしているようだけど、リスクや度胸は別に力の底上げになんかならない。実際全部バレて泣きを見るのはお前一人だぞ』

よって、『情報同盟』の深さになど興味はない。

クウェンサー＝バーボタージュはもう情報には惑わされない。倒すべき敵をしっかりと見据えているようだった。

そして宣言があった。

『巨大AIネットワーク・キャピュレットには中心なんかないかもしれない。だけど世界で俺だけは知っているぞ、お前の急所、意図的に作られたブレーカーを。お前がある種の広告塔である事、真実に気づいた者は多大な恩恵を与えて黙らせる事、あそこで色々教えてくれたのはお前だろ、キャピュレット？』

2

東京湾(とうきょうわん)、早朝四時。

『大戦』を終わらせる時がやってきた。

クウェンサー＝バーボタージュ達『エリアバイチャンス』の最後の標的は、史上最大のオブジェクト『マンハッタン000』。ここさえ乗り切れば、撃破目標は四大勢力の総意という枠組みすら気に喰(く)わず内側から食い破り、『情報同盟』一極で世界を支配しようとした巨大AIネットワーク・キャピュレットは唯一ブレーカーを落とせる存在、クウェンサーの手で倒せる。

地下空間――『島国』の人口を支える人間工場――に落ちた履帯式装甲車は使い物にならない。クウェンサー達はひとまず地上に出ると、一般車を盗んで市ヶ谷(いちがや)まで戻った。どうやら弾薬庫まで火は回らなかったらしい。駐屯地？　とかいう基地に残っていた車両を奪って東京湾(とうきょうわん)まで戻る格好になった。八輪の装輪装甲車やロケット車両どころか本気の戦車まで揃(そろ)っていたが、それでも心細さは消えない。

全長二〇キロ。

オブジェクトとしても規格外の『マンハッタン000』とぶつかるにあたって、一体どこまで装備を固めれば安心なんて得られるのだろうか。

ちょっと離れた場所で寡黙な青年と一緒に軍用のトラックを見繕いつつ、レイス＝マティーニ＝ベルモットスプレーがぽつりと呟いていた。

「……アナスタシアプロセッサ、か」

海に向かう。

とは言っても八輪の装甲車の上によじ登ったクウェンサー達は総武・中央線沿いの一般道を東へ引き返して有明やお台場方向に向かう訳ではない。『マンハッタン000』は東京湾南側の玄関口、つまり神奈川側、浦賀水道の東京湾出口近辺に陣取っている。言うまでもないが、馬鹿正直に開けた海から向かったら狙い撃ちは避けられない。そういうゴリ押しは『ベイビーマグナム』や『ラッシュ』に任せて、こちらは裏に回った方が良い。

同じ装甲車の屋根に乗っているヘイヴィアが言った。

「もう横浜だぜ。『島国』め、抵抗なくなっちまったな……」

「なんか橋とか歩道橋だらけだな。こんなのもう自分達の戦いじゃないって気づいたのかもしれないぞ。今ここでマンハッタンそっちのけで俺達を叩くとしたらよっぽどの破滅願望だ」

クウェンサー達は京浜東北線に沿って陸路を南下し、さらにビルの群れに身を隠しながら横須賀辺りまで向かう。装甲車を限界以上走らせて東京から三、四〇分くらいか。攻め込む際にマリーディ達が港としての機能は潰した後だが、使える設備や装備が全く残っていないという訳でもないだろう。

官民共同横須賀港、その立入禁止エリア。

中を覗き込んでヘイヴィアは口笛を吹いていた。

「ひゅう！　こっちの格納庫は丸々無事だ。巡視艇、水陸両用の海岸地雷敷設装置、揚陸用のエアクッション船まであるぜ」

「海での戦いだ、とにかく使えそうなものは全部引っ張り出せ。なければ頭を使え、それもできなきゃ二月の冷たい海を古式泳法で泳ぎ回る羽目になるぞ。急げ！」

『マンハッタン０００』は単なるでくの坊ではない。

多種多様な兵器、センサー、レーダーなどで徹底的に身を固めている以上、目や耳の良さでもこちらを上回っていると考えた方が良い。エアクッション船のレーダー設備をいじっていたミョンリが小さな悲鳴を上げていた。おそらく『マンハッタン０００』側から捕捉されている事実を突きつけられたのだろう。

慌てず騒がず、クウェンサーは無線機を口にやった。

どうせ最後までバレずに済むとは思っていない。できるだけ被弾のリスクを下げたまま接近したかっただけだ。高層ビルの群れごと蒸発せずに浦賀水道近辺までやってこられただけでも拾い物と見た方が良い。

だから天才少女計画の序列二九位へ、むしろこちらから発する。

「メリー」

『なにー？　115』

口調が戻っていた。

フローレイティアやレンディへ宣告した時と、クウェンサーとの間で行われる会話には明らかな違いがある。あらかじめ用意しておいた原稿にない対応、という事なのかもしれない。

「最後に一つ確認したい。マンハッタンで暮らしている人達はどうしている。そいつを沈めたら海に投げ出されて溺死なんて話はないよな？」

『なーのっ。元々巨大な慣性のGがかかるからね、一般人には耐えられない。502、だから彼らは戦闘時は透明な四角いキューブの中に閉じ込めて保管してあるよ。そのまま海に投げ出されても固化したまま三年くらいは浮かんでいられる』

そうか、とクウェンサーは小さく呟いた。

声色が冷えた。

「……それじゃお前、人質っていう最後の希望を自分から捨てたぞ。俺達はもう迷わない」

ジャガイモ達は巡視艇や水陸両用の履帯式装甲車に乗り込み、一斉に海へ繰り出す。

同時、初撃は『マンハッタン000』から来た。

横須賀港は一瞬にして焦土と化した。

電磁投擲動力炉砲。JPlevelMHD 動力炉そのものを使い捨ての道具として発射し、攻撃エリア中央で起爆する事で巨大なクレーターを作り出す。ついさっきまでクウェンサー達が立っていた場所は建物どころか陸地そのものが大きく抉り取られ、海水が大量に流入している事だろう。

ビュオ!! と。塊みたいな突風がクウェンサーの頬を叩いた。そこには水滴の感触も伴っていた。あの一発で大気が大きく攪拌されて、突発的に嵐まで呼び出したのだ。

ヘイヴィアがあちこち見回して、

「つかここどこだっ?」

「浦賀水道の出口側。もうほとんど東京湾より相模湾の方が近いかもだけど」

後ろを振り返っている暇はない。

海の上にだってヤツの攻撃は落ちる。急いで分散しないと一度の攻撃で全滅してしまう。

『あなた達の勇気を讃えて特別にマンハッタンの水族館を丸々一つ空けてあげるの。なーのっ、素っ裸に剝かれて酸素も栄養も困る事のない死ぬに死なないゼリーのプールで溺れながら、5

15、世にも珍しい絶滅危惧種として死ぬまでジロジロ鑑賞され続けるが良いの』
あっけらかんとしていて、でもだからこそ、本気でやるだろうなとクウェンサーは思った。

本当の本当に誰かの都合一極で全世界が支配される時代というのは、そういうグロテスクを見ても誰も疑問を言えなくなる国際社会が出来上がるという意味でもある。

個人の趣味が世界を埋め立てる。

だからクウェンサーは警告を挟んだ。

「メリー」

『死んだら死んだで全身消毒して無酸素空間で鼻から乾燥剤を詰めてあげるの。人体の水分が五〇％以下まで減じれば腐敗菌は活動できないから、あなた達は腐る事なく永久保存されるの。169、博物館を空けてあげるね？　並べたお人形の一つ一つにバカのレッテルを貼りつけて奇麗にデコレーションしてあげる。一千年経っても終わる事のない永遠の恥辱にまみれる羽目になるが良いの』

「そういう悪趣味は、全部自分に返る。真鍮の牛の話を知らないのか？　火炙りの新作処刑器具を発明して自信満々に権力者へ献上したその男は、一番初めの犠牲者として牛の中に放り込まれて下から火を点けられた。アンタも同じだ」

土砂降りの中、クウェンサーとヘイヴィアは揃って戦車も運べる揚陸用のエアクッション船に乗り合わせていた。他、とっさにこちらに合流したのはミョンリとアズライフィアか。

「ひいい、いつもの貧乏くじ!! 待ってちょっと待って私も行きます隣の巡視艇に移りますきゃああ離れないでー!!」

「ミョンリ後で話し合おう」

クウェンサーが心の中でメモを取っていると、だ。

同じエアクッション船では別の地獄が展開されていた。

「にいっさまー☆」

「ぎゃああっ!?」

「キャスリン＝バーボタージュ。どうやら離れ離れになってしまったようですけれど、わたくし素直に感情を表す彼女を見ていて確信したのです、やはり兄と妹はあれくらいべたべたしたって何もおかしい事はないのだと。わたくし達もあれくらいイチャイチャ戦いますよ、さあほらすぐに!!」

「イチャイチャと戦闘を組み合わせてる時点でもう致命的にバグってんだよ!!!!!!」

鬱陶しそうに妹の顔を片手で掴んで遠ざけながらヘイヴィアが怒鳴り声を発していた。……何でも良いけどアズライフィア、一体どういう生命力をしているのだ。確か吹雪で埋まったツングースカ方面でスラッダー＝ハニーサックルに撃たれて体に風穴空けていなかったか???

「野郎にケンカ売るのは良いけどどこからやるんだよクウェンサー!? つかマンハッタンって動力炉をどこにいくつ装備してやがるんだ? 使い捨ての砲弾代わりにバカスカ飛ばしてくる

くらいだぜ。あれだけの巨体で『島国』のヒノマル弁当みてえに動力炉はド真ん中に一個だけだなんて話は逆に信じねえぞ俺は‼」

彼我の距離は一〇キロほど。徒歩で走る感覚だとまだまだ開いていると思いがちだが、全長二〇キロのマンハッタン側からすれば半馬身ほどしかない。ちょいと左右にステップ一回でクウェンサー達などすり潰せる間合いだ。

灯台のある埠頭やヨットハーバー。

マンハッタンの街並みから海に向かって突き出た等身大の障害物の一つ一つが全て電ノコのチェーンにびっしり取りつけられた細かい刃のように見えてくる。

「……全長二〇キロの巨体を自由自在に振り回している訳だろ。逆に言えば内部は膨大なエネルギーの塊なんだ。長所と短所は表裏一体。動力炉本体にせよ、エネルギーを伝えるパイプやケーブルにせよ、各種の安全装置にせよ、つついて爆発させればそれだけで大ダメージを与えられるはず」

ごっ、と。

海が震えた。『マンハッタン000』が方向転換したと言っても良い。

片手で羽虫を軽く払う程度から、ガチで向き合って構えてきた。

次は本気の一撃が来る。

どころではない。

「えっ？」

その瞬間、ミョンリは首が痛くなるほど視線を上に向けていた。

彼女が見ているのは高さ三〇メートルの壁だった。マンハッタンがその巨体をサーフボードのように揺さぶっただけで、それほどの高波が発生したのだ。

ヘイヴィアは無線機に向けて叫んでいた。

「ぐおお波に向かって傾けろ、ビビって後ろに下がればひっくり返るぞお‼」

理論としては正しいのだろうが、現実に役立てた船はどれくらいあったか。クウェンサー達のエアクッション船は（実は船体が水面に直接触れない事も手伝って）何とか大波がトンネル状に崩れていく前に越える事に成功したが、

「くっ‼」

「ダメです、死にたいんですの⁉」

とっさに船の縁から手を伸ばそうとしたクウェンサーをアズライフィアが強引に引き止めた。

すぐ隣ではもっと海に適した設計をしているはずの巡視艇が粉砕されて黒い海に呑まれていく。大波を貫く形でマンハッタンから砲撃されたのだ。そこにだって『大戦』を終わらせたい多くの兵士達が乗っていたはずなのに、何もしてやれなかった。

まだ終わらない。

『マンハッタン０００』はまだこちらに向けて砲撃もしていない。

「ひい、ひい」

高速移動特化の『シンプルイズベスト』もこんなに周囲を振り回さない。上下運動で海へ投げ出されないよう壁にしがみつくミョンリが涙混じりの救援を求めていた。

「『ベイビーマグナム』へ、お姫様あ!! 早くこっち来てください、私達はもう『マンハッタン000』と戦いを始めちゃってま……」

返事はなかった。

それ以前にミョンリの言葉が途切れていた。

何故(なぜ)、いつでも撃てたはずの『マンハッタン000』がクウェンサー達をしばらく放置していたのか。その理由が一瞬遅れて理解できたからだろう。

遠くの方が明るかった。

一瞬遅れて砲撃音の余波らしき衝撃波の壁がクウェンサー達の顔面を思い切り叩(たた)いた。

それでも痛みなんて訴えている場合ではなかった。誰かの命が拾われた時は、別の誰かの命が狙われている時。劣勢の戦争に横たわる冷たいセオリーが牙(きば)を剝(む)く。

無線越しに叫びがあった。

『たっ、大破……。「ベイビーマグナム」大破あ!!!?!??』

一撃、だった。

やはり『マンハッタン000』は、一つ一つの行動がケタ外れだ。

3

(場が傾いたか。悪い方へ……ッ!!)

こういう時、冷酷な自分に嫌気が差す。

戦闘機*Zig-27*を駆るマリーディ＝ホワイトウィッチからあったのは舌打ち一つだった。スマホのハードロックでも気分を保てない。ヘッドセットのように口元まで伸びた特殊な酸素吸入チューブは喉元に貼りつけた小型マイクと連動して今も最適量の供給を続けてくれているが、頭の後ろにビリビリとした不快な痺れを感じて仕方がない。

(……最優先は『情報同盟』機！　今や唯一残ったオブジェクトを失ったらいよいよあのゲテモノを沈める手札を失う!!)

何しろ敵はニューヨークの中心地が丸ごと一つだ。戦闘機から航空爆弾を落とした程度ではまともなダメージは通らない。いいや、爆撃機から専用の燃料気化爆弾や地下施設用の爆弾を落としても最深部まで傷が届くかどうか……。

『ダメだっ、もう来る。レーザーが、雨粒のせいでヤツが見える、バーニング・アルファさんっ、うわああ!?』

『バカ脱出しろプラス・デル……、〜〜っっっ、くそがあっ!! 何が「大戦」だ、まだ一七のガキだぞ!!⁉⁇』

派手な爆発と同時、『バーニング・アルファ』からの悲痛な叫びがあった。

ただ技術が拙かっただけではない。直前で戦闘機は暴風か何かに煽(あお)られていた。

マリーディはそっと唇を噛(か)んだ。隊を率いる人間として、僚機としてついてきた仲間達を守り切れなかった胸の痛みは良く分かる。

流れを変える必要がある。

何としても。

被害が広がっているのはこちらだけではない。どこでも死の危機にあるのは一緒だ。一秒でも早く活路を見出(みいだ)さないと、また大切な誰かが死ぬ。今度はアイス飛行隊の誰かかもしれない。

そうなるとより重要なカギは、

「情報、か。仕方がない!」

『アイスソード2よりアイスガール1、何しでかす気だ!?』

(命も賭けずに高給だけ取っていくオブジェクトなんぞ心の底から忌々(いまいま)しいが、今はヤツに頼らなくては私が預かったこいつらが死ぬ!!)

僚機からの質問に答えるつもりはない。答えを言ったら死地までついてきてしまうからだ。

マリーディは操縦桿を握り直す。ぐんっ!! と胃袋を急激なGが持ち上げていく。耳の方がやられたのか、瞬間的にハードロックがひずんだ。*Zig-27*は一気に高度を下げると、海面ギリギリからマンハッタンの直上へと突っ込んだ。

（くそっ、何か引っ掛かった？ マンハッタンが自分の動きから市街地を守るために気流でも操作しているのか？）

戦闘機の風防にワイパーなどない。水滴は撥水性の化学薬品と、後は速度にものを言わせて振り払うのが基本だ。

無数の高層ビルが立ち並ぶ街の空気をマッハ二で切り裂いていく。

高層ビルの群れには透明なツル植物のようなものが絡まっていた。それから地上を埋め尽くすように、一辺三メートルほどの立方体も。急激な運動から建物や人間を守っているのだ、とは知識で分かっていても、その異質なビジュアルにマリーディの背筋が凍る。

（今時の軍用機なら夜間や荒天の離着陸に備えて複数の測距装置を足回りに取りつけている。そいつで舐めるようにマンハッタンを走査していけば何か掴めるはず。主砲や副砲の位置、熱分布から地下ケーブルの配線図、そして動力炉の数と位置……。全部じゃなくても良い、一つか二つはっきりさせればクロスワードパズルのように残りの空欄を潰す取っ掛かりになるはず!!）

かえって街の直上、高度一〇メートル以内まで肉薄されると巨大過ぎるマンハッタン側からは狙いにくいようだ。砲の首振りもそうだし、自前のビル群が射線を遮ってしまう。

*Zig-27*はそのまま真っ直ぐ大都市を抜けていく。

固定されないものは慣性の力に負けるのか、すぐ横を大型のプロパンボンベが突き抜けた。大量のガラス片が降り注ぐのは、透明なツルが高層ビルを強く締め上げたからか。こんなのでもエアインテークが吸ったらエンジントラブルを招く。

そして反対側から海に出た瞬間、マンハッタンの巨体が軋んだ。

「っ⁉」

一瞬が永遠に引き延ばされるような死の時間感覚。何もかも止まった世界の中で、それでもマリーディは気づく。いいやこれは一瞬ではない、いつまで経っても死の停止時間が終わらない。ここは檻だ。今から操縦桿をどう動かしたところでマンハッタンからの一撃をかわす事は叶わない。

機体が内側から振動していた。ジェットエンジンが目に見えない都市ガスでも吸い込んでいたのかもしれない。

マリーディは小さく笑った。

そして意識を集中させたのは操縦桿ではなく無線の方だった。

「アイスガール1よりアイス飛行隊へ。以降はバーニング・アルファの指示を仰げ、お前達と一緒に飛べて良かった」

『アイスガール1‼』

「バーニング・アルファ、忌々しいが貴様の腕だけは認めてやる。命より大切な部下の行く末を任せる程度にはな。無駄に散らしたら私が許さない、分かったな」

直後に時間の感覚が戻った。

マンハッタンからの対空レーザービームを浴びて、*Zig-27*が蒸発した。

4

一ヶ所が崩れた事で、全てのリズムが壊滅していく。

わずか数ミリ大の小さな亀裂から数万以上の部品を精密に組み上げた飛行機全体が空中分解していくように。

夜明け前の空を焼き尽くすような白い閃光は、溶接にも似ていた。

海上パトロールに使う個人向けの水上オートバイを操りながら、元エリートのキャスリン＝バーボタージュとプタナ＝ハイボールが土砂降りの雨粒で濡れた前髪を片手で払いのけながら叫ぶ。

「だれかおちたっ‼」

「もうさせません、こちらからもちょくせつ打って出ます」

じゃぶあっ!! と海水を大きく切り裂いて二台の水上オートバイがマンハッタンに向けて突っ込んでいく。無論あれは全長二〇キロもの火器の塊だ。近くに肉薄すれば撃たれにくいとは言っても、そうした場合今度は体当たりや高波攻撃などをもろに浴びる羽目になる。懐は死角ではなく、ヤツの即死攻撃圏内と考えた方が良い。

あちこちに廃材が浮いていた。どれもこれも元々は強固な軍艦だったはずの何かだ。ぶつかれば水上オートバイも無事では済まないから、器用にかわしていかなくてはならない。金属板には何かが引っかかっていた。軍服の切れ端や、持ち主がどこに行ったか分からない腕なんかもあった。

下手に挑めばこうなる、ではない。

普通に考えればこうなる。『マンハッタン000』はもはや兵器というよりは人間処分機といった方が正しい。ヤツに突っ込むというのは、攻撃にならない。巨大な回転刃に頭から飛び込んでいく行為と何も変わらない。

ただし、

「……ふつうの人ならむりでも私たちならやれる。エリートとして体のすみずみまでゴリゴリにかいぞうされた私たちなら」

キャスリンが口の中で呟いていた。

実のところ、下手な砲撃よりも一番恐ろしい攻撃はこの体当たりだとキャスリンは睨んでいる。しかし一方で、体当たりはマンハッタン側からこちらに近づいてくれる好機でもあった。普通の人間なら船ごとバラバラに吹き飛ばされる状況でも、極限の筋力と運動神経を備えた戦う方のエリートなら話が変わってくる。水上オートバイを粉々にされるタイミングで、マンハッタンの岸へ飛び移れる可能性は残っている。

ボンボンと大空から金属のコンテナが降ってくる。マンハッタン側で固定の甘いものは慣性の力に負けて宙を舞うのだろう。これだけでも当たれば即死だ。

じゅわっ、という炭酸飲料が泡立つような音が耳についた。足元の海水からだ。マンハッタンはその巨体を高速で動かすため、極めて細かい気泡などを利用しているのか。裏を返せばそれだけヤツに肉薄しているのだ。

が、

「……？　気をつけてください、『しせん』があります。下からのつき上げ!!」

プタナが叫んだ直後だった。

ドドドドガドガッ!!　と海面を突き破って槍のようなものがいくつも飛び出した。海の中からこちらを狙うのはマンハッタンが大量にばら撒いていたハイテク機雷か。まるで海の底から上下逆さに機銃掃射でも受けているようだ。ハンドルをひねってS字に蛇行する事でプタナ達はかろうじて貫通は避けるものの、そこでは終わらない。上空一〇メートルまで飛び上がった槍(やり)は内側から火薬の力で破裂し、一本あたり八〇〇発以上の小さな鉄球を傘のように全方位へばら撒(ま)いていく。

「あくしゅみっ!!」

歯噛(はが)みするキャスリン。

複雑で高度なＡＩで完全制御されている訳ではない。単純なイエスとノーの組み合わせを大量に網羅して虫の動きを再現するのに似た、簡易回路によって操られる無人機の群れだ。

それでもマンハッタンの埠頭(ふとう)はすぐそこだ。死と隣り合わせの興奮状態ではどうせ頭の中なんてアドレナリンやエンドルフィンなどでぐっちゃぐちゃ、まともな痛覚なんて飛んでいる。傷の有無を確認するのは陸に上がってからで良(い)い。

「……まちじゅうのはいきガスや汚水をのうしゅくしてぶきにしているというはなしだけど」

ふと、併走するプタナの視線が正面より上に上がっている事にキャスリンは気づいた。

幼い少女が疑問に思って自分の目で追ってみると、

「し、『しせん』が……」

それは最初、砂嵐のように見えた。

あるいは蜂の大群が水平線の向こうを全て埋め尽くしたらあんな風に蠢(うごめ)くだろうか。

でも違う。正体はマンハッタンから放たれた、数十万単位のドローン兵器の群れだ。一つ一つは広げたパラソルくらいのサイズであっても、あれだけの数が一気に来るとまるで東洋の巨大な龍でも飛んでいるように見える。

「『しせん』が多すぎる。あれはさけられません!!」

もう作戦でも指示でもなかった。

直後に軽金属とシリコンでできた兵器の群れが少女達を丸呑みした。

5

「あちゃー……流石に今回はしくじったかな。合流する陣営を間違えたかもしれない」

水陸両用の履帯式装甲車の中でアリサ＝マティーニ＝スイートが小さく呟いていた。

平凡な青年はびくびくしながら、

「そっ、そんな事言ったって今から所属を鞍替えする事なんかできないでしょ」

「んぐっ⁉」

「ああっ、痛みますかアリサさん。すっすみません!!」

顔を青くして震えながらも、手を緩める事はできないのは誰でも分かっているはずだ。気弱な青年自身さえも。

アリサ＝マティーニ＝スイートは右腕をヤッていた。度重なる爆破の衝撃で海に浮かぶ装甲車が大きく揺れ、壁に叩きつけられたからだ。ここは病院ではないので専門的な医療機器はない。サブマシンガンの伸縮式のストックを引っこ抜いて包帯を巻き、添え木の代わりにするしかない。（市販の頭痛薬よりはかなり強めだが）軍で使う汎用的な鎮痛剤の服用は何故かやんわりと拒否されたが。

青い顔で汗を浮かべながら、しかし三姉妹の一角は何故かうっすら笑っていた。

ていうか口の端からちょっとよだれが垂れている。

微妙にハァハァしてる人は言った。

「……おっけーおっけー。へっへへ、こうして怪我人病人コースに乗っかって好きなだけ甘えられるっていうなら、むしろ腕の一本折れるくらい安い買い物だっての。オルシアとリカざまあ、今日は気になる男の子を独り占めー☆」

「ぶっ⁉　何言っているんですかまったく……」

「ほーら吊った腕の上に乳がのってるぞー？　三姉妹随一のおっぱいパワーを見よ」

「何を言っているんですか折れた腕に思いっきり負担かけてますけど⁉　とっともあれ、どっちつかずのコウモリ野郎は一番嫌われます。一度こっちの道に行くって決めたらその中で頑張っていくしかないんですよ！」

「ま、そりゃそうなんだけどねー」

と、天井のハッチから身を乗り出して外を覗いていたリカ＝マティーニ＝ミディアムがガンガン足場の梯子を蹴って注目を集めてきた。

「発見発見、『正統王国』の操縦士エリートが海に浮いてるみたいよ、生死は不明。ひとまずアレ回収して恩を売っておきますか」

「(ミディアム。そいつ回収して古巣の『情報同盟』に手土産持って帰るって方向はどう?)」

「(ドライ、本気で言ってる? オブジェクトを失った負けエリートの重要度は低いから意味ないと思うわよ。まして死体だったらわざわざアジの開きみたいにしてまで研究したがるかは微妙かなあ。……何より優しい彼、そういう交渉術については絶対首を縦に振ってくれないと思うけれど)」

やはりダメか。

そして交渉の受付窓口がないならこちらも妥協ナシだ。徹底抗戦で『マンハッタン000』の猛攻から命を繋ぐしかない。

自分の命なら割と使い捨てでも構わない。

だけど何もできないこの平凡な青年だけは、どうあっても死なせられない。

ともあれ今は操縦士エリートの回収だ。

青年はびくびくしながら運転席のレバーを指先で軽く叩いて、

「え、えっと、装甲車の位置って微調整します?」

「スクリューに巻き込ませたら挽肉になるからNGで。みんな上に出ましょう。網の代わりになるもの……なければ長い棒切れなんかがあると良いけれど」

三つ子に導かれて青年が水陸両用の履帯式装甲車の屋根まで上がってみると、確かに。波間に特徴的な青い色彩が見え隠れしている。

ここから届くだろうか。

屈んで手を伸ばす程度では無理そうだが、そこで横からオルシア＝マティーニ＝ドライが何か差し出した。

「ほいこれ」

「たっ、対物ライフル!!」

「つりざおー☆　むしろたも網かな？　生きてるか死んでるかは五分五分だけど、ほら体伸ばしてエリートに先っぽ向けて。金魚すくいとか得意でしょ、いっつも私達のために取ってくれるじゃない」

装甲の薄い機種なら攻撃ヘリくらい一撃で撃ち落とせる大火力だが、『マンハッタン000』と戦う場面ではこの程度の役にしか立たなくなるのか。改めて規格外のスケールに絶句しながらも青年は対物ライフルを受け取ると、屈んだまま改めてそれを暗い海へぐぐーっと伸ばしていく。

何かに気づいた三つ子は頷き合うと、一斉に青年を海に突き飛ばした。

彼は最後までキョトンとしていた。

恋する少女達がうっすらと微笑んだ直後、『マンハッタン000』からの砲撃が容赦なく海に浮かぶ履帯式装甲車を消し飛ばした。

6

ゴッ!! と。

三八〇メートルもある巨大な偽装巡洋艦スカーレットプリンセス号が前に出た。

こうしている今も悲鳴に近い号令を飛ばし合いながら補修材を抱えた兵士達がズタボロにされた船の穴を塞いでいる最中だが、船内四ヶ所でダメージ5が進行しているのではどうにもならない。細々とした穴はもっとある。どう甘く見積もっても一五分で沈む船だ。そして『マンハッタン000』側が救命艇で逃げ出した無力な兵を捨て置くほど紳士的とは思えない。ならば、打てる手は一択しかない。

銀髪褐色の司令官レンディ＝ファロリートにとっては『ガトリング033』を駆る操縦士おほほが人生の全てだ。だがそんな彼女は横目で同格のブレインを見て怪訝な顔をしていた。

「……あなたまで付き合う義理はないのでは？」

「うちの『ベイビーマグナム』がヤツに喰われた以上、残る『ラッシュ』が最大にして唯一の破壊力であるのは事実よ。今あれを失ったら我が方はマンハッタンに対して有効な攻撃手段を全て失う。それはこの戦闘に参加した全ての人員の死を意味しているはずだ」

フローレイティア＝カピストラーノは細長い煙管（キセル）に新しく火を入れていた。

最後の一服のつもりなのかもしれない。

「それに真の意味での旗艦はステイビア王女の乗るあの船でしょう、私達は死力を尽くして勝利を掴（つか）む一兵卒であれば良い」

「その心は？」

「ヤツの注意を一瞬でもこっちに引きつければ、その間に誰かがお姫様を拾ってくれる確率が上がるかもしれん」

レンディとフローレイティアは小さく笑った。

戦争は、それくらい私欲が混じるくらいでちょうど良（い）い。

だから二人は同時に叫んだ。

「「突撃!!」」

マンハッタン側は回避する素振りも見せなかった。

そもそも最高速度こそオブジェクト級ではあるものの、細かく左右にフットワークを刻んでレーザービームやレールガンをかわすような戦い方は想定されていない。

ヤツは、その重さと厚さで全てを受け止める。

衝突。

ゴゴンッ!!　という凄まじい衝撃と共に艦内で振り回されたのはむしろ攻撃を仕掛けたはずのフローレイティアやレンディ側だった。

壁に激しく叩きつけられながらも、フローレイティアは歯を食いしばって吼える。

黙っていても勝手に沈む船なら、それまでの時間を延ばしてやれば良い。

「無事乗り上げたな!?　後は弾薬庫が空になるまで撃ち続けるだけよ。目標マンハッタン、場所はどこでも良い。民間人を詰めた立方体だけ除外して後は全部捕捉。こいつの腹にどれだけの弾薬が残っているかメリーに教えてやれ。撃てぇッッッ!!!!!!」

通常より発射装薬を増やした強装仕様だったためか、一斉射撃と同時にそこかしこで偽装巡洋艦の装甲シャッターが歪み、防弾ガラスの砕ける音が響き渡った。

アスファルトがめくれ上がり、黒土が舞い上げられる。

だがそれだけだ。

その下に覗く銀色の装甲板は傷一つない。一体どれだけの厚さがあるか想像もつかない。

「ヤツを動かすAIネットワーク・キャピュレット自体がマンハッタンに搭載されている訳ではない。どこにあるかは知らないが、ようはアンテナ系の設備を破壊すればコマンドは遮断でき……!!」

「具体的にどこから選べば良いのですか!?　携帯電話のアンテナ基地局から民間家屋の屋根に取りつけられた衛星放送用まで含めれば一千万を超えています!!」

「くっ……‼」

マンハッタンは兵器であると同時に巨大な街でもあるのだ。次の指示を求めてこちらを振り返るオペレーターに、フローレイティアはまともに答えられなかった。

ぐんっ‼　と。いきなり三八〇メートルもある偽装巡洋艦スカーレットプリンセス号が重力を忘れたのだ。船はコンクリートで固めた埠頭へ強引に乗り上げている状態だった。対してマンハッタンは自分の巨体をシーソーのように揺らし、ガワを豪華客船に見せかけている分だけ無駄に重たい偽装巡洋艦を丸ごと空中へ放り投げたのだった。

何かに掴まる暇もなかった。

マンハッタンの対空レーザーと高射レールガンが哀れな標的に次々と直撃し、海に落ちる事も許さず空中で爆発させた。

7

ばぎゅじゅわッッッ‼‼‼　という金属のひしゃげる音が核シェルター級の分厚いオニオン装甲で守られたコックピットまで伝わってくるようだった。

『ガトリング０３３』右手側の主砲、連速ビーム式ガトリング砲が毟り取られたのだ。

かわしきれない。

しかも『マンハッタン000』側は本気ではない。ヤツにとっては何百もあるレールガンの一つだ、もう左手どころか小指一本ほどの本気度もないだろう。それなのに。

座席を囲む格好で、一面にキーボードが広がっていた。それも『島国』の雛壇のような多段式で。だけど操縦士エリートの指先の方が止まってしまう。

全体の方針すら決められない。

かつては完全な手打ち、マニュアルインターフェイスを駆使して巨大なAIネットワーク・キャピュレットの興味をよそへ向ける事で『マンハッタン000』の制御をもぎ取った事もあった。

だけどその窓口は、すでにメリー＝マティーニ＝エクストラドライによって封じられている。

今度はこちらが追い詰められる側だ。

核でも破壊できない分厚いオブジェクトの奥の奥、コックピットの中で唇を噛む縦ロールの小さな影があった。

『情報同盟』、いいや『エリアバイチャンス』の操縦士エリート、おほほだ。

（まだっ、しゅほうは1もんのこっている……）

警報が鳴りやまない。

本来なら『ガトリング033』はAIベースの自動操縦オブジェクトで、細かいエラーが出た時のみおほほが手打ちでコマンドを修正していく特殊な構造だ。だが操縦士エリートの指が止まっている今、その不備を指摘するように機械側から大量のエラー警告が重なる。

どこのどんな行動が、というより大きな作戦を人工知能に否定されるようでもあった。

こちらのオブジェクトに搭載されているジュリエットでは、『情報同盟』全体をくまなく管理する巨大なＡＩネットワークのキャピュレットには勝てない。

（せめて、１回くらいはせいしゃする‼　何もできずにはおわらせられませんわ‼）

想(おも)いで戦争は覆(くつがえ)らなかった。

複数の射線が交差し、あらゆる退路を断たれ、戦略ＡＩジュリエットが悲鳴のようなエラー報告をばら撒(ま)く。

直後に白い閃光(せんこう)を視認した。

そう思った時には『ガトリング０３３』は致命的なダメージを負い、球体状本体を三日月のように大きく抉(えぐ)り飛(と)ばされていた。

8

血の海、浮かぶ残骸。

そして。

9

猛烈な嵐の中、クウェンサーはしがみついていた。

閃光に爆音、衝撃波。

何かにすがっていないと波間を飛び跳ねるように高速移動するエアクッション船から振り落とされそうなのだ。

すぐ近くではミョンリが青い顔して自分自身のパニックと戦っている。

「ひい、ひいい!!」

ヤツの電磁投擲動力炉砲に射程距離など計算するのは意味がある行為なんだろうか。大気圏を突破し、地球を一周してからここに落ちてくる。そんな馬鹿げた妄想すら頭によぎる。

ざざざざざ!! という波を割って沈んでいく金属の音色は、軍艦のものだろうか。それともオブジェクト……?

しかし真っ当な恐怖心など抱いている余裕もなかった。

クウェンサーの頭を埋めるのは、むしろ激しい混乱だ。

「なにがっ、何だ!? 今やられたの誰だ！ 被害が大きすぎて数えていられないぞ!!」

「……ちくしょうが。オブジェクトも指揮官も残らず消えやがったぞ。じゃあ誰がコントロールするんだよ、この戦争⁉」

　このエアクッション船はまだ無事だが、早いか遅いかの違いでしかない。

　誰かが死を免れた時は、別の誰かが命を狙われている時。『マンハッタン000』が気紛れにこっちを向いた時がクウェンサー達の末路だ。

「これは、流石に……。今の内に想いを打ち明けておきますわね、兄様……」

「縁起でもねえ事言ってんじゃねえッ‼　妹のくせに兄貴より先に匙をぶん投げるとかナメてんのか！」

　その時がやってきた。

　無線機から通信が入ってきたのだ。ヤツに注目されている事を、嫌でも思い知らされるアクションだった。

『クウェンサー』

「……メリー」

『停戦の申し込みなんかしないよ。152、すでに我が方は機会を与えているの、そちらが蹴ったから話はこうなった』

「放っておいたらアンタ達が次の世界の支配者だろ。善も悪も自由自在、歴史書の全部がアンタ達の落書き帳に変わるんだ。俺達なんか投降したって傀儡モード一色になった軍法裁判で全員銃殺確定。俺達の運命は、今死ぬか後で死ぬかの二択しかない。違うかよ？」

『あれもう忘れてるの？　101、死ぬに死ねないゼリーの海の水族館』

「死んだ方がマシだ」

それはメリーの意思なのか。

巨大なAIネットワークの意見を述べているに過ぎないのか。

あるいは意図して双方の意見をぶつけた結果生まれた、どちらでもない決定かもしれない。

『ねえクウェンサー、あなた達は本当に自分の実力だけで「島国」までやってこられたと思うの？　いくら「大戦」の小手調べで衛星や通信網へダメージが加わって大きな混乱に見舞われているからって、435、二〇〇〇人規模の逃亡集団が四大勢力の地上レーダー基地や早期警戒管制機の網を全部潜り抜けてヨーロッパからアジアの端まで密かに移動できるとでも？』

「……、」

『表立っては合流しない。だけど「大戦」に疑問を持って、こっそり上への報告を控えたサイレントな協力者ならたくさんいたの。四大勢力のどこにでも、あるいは無関係な「空白地帯」にまでね。301、分かりやすい対抗勢力よりこういう潜在的な裏切り因子の方が見つけ出すのは困難で、危険度は高かったの』

「だから俺達は、そいつらを炙り出すためのエサとして都合が良かったって？」

『四大勢力でそれぞれ反攻されても面倒だったしね。英傑を集め、力で殺す。なーのっ、捕捉のしやすいサイズにまとめて、こういう連中が合流に踏み切る前に断ち切る。不満を持つ人達も受け皿がなければ行動はできないしね。800、完璧なの、善悪は全て私達が握っているのだから。ああ、夢物語の革命なんか協力してもろくな目に遭わないんだなーっていう実例を見せつける。あなた達は秩序の礎になるの。私達「情報同盟」一極支配を盤石のものとするために』

「メリー……」

『「島国」に根を張る「四阿」は消えた。だけど四大勢力のエージェントで固めた秘密の集まりならどこでも開ける。次は北欧禁猟区？　あるいはグレーターキャニオン？　930、歴史のタブーとされていて、必要以上に警戒されている場所ならどこだって手品師のテーブルに作り替える事はできるの』

「『情報同盟』軍の思惑はいい。お前はどうしてそこまでしてマンハッタンを振り回す？」

『ただ暴走しているだけに見える？　私が生まれ、育ち、こうなった理由の全部に戦争がある。850、戦争を憎む心くらい最適化された私の頭脳の中にもあるの。それ自体がマティーニシリーズのエラーだと言われたら流石に両手を挙げるけど』

あっけらかんとした声だった。

成し遂げてしまえばそんなものなのか。

『この「大戦」を制して頂点を独占してまでやりたい事なんか特にないよ？　でもほら、戦力的に言って私達くらいしか届きそうにないもん。793、ならテーブルの脚一本で不器用に支えてみようじゃない、この世界を。もしもそれができるなら誰が支配したって別に構わないの。なーのっ、四つの勢力の誰かなんて話はもちろん、いっそ人の頭でなくてもね？』

『大戦』は終わらない。

どれだけ普通や当たり前の尊さを叫んだところで、結局強大な戦力には敵わない。

これ以上の悲劇を止めるためには勝者にすがるしかない。

善か悪かなんてどうでも良い。誰が支配しようが今はちっぽけな平和が欲しい。世界全土で燃え上がる戦火を消し去るためには、『マンハッタン000』という破格のオブジェクトにしがみつくしかない。

……デモンストレーションとしてはおあつらえ向きだ。特に、謎めいた『島国』攻略後のタイミングでクウェンサー達をひねり潰しに来た辺りが憎たらしい。十分に獲物のレアリティを吊り上げてから美味しくいただこうという訳だ。

『だからクウェンサー、水族館が嫌なら命乞いもナシなの。759、できて遺言くらいが限界かなー。お墓にはなんて刻んでほしい？』

「でんぐり返しして自分のケツの穴の皺でも数えてやがれ、くそったれが」

空気の塊を下からめくり上げるようにして、マンハッタンが突っ込んできた。

エアクッション船が宙に浮かび、衝撃に耐えられず空中でバラバラに分解されていった。

10

『あっあー……』

東京湾は地獄と化した。

『マンハッタン000』の手でそこにある全てが平等に撃破されていった。

『ご覧になったかな、皆様？　是非など自由に語れば良い。だが力は覆らない』

誰も残らなかった。

そして……。

11

『一位ワードヘッドライン。ブエノスアイレスでは銃声が止まりません！　こっこちら「信心組織」のオブジェクト関係の兵器工廠が多く並ぶ工業都市として知られておりますが、侵攻を続ける我々「情報同盟」側に高度な機密情報が流れる事を恐れての事前隠滅という線が濃厚です！　うわっ!?　この機密情報には学者や技術者などの人材も含まれているとされ、おいロイス前に出過ぎるな!!　死ぬぞ!!』

『月面の別荘地に「情報同盟」の宇宙軍が到達したという発表がありました。関係各位は動画の真偽を精査している最中ですが、専門家はほぼ確定だと。同地に国境はなく、四大勢力の重鎮が平和主義的な話し合いをする最後の場とされているため、ここを一勢力が押さえた事には額面以上の大きな意味が……』

『先ほど「情報同盟」が戦争難民へ総額で五〇〇億ドルを拠出すると発表しました。迅速な人道措置へ各地の慈善団体は喝采の声を上げる一方で、軍事ジャーナリストは最も被害を拡大させていたのは当の「情報同盟」側ではないかと囁(ささや)いており』

『「正統王国」が……。「本国」パリを守る「エスカリヴォール」が道を譲りました!!　ご覧ください、「情報同盟」機が複数パリへ向かっていくのがこの距離からでもはっきりと見えます。これが新しい時代なのでしょうか。パリ内部、凱旋門(がいせんもん)周辺からはおそらくは民衆のものであろう、最後の平和的な抵抗である「正統王国」旗の乱舞が見えており……』

食い破られた装甲板や漏れ出した燃料、ねじ曲がったパイプなどが浮かぶ汚れた海だった。救命ボートすら原形を留める事が許されないモラルなき戦場そのものだった。

もはや音がない。

生きている者の証がこの海には存在しない。

台風が通り過ぎた後、河口付近に大量の流木が集まる事がある。それを兵器の残骸で組み直したような惨状だった。ここは軍の墓場と言っても良い。

そんな中、だ。

「くそっ、くそが……」

何かが浮かんでいた。

徹底的に汚れた海だからこそ、かえってそれは悪目立ちせずに済んだのかもしれない。

水陸両用の履帯式装甲車だった。

二月の冷たい海水を浴びて震えながらしがみついているのはやっぱり例の馬鹿二人だった。

「ふざけやがってくそがあ‼　揚陸用のエアクッション船でほんと良かった。腹の中に別の乗り物抱えててほんと良かったたっ、水陸両用で良く頑張ったた‼‼‼」

「へイヴィアお前怒ってるの喜んでるのどっちなの？　疲れると勃◯する人？」

と、彼らのすぐ近くの海面が揺らいだ。何か巨大な黒い影が浮上してくる。血の匂いに誘われて哀れな生存者をサメちゃんが狙い始めました……という訳ではなく、

「わっ⁉　せ、潜水艦みたいですよ……」

ミョンリが今にもひっくり返りそうな履帯式装甲車に慌ててしがみついた。

ハッチをがぱりと開けて声を掛けてきたのはお姫様だった。

「皆様こちらへ」

ただし『ベイビーマグナム』の操縦士エリートではない。『正統王国』ニコラシカ王家の継承者、ガチ王女のステイビア＝ニコラシカ様である。

「お早く。この潜水艦もいつマンハッタン側に捕捉されるか分かりません、そうなれば我々は最後の聖域までも失う事になるでしょう」

「……そういえば、艦隊の中にいくつか混じっておりましたわね、潜水艦が。なるほど、旗艦はこちらだったのですか」

アズライフィア＝ウィンチェルが呆れ半分感心半分といった調子で呟いていた。

海の上に生き残っている者はいなかった。

それは事実だ。

だけど海の底での話までマンハッタンにとやかく言われる義理もない。クウェンサー、ヘイヴィア、ミョンリ、アズライフィアの四人が潜水艦に乗り移ると、巨大な鋼の塊は無音でゆっくりと潜っていく。

狭い通路でお姫様と目が合った。

次の瞬間、クウェンサーは小柄な少女に抱き着かれていた。

「わっ⁉　わわ、お姫様っ、なに、なん、今日はお誕生日じゃないけど何このご褒美……⁉」

叫びかけて、しかしクウェンサーは黙った。

お姫様は小さく震えていたのだ。

ひょっとしたら、クウェンサーの腕の中で嗚咽や涙もこぼしていたかもしれない。

そっと息を吐いて、少年はお姫様の頭の後ろに手を置く。こちらからもそっと抱き寄せる。

今目の前にいる人間は得体の知れないゴーストチェンジャーが生み出した『幽霊』ではなく、きちんと生きている事を証明するために。

この時ばかりはヘイヴィアも特に茶化さなかった。

こういう場面に立ち会う機会がなかったのか、ステイビア王女の方が何やら顔を赤くしておろおろしているようだったが。

赤い照明で満たされていた。ブーツの足音に気をつけないと敵から発見される、そういう慎重さが艦内の空気を支配している。

そして戦闘指揮所に辿り着くと、何かむくれている縦ロールの小さな影があった。

『情報同盟』のおほほだった。

目を剝いたのはヘイヴィアだった。背丈は彼の腰くらいまでしかない。

「うおっ、何だこりゃ？　えっ、Gカップのアイドル？？？　ええーちょっと待てよ俺今なんかすげぇー夢が壊れる音を聞いたっていうかGって何のGだ『情報同盟』じゃアルファベットの順番にズレでも発生してんのか!!!?!?」

「おほほ、トップシークレットですわよ!!」

「あ、冗談ではなくよそへ洩らした場合は即刻暗殺チームを派遣いたしますのであしからず。月の裏まで逃げても必ず見つけ出して殺します」

目の前でエサ皿を取り上げられた子犬みたいに威嚇するおほほ自身よりも、バスタオルで彼女の頭をわしわし、さらには背後からぎゅっと抱き締めて頬ずりするまでワンセットな銀髪褐色の指揮官レンディ＝ファロリートの方が数段おっかない。きちんと手順を考えて死ね殺すが言える人とケンカをしても大体ろくな事にならない。

クウェンサーは呆れたように息を吐いて、

「……死にたいのかヘイヴィア、潜水艦の中だぞ。三行以上言いたい事があるなら筆談でもしなよ」

ずぶ濡れだったり包帯を巻いていたり。

散々な状況だが、意外と見知った顔も多かった。プタナやミョンリはもちろん、『資本企業』のエースパイロットらしき少女とバーニング・アルファことスタッカート＝レイロングが『島国』製と思しきカップ麵を分け合っていて、マティーニシリーズのレイスたんに三姉妹、それから戦場お掃除サービスや眼帯メイドのカレンらも同じ空間に佇んでいた。ステイビア王女の周囲は『ユニコーン』部隊や宮仕えのミクファなんかが固めていた。

偽装巡洋艦の艦長、アルフォンソ＝ズームは双子の『黒軍服』を抱き締めて震えていた。

「大袈裟だな、父さん。そう泣かれては周りに示しがつかない」

「私達姉妹がこの程度でくたばるとでも？」

「大袈裟なもんか、もしも、もしもだぞ。お前達に何かあったら、ハハッ、私が母さんに殺される……!!」

密閉した潜水艦の中だというのに、（サラサやシャルロットが顔をしかめるのも）お構いなしに細長い煙管を吹かしている銀髪爆乳が声を掛けてきた。

「お前も勇敢に死に損なったクチかクウェンサー？」

「これで終わりじゃないんでしょう？　マンハッタンの好きなようにはさせない」

メガネ巨乳なエリーゼ＝モンタナはクリップボードを睨んで何か書類仕事をしていた。何気なく覗き見てクウェンサーは後悔する。軍の教官でもある彼女は律儀に戦死者名簿を作っているらしかった。

潜水艦は全部で何隻あっただろう。

当然ながら、海の藻屑となった全員を生きたまま救助できたとは思えない。各軍からの寄せ集めなので統一されたドッグタグで安否確認をきちんと管理されている訳でもなかった。なのでこれは概算だが、集まった『エリアバイチャンス』の半分以上は命を散らしたと考えるべきだ。

一極支配を盤石にするとメリー＝マティーニ＝エクストラドライは言っていた。生け捕りならゼリーまみれの水族館、死んでしまったら水分を抜いて博物館送りだったか。とはいえ現実にはそんな選択、無用だったかもしれない。髪の毛一本残せず蒸発していった兵士も少なくないはずだ。

善も悪もない。彼らはただ見せしめとして殺されたのだ。

整備兵の婆さんが計器を操作すると、戦闘指揮所のど真ん中にある液晶テーブルにマンハッタンの全景が表示された。さらにその上からマリーディ＝ホワイトウィッチが何枚かの空撮写真を放り投げる。

「ヤツの主要な太い配線はおそらく普通の高圧送電じゃない。ドリームパイプ、ようは特殊な振動をする金属パイプに液体を通し、銅の一〇〇倍の伝導率で動力炉が生み出した莫大な熱を隅々まで行き渡らせている。蒸気なり電気なり、扱いやすいエネルギーに変換するのは末端の各区画や兵器側で行っているんだ」

「熱分布が浮かび上がったのか……。そういえば、『前の時』にメリーの野郎はマンハッタンの巨体を支えるなら普通の機械や動物なんかじゃダメで、馬鹿デカい大木を自分で支える植物を参考にした方が良いとか言ってやがったな。植物細胞だってハエトリグサみたいに機敏に動かす事もできるとかよ。その時、特殊溶液の膨圧を利用しているって話があったはずだぜ」

「ＮＭＲ法、つまり特殊な液体を使った量子コンピュータだ」

幼いレイスがヘイヴィアの後を引き継いだ。

「あの臆病な露出マニアから、マンハッタン、浮き輪、そしてメリーの血中にも注いでいるという話を聞いた事がある。巨大なＤＮＡコンピュータであるアナスタシアプロセッサへの対抗手段としての意味もあったはずだ。なるほど、それなら光や電子で網を作るより、液体を伝って熱を届ける方法の方が相性は良いか」

技術者の卵として非常に気になる技術情報だが、今目を向けるべきはそこではない。

クウェンサーは慎重な口ぶりで、

「この配線図から動力炉の位置は分かったのか？」

「お客様、推定で常設二〇以上並んでいるようです」

言葉を引き継いだのは戦場お掃除サービスのナンチャヤッテメイド、ワイディーネ＝アップタウンだ。

「ただし総数については未知数。何しろ砲弾として簡単に使い捨てるくらいですからね。ひょっとしたらエネルギー消費量に合わせて自由に連結、分離できるのかもしれません」

「つまり」

レンディ＝ファロリートは肩をすくめて、

「吹っ飛ばしても効果があるかどうか。大量のスペアがあるのであれば、壊れた動力炉の付け替えすら考慮すべきです」

短く、しかし重たい沈黙が戦闘指揮所を包み込んだ。

動力炉の破壊。最もシンプルかつパーフェクトなオブジェクトの撃破手順すら、『マンハッタン000』では確定が取れない。読みを誤れば絶大な砲撃で叩(たた)かれるのはクウェンサー達だ。流石(さすが)に同じ命を二度も三度も拾い直せるとは思えない。次失敗すれば本当に全滅だ。

「動力炉の破壊が現実的ではないとしたら」

銀髪褐色のレンディは何か考え込んでから、

「例えば、『マンハッタン000』を制御している巨大AIネットワーク・キャピュレットは世界のどこかにあるのでしょう？　メリーに邪魔されたせいでうちの子のサイバー攻撃で乗っ取る事はできなくても、例えばもっと物理的にジャミングなり何なりで無線通信を遮断してしまえば……」

「その程度で止まるなら『遠征』なんぞしないだろ。アンテナの数は大小合わせて一千万以上。いいか目に見える位置にあるアンテナだけでよ？　赤外線なり超音波なり、他の方式まで含めたら全部封殺できるとは到底思えない。そもそも正面から力業で妨害電波を貫かれる恐れもある。短波系の特殊な発信装置なら三〇〇〇キロ以上飛ぶぞ、仮に頭の上にある『情報同盟』系の衛星を軍民問わず片っ端から潰したって物理的な封殺にならない」

フローレイティアが慎重に否定の言葉を重ねた時だった。

じゅわ、しゅわ、じゅじゅじゅ……と低い唸りがあった。

何かが酸で溶けるような。あるいは炭酸飲料が弾けるような、小さな泡の集合体。

（……気泡の音？　マンハッタンか⁉）

右手側に向けて大きな力が加わる。潜水艦そのものが大きく横に流されているのだ。うっかりしていると両足が床から離れて壁に叩きつけられそうだった。クウェンサーは近くのテーブルを摑んで必死に耐える。

「わっ」

「お姫様！」

地球の重力を無視して真横に飛んだお姫様を慌てて受け止めた時、クウェンサーの両足も宙に浮いた。そのまま二人して近くの壁に叩きつけられる。

痛みより前に背筋が凍った。

全員で息を吞んで天井へ目をやるが……反応はない。

ヘイヴィアはびくびくしながら、

「何だっ？　あれだけ派手な音出しても気づかねえってのか、マンハッタン側は？？？」

「ヤツの巨体自身が全体を細かい気泡に包まれた騒音の塊じゃからの。特に水面下については、聴音に気を配っても自分の排水音しか捉えられないはずじゃ」

……そもそも潜水艦がいきなりコントロールを失った事自体、マンハッタンが派手に海水を引っ掻き回して不自然な流れを作ったからだろう。波のある海面と比べて穏やかな海中は造波抵抗を気にする必要がないだけ操船しやすい、という潜水艦のセオリーだってここでは通じない。不規則な流れや渦に支配された冷たい暴力の海は、地上で台風が直撃するよりも移動を困難にさせる。あの分だと海流そのものに干渉して海底の砂でも掘り返しているかもしれない。

全員、天井から目が離せなかった。

ミョンリが青い顔して、

「と、通り過ぎていく、ようですね」

ヤツは専門的な聴音器官を備えていない。前提では分かっていても、それでも本能的な恐怖からクウェンサーは小さな子供がぬいぐるみにするようにお姫様の細い体を抱き締め、唾を呑み込むのを控えながら、

「……裏面から見て何か分かる事は？　そういえば、ヤツは海戦専用だけどどうやって全長二〇キロもの巨体を動かしているんですか」

「フーバーダムの放水口より大きなウォータージェットよ。そいつが今確認できているだけで三二門も稼動している。隠し球の有無は不明だが、これだけで下手に巻き込まれたらこの潜水艦だってソーセージみたいに輪切りにされる水圧だ」

「……、」

フローレイティアの静かな言葉に、クウェンサーはいよいよ顔が真っ青になっていく。

一秒間に何万トン排水しているのだ、あの怪物は。

クールなマリーディはそっと息を吐いて、

「この放水口を魚雷で狙うのは現実的じゃない。逆に海水を吸い込む取水口に機雷を吸わせる方がまだしも可能性はあるが……どっちみち値は限りなく低いぞ。まあこの潜水艦が三メガトン以上の核でも搭載していない限り傷はつけられないだろうな」

全長二〇キロの巨体。

だけど『マンハッタン000』は魔法で動いている訳じゃない。科学は科学だ、理屈さえ分かれば誰でも平等に使えるロジックでしかない。物理法則に従っている以上は物理法則で倒せないとおかしい。むしろ不自然なほどの巨体なら自分で自分にかける負荷だってケタ違いのはずだ。

海戦専用。

陸に上がる手段がないのだから、逆説的に言えばいくら無敵なヤツ自身だって流石に陸地に衝突する事くらいは恐れているはず。

レンディは自分の顎に手をやりながら、

「どうにかして『マンハッタン000』の巨体をスライドさせて陸地にぶつける、とかはどうでしょう？」

「ヤツ自身が気づいてもいない水面下の暗礁で底を擦らせるって手もあるぞ」

マリーディもそう呟いていた。

……そんなの現実的ではない。クウェンサーは率直に思う。現実的ではないのだが、この路線で策を練っていくとちょっとおかしな点が浮かび上がってくる。

そう、

「『マンハッタン000』は東京湾の南側に陣取って俺達の退路を塞いでいた……」

「クウェンサー、それがどうかしたの？」

抱き留められたままお姫様が首を傾げていた。

クウェンサーは自分で慎重に言葉を選びながら、

「……何で南に留まっていたんだろう？」

ここだ。

声に出してみて、クウェンサーはようやくごりっとした違和感の手触りを確信した。

「単に俺達を全滅させるだけなら海上封鎖なんて必要ない。直接北に向かって東京湾内部で俺達をフルボッコした方が早く終わったはずだ」

「意味なんかあんのかそれ？？？　どっちみち東京湾はC字に閉じているんだぜ。マンハッタンの野郎が東京まで北上しようが、神奈川でじっと待機してようが、俺らに逃げ場はなかったはずだ」

「ほんとに？　あの時、少なくとも俺達は新宿辺りまで侵攻していたんだぞ。『ラッシュ』についてはフロート換装なしの水陸両用、エアクッション式だ。その気になれば陸に上がって逃げられる。全滅狙いだとしたら甘いんだよ。フローレイティアさん達だって、死ぬのが怖くなって船を捨ててしまう選択肢もあった。アイスガール1やバーニング・アルファなんて戦闘機はいわずもがなだ。……C字に閉じた東京湾なんて行き止まりじゃない。千葉方面に神奈川方面、何なら延々陸を進んで中部や関西に向かうのもありだ。船や飛行機なんか後から調達すれば良いんだし。俺達はいくらでも『島国』の陸地に逃げられた。入り組んだ市街地や地下まで潜れば『マンハッタン０００』の索敵能力を振り切れたかもしれなかった」

「なのに……メリーのヤツは、じっと待った？」

同じマティーニシリーズのレイスが眉をひそめて呟いていた。

　クウェンサーは頷いて、

「しかも『マンハッタン０００』が陣取ったのは神奈川エリア、横須賀周辺。浦賀水道のさらに南側だ。ヤツは海戦専用なんだろ？　つまり陸にぶつかったら困るはずなんだ」

「にも拘らず、全長二〇キロの巨体じゃ扱いにくい陸に近づいて待機していた、だと……？」

　マリーディ＝ホワイトウィッチの言葉をクウェンサーはこう引き継いだ。

「巨体って言っても通行できないほどじゃない。浦賀水道の奥まで北上すれば東京湾は再び広がっていくはずなのに、わざわざそれを選ばないで『待ち』に徹した。砲塁島とかもある危険な海で悔しいけど、俺達にはヤツを警戒させるほどの戦力なんかなかったのに」

地形に何かある。

クウェンサーは液晶テーブルに掌を置いて、関東一円の地図を表示させた。もちろん『島国』の機密が全て網羅されている訳ではないが、山や川などの基本的な地形はカバーしてある。

そう。

気になるのはそこだった。

「……川だ」

「分かりやすく言えクウェンサー」

銀髪爆乳の上官サマからのありがたいご命令に感激しつつクウェンサーは先を続ける。

「東京湾の奥は多数の川の河口と連結しているんです。神奈川エリアのある南側と比べても圧倒的に多い」

「まさか海戦専用だから淡水にゃ弱いなんて話じゃねえよな？　シャケやウナギだってそれくらい適応するってのに」

「当たらずとも遠からず」

冗談めかして言ったヘイヴィアの方が面食らったようだった。まさか真顔で頷かれるとは思わなかったのだろう。

クウェンサーはこう続けた。

「海水と淡水が混ざり合う場所……汽水域。東京湾の奥は江戸川、多摩川、荒川、神田川、その他諸々かなりの川が合流している。分かるかヘイヴィア？　河口付近で複数の川の水が混ざり合う事で、目には見えない塩分濃度がマーブル模様みたいになっているんだよ。だから『マンハッタン000』は恐れた。海水でも真水でもない。その二つが混ざり合う断層の迷路を」

あっと声を出したのは整備兵の婆さんだった。

どうやら気づいたらしい。

「全長二〇キロの巨体なら、海水が生み出す抵抗も並大抵のものではないはずじゃ。水や波の力は馬鹿にできん。造波抵抗、摩擦抵抗、粘性圧力抵抗の三つはどんな船でも受けるし、浮力と重力のせめぎ合いは船を断ち切る剪断力を生む。そもそもの設計をミスったり、積み荷の配分を一ヶ所に偏らせれば巨大な軍艦や輸送船でも輪切りにされてしまうくらいじゃからの」

「そう。そして二〇キロメートルもあれば、一口にぶつかる海水って言っても粘り気だのざらつきだの諸々の条件はかなり変わる。ある場所は真水、別の場所は海水。こんな『むら』があったらまずいんだ。水をかき分けて進む時に加わる負荷が粘り気の強い一ヶ所だけ集中した結果、『マンハッタン000』は自分のパワーで自分の体を引き裂く羽目になる。これは、海中に大量の気泡をばら撒いて水の抵抗を低減したって誤魔化し切れない。そもそも造船の鉄則を無視してあんな塊を高速で振り回している方が無茶なんだ」

事が世界最大級のオブジェクト相手だからか、ヘイヴィアがどこか及び腰で口を挟んできた。

「けっ、けどよ。マンハッタンが派手に暴れたせいで上じゃ嵐まで起きているんだぜ。真水が怖いなら海に土砂降りなんか降らせるか？」

「それが一面に均一なら特に問題はないんだ。ちょっと放水した程度で何とかなるレベルでもないし。重要なのは、濃度に極端なむらがあって明確な断層が出来上がる事だよ。つまりヤツが恐れるのは一時的な雨じゃない、恒久的に流れ続ける川だ」

「だから……まだしも川の数が限られている東京湾の出入口付近に留まって、引き裂きリスクを避けていたという事ですか？」

レンディ＝ファロリートの言葉に続いて、頭からタオルを被ったおほほが口を開いた。

「おほほ。それではどうにかして『マンハッタン000』をかいすいとたんすいのまざり合うきすいいきまでさそい込んでしまえば……」

「塩にこだわる必要なんかない。ようは『あり』『なし』で海に断層を作れる材料なら何でも良い」

全員が弾かれたように顔を上げた。

心当たりはあるはずだ。

東京湾は汚れている。現状、とてつもなく。何しろ好き放題食い散らかされた『エリアバイチャンス』の船や兵器の残骸に燃料、その他諸々が海面いっぱいに広がっているのだから。拾えなかった仲間だって大勢いたはずだ。

だけどその死は、最後のチャンスに化ける。

「とはいえ海水の濃淡それ自体だけじゃあ、『マンハッタン000』にとって必ずしも致命傷になるとも限らない」

クウェンサーの慎重な口ぶりに、ミョンリは神妙な顔で頷いていた。

「元々収まっているニューヨークでもハドソン川やイースト川に挟まれていたはずですからね……」

「おそらくゆっくり静かに移動する分には問題ないと思う。例の気泡もあるし。だから有効ダメージを与えて自滅を誘うためには、ヤツを焦らせて全速力で突っ走らせる必要がある」

クウェンサーはそこで一拍置いた。

有効策だ。

ヒロイックで感動的。ただしこれは、悪夢のような作戦でもある。

「……つまりもう一回危険極まりない海の上に出て、ヤツを本気にさせるための陽動役がいる。『マンハッタン000』への反撃手段がない以上、こいつは間違いなくやられっ放しの決死隊だ。先頭で小さな旗を振ってガイドしてる俺はひとまず確定。他のみんなはどうする？　家族に恋人、親に恩師。水商売のお姉ちゃんでもペットの猫でも良い。とにかくこんな世界に一人で置いておけない誰かが頭に浮かぶようなら、やせ我慢はしないで素直に一歩下がるべきだ」

誰も出口のドアの方なんか見なかった。

　全員が迷わず挙手した。

　歩兵達どころか操縦士エリートのお姫様やおほほ、司令官クラスのフローレイティア、レイス、レンディ、飛行機をなくしたマリーディやスタッカート、果ては整備兵の婆さんまでもが躊躇なく。政治的に重要な意味を持つはずのステイビア王女がおずおずと挙げようとした手をメイドのミクファが横から慌てて飛びついて押さえるほどであった。護衛の『ユニコーン』達はくつくつと粗暴に笑っていたが。

　彼らは『エリアバイチャンス』。

　所属や階級以前に、そもそもがたまたま居合せただけでも手を取り合い、一刻も早く『大戦』を終わらせて馬鹿馬鹿しい毎日を取り戻すために集まった者達である。故に、ようやっと『マンハッタン０００』の尻尾を摑んだこの状況で尻込みなどするはずもない。皆の目が語っている、夢にまで見た晴れ舞台を手元から取り上げるなと。

　クウェンサーは口の中で小さく呟いた。

「……へっ。ここには馬鹿野郎しかいないのかよ」

「テメェもその一人だろクウェンサー」

13

「クウェンサー」

「うん」

すでに覚悟は決まっている。

だから潜水艦の通路において、二人の会話もまた短いものだった。ただしそこに込められた想いの密度は全く違った。

「これがおわったらおかえしのこと考えておいてね」

「ばっ、ばあさんに聞いたぞ！　バレンタインって『島国』だとそういう意味だったのかよう⁉」

「へっへー。クウェンサー、もうたべちゃったからつきかえせないね？」

いつでも『次』なんて担保なんかなかったけど。

今度は、今度の今度こそ、ここで死んでしまうかもしれない。

そうと分かっていても、彼らはもう止まらない。

「片づけよう、この『たいせん』を」

「ああ。もちろん勝って終わらせるぞ」

14

準備ができたら魚雷発射管から出発進行だ。

「最後の最後で謎の新装備だもんね」

『物資不足で欠乏状態の戦争よりゃマシだろ。いきなり動作不良で海底に沈まねえ事だけ祈っておこうぜ』

クウェンサー達が一人一人詰め込まれている細長い円筒は、サンドバッグみたいな分厚い合成繊維で作られた細長い魚雷のようにも見える。

だが違う。

バシュシュ!! とガスの力で表に飛び出すと、目的地の座標で円筒形が解けた。合成繊維の太巻きみたいに固められていた『袋』がエアバッグのように膨らむと、それはモーター付きのゴムボートに化ける。そして浮力を頼りにクウェンサー達を連れて真上に導いていった。

資源採掘の名残りか、どこか油っぽい海の上まで出る。

『学生』は慣れないマスクを顔から外した。

この辺は人工的なものだからか。雨は止み、電磁投擲動力炉砲がもたらした巨大な嵐はすっかり鳴りを潜めていた。

やはり完璧にはいかなかったようで、あっぷあっぷと両手を振り回している兵士も多い。

「くうぇんさー」

「げふっ！　だからあなたのねこなでごえキモチワルイですわ!!　おほほ、私のまえではぜったいそんなキャラじゃないのに!!」

ぎゃあぎゃあ言っているお姫様とおほほをひとまず回収。

『本当は……。ううう、本当は私も現場入りしてあの子と共に戦いたかったのに……』

「……この呪いの声なに？　『マンハッタン000』がゴーストチェンジャー搭載してる訳じゃないならレンディさんか!?」

それから海に浮かんでいる廃材を掴んで漂っていたプタナやミョンリ、マリーディらを同じボートに引きずり上げる。

すぐ隣では一人ぼっちのヘイヴィアがとことん寂しくボートのモーターを操っていた。

嫉妬で大荒れな男が叫ぶ。

「なにその宝船モード!?　あっちもこっちもエリートだらけでテメェんトコのハーレムだけレアリティ高過ぎねえ!?　ずるい!!」

「どうでも良いけどお前婚約者持ちだろ、向こうのボートから押し寄せてくる殺気込みの視線が分からんのかキサマ」

ぐぎゃあーっ!!　とヘイヴィアが慌てて叫んでいた。

ちなみにちょっと離れた場所に浮かんでいる殺気ボートの上ではよりにもよってバンダービルト家のご令嬢とウィンチェル妹が一緒に乗り合わせていた。火花のバチバチ感がひどい。間に入った眼帯メイドのカレンの肩が小さく見えるほどの熾烈っぷりだった。

お姫様とおほほが何か言っていた。

「どけ小さいの。クウェンサーのとなりはわたしのしていせきだ」

「おほほ。すでにせいちょうのかのうせいのない人とこれからせいちょうする人とではレアリティというものがちがうのですわ。Gのかのうせいをおもいしりなさい？」

「ほほう。ゴキブリのかのうせい……」

「ぶぼっほ⁉　わ、私はくろかみでもなければアホ毛２本でもございません‼」

ゴムボートが激しく揺れた。

おほほは勢いに逆らわず、クウェンサーの膝の上にすっぽり収まって両足をぱたぱたさせながら、

「きゃー☆」

「キサマどっちがねこかぶりだこのやろう」

お姫様が低い声で呟いていた。

ともあれ行動開始だ。

潜水艦の戦闘指揮所では可憐な声が響き渡っていた。

おどおどしながらもしっかりとした声色は、

「わっ、私だけこうして見ているのは納得がいきません。海の上では世界の平和を守り優しい未来を創るために皆が砲火にさらされているのです、私にも何かできる事はないのですかっ？」

「ステイビア様、潜水艦は隠れ潜んでいる内が華なのです。旗艦が自ら目立つ行動を起こしてどうするのですか？　今は、彼らが頼り、彼らが帰る場所を守らねば」

ステイビア王女とメイドのミクファが何やら押し問答をしていた。護衛の『ユニコーン』の面々は面白がって眺めているだけだ。根っこがアウトローなのでいまいち危険から遠ざけようとする気概が足りていない。

フローレイティア＝カピストラーノは世間知らずの姫を呆れたように見ながらも、

「しかし海の上に出た端から潰されては元も子もないぞ」

「ならあなたも暇を持て余したマティーニシリーズのように上へ出てみては？　指揮官クラスなら『マンハッタン000』から注目を浴びて優先的に狙ってくれる事でしょう。一撃分くらいなら部下達を守れるかもしれませんね。そんな事をするくらいなら私は頭脳労働で彼らをサポートいたしますが」

レンディ＝ファロリートの挑発くらいでどうかするフローレイティアではない。

（……どうせ上は『エリアバイチャンス』の艦船の残骸だらけなんだ。ミサイルに魚雷に、適当な可燃物を見つけて吹っ飛ばしてくれれば良い囮になりそうなものなんだけどな）

そんな風に思っていた時だった。

誰かがお人形みたいにきらびやかなドレスのスカートをはためかせ、とことこと潜水艦の戦闘指揮所を横断していった。

ステイビア＝ニコラシカ王女であった。

瞳をぎゅっと瞑り、彼女は人差し指で赤いボタンを押した。

主君たる姫様からのリクエストに応えて『ユニコーン』からごにょごにょ耳打ちされた手順通りに。

垂直ミサイル発射管の解放・発射ボタンであった。

「えいっ」

「「おおおいッッッ!!⁉⁇」」

バシュバシュッ‼　と黒い海面から何か飛び出した。

それらは五メートルほど宙を浮かぶと一気にロケットブースターを点火して、海面すれすれを飛んでいく。

潜水艦から放たれた対艦ミサイルだった。

当然のように『マンハッタン000』が放った対空レーザービームの雨で撃ち落とされてし

まうが、爆風や閃光が束の間、海に出たクウェンサー達を隠してくれる。

鼓膜が痛いが、ないよりマシ。

『お守り』程度の安心感を得て、クウェンサー達は行動を開始する。

全長二〇キロの『マンハッタン000』。並のオブジェクトがどれだけ集まってもまともに傷をつける事のできない最大最強の兵器を本気で焦らせる必要がある。当然ながら、ゴムボートを走らせて鉛弾をパンパン撃つ程度では『焦り』や『緊張』は生み出せないだろう。

そうなると、

「……海上に広がっている燃料だ」

マリーディが舵と動力を兼ねるモーターを操る中、クウェンサーは無線機を口に当ててそう指示を出した。

「『マンハッタン000』それ自体は火炙りにした程度じゃびくともしない、でもその上に乗っかっているメリーはどうかな？　ボートの上だろうがマンハッタンの上だろうが条件は変わらないぞ。燃料に火を放って大量の黒煙を風で流せばヤツを燻し殺せる。逃げ場がなくなるくらい派手にやってやれ！　ニューヨーク警備担当自体は普通の人間なんだ、メリーは間違いなく本気になる!!」

『ようクウェンサー！　メリーの野郎がニューヨーク真下の分厚いコックピットにでも収まっていたら？　普通の煙なんかで燻せるのかよ、そもそも「マンハッタン000」は核でも破壊できねえオブジェクトなんだぜ!!』

「それはない。同じ海にいる相手には動力炉を投げ込まないようだし」

クウェンサーは悪友からの無線に即答した。

「あの女は遠く離れた地球の裏から指示出しするんじゃなくて、実際にマンハッタンの上に乗ってる。つまり安全で最適な基本のモードよりも自分って異物が混じった方が効率は良くなるって信じている訳だ。だから言われた通りに正しいコックピットでお行儀良くしているはずない、絶対に平面コードで呼び出せる取扱説明書ではオススメされない何かを混ぜてる」

ぼひゅっ!!　と炎が酸素を吸い込む音がいくつも同時に響いた。

こっちは蓋で先端を擦った発煙筒を汚れた海に放り投げるだけで良い。対して『マンハッタン000』は機敏に動いたものの、ヤツ自身が何かに気づいたのだろう。ごごんっ、と大きく体を震わせるだけで、ご自慢の砲撃をしてこない。マンハッタン側は自分の動きから街を守るため気流を操るが、それも完璧ではないのだ。

メリーはありふれた黒煙を軽視しない。彼女自身大都市の排ガスや汚水を濃縮して無人機の武器に再利用しているからだ。

「おにーちゃん……」

「下手に海に撃ち込めばかえって引火を促すだけだって分かったんだろ。砲撃をやめたって事は体当たりが来るぞ。かわせっ!!」

まずはマンハッタン全体が機体を左右に振って、三〇メートル以上ある巨大な高波を生み出した。燃料系の粘ついた炎でできた高波はそれ自体が戦争の兵器と言っても良い。

だがそれはフェイント。

自分で作った海水と炎の壁を押し潰すようにして、いよいよ『マンハッタン000』そのものが水面近くを飛び回る愚かな羽虫を貪るべくその巨体を直接突っ込ませてくる。じゅわじゅわという炭酸みたいな気泡の音は死神の足音そのものだ。

一発当たれば巡洋艦が空中でバラバラにされる大質量攻撃。

あちこちで慣性の力に負けたコンテナが落ち、大量のガラスの雨がすぐそこを埋め尽くす。

だけどここではゴムボートの軽さが功を奏する。何しろ戦車も運べるエアクッション船や小型ながら海賊の脅威となる巡視艇とは状況が違う。

どうやったってマンハッタン本体よりヤツがV字に割る海水の方が早く到達するのだ。最低限ひっくり返らないよう留意しつつ、むしろ自分から波に乗る格好でゴムボートを操作する事でマンハッタン本体は回避できる。ヤツの巨体はちょっと動くだけで表面的な大波から海底の砂まで抉る大きな海流そのものを操りかねないのだ。そんな大波を利用すれば本来のエンジン性能を超える速度も出せる。

薄くすり減った石鹸を湯船に落とした際、お湯の中で手を動かすとまるで意思を持って掌から逃げていくようにするりと石鹸が移動していくのと同じ。

どれだけ近くても、肉薄しても、それでも巨人の手は海水に翻弄される木の葉を掴む事はない。

業を煮やしたのか、薄暗い夜空が揺らいだ。

いいや、マンハッタンから大量の無人機が解き放たれたのだ。

「フランク!!」

近くを併走する別のボートからレイスの叫び声があった。

寡黙な青年の手で斜め上に次々と解き放たれたのはグレネード砲らしい。一つ一つを点で狙うのではなく、空間を埋める格好で爆発が起こり大量の無人機を潰していく。密集していたのが仇になったのか、空中分解した残骸がまだ無事な機体に直撃し、次々とドミノ倒しが広がっていくのが分かる。

とはいえ破壊はしても、黒煙の壁も油断できない。メリー側は都市部の排ガスや廃水を丸ごと濃縮して殺傷力の底上げをしているのだ。

「貸し借りはなしだ。準備万端にして遅刻魔なジャガイモども、さっさとケリをつけろ!!」

『繋ぎの死神』がこちらに手を振り、併走するボートが離れていく。多くの無人機を引きつけて、クウェンサー達に自由を与えるために。

ボッ!! と間近で爆発があった。

特に『マンハッタン000』が何かした訳ではない。おそらく海に漂っていた瓦礫の中で、弾薬系の不発弾が勝手に破裂したのだ。

クウェンサーの頭が眩んだ。

とっさにお姫様を庇って押し倒したところで、額にどろりという感触があった。すぐ近くでキャスリンが真っ青な顔になっているのを見るに、かすり傷ではなさそうだった。

「おにーちゃん!?」

「っづ……鏡を見るのは後で良い。今はとにかくマンハッタンだッ!!」

こうしている今もマンハッタンの巨体に追われている。

似たような爆発物は近くの海にたくさん漂っているだろう。

対応を誤れば手も足も出ないまま全員まとめて吹き飛ばされかねない。

「おほほ、それからキャスリンも!!」

「りょーかい」

「まだ体重が足りない……。プタナもこっち来い!! みんなで片方に寄らないとボートがひっくり返る!!」

「センパイの手つきがすっげーイヤらしいのが気になりますが……」

耐える。

耐えて、クウェンサーはさらに『ハンドアックス』を黒い海へ放り投げる。

黒煙の密度が増す。メリー＝マティーニ＝エクストラドライも同じ煤煙を吸い込んでいるはずだ。そしてヤツが焦れば焦るほど『マンハッタン０００』は本気で羽虫に喰らいついてくる。極大の怒りや敵意に脅えるのに意味はない。黙っていれば順当に流れ作業で殺される。あの少女の視野を狭めない事にはこちらは嬲り殺しにされる一方なのだから。

本気を出せ。

一定以上の速度を叩き出せ。

クウェンサー達が火を放つのに使っている油はもちろん、海一面は噛み砕かれた装甲板や金属パイプで埋め尽くされている。その濃淡に差があれば断層ができる。『マンハッタン０００』は水をかき分ける際に激しい抵抗の差に耐えられず、自分で自分の巨体を引き裂く羽目になる。

ぎぎぎぎぎぎぎぎぎ、という重く軋んだ音が東京湾に響き渡った。

『効いてる‼　野郎のフレームの悲鳴がここまで聞こえてきやがるぜ‼』

無線にノイズが走った。

血に餓えた何かが割り込んできたのだ。大きな欲はなさそうでありながら、しかし勝負そのものについては一切手を抜かないマティーニシリーズの一人が。

『９９１、クウェンサー……』

名指しされた『学生』は舌打ちする。

『１５９、０８３、あなたの事はこの私が記憶してあげるの。強く、強く。たとえこの先、ＡＩネットワークが導き出した最適の一手であなたの体が粉々にすり潰されるだけだとしてもね』

死神の指先を突きつけられた。

ゴッ‼ と、自身の負荷すら押してマンハッタンが前に出る。兵器にして巨大な街。間違いなくこちらを狙っている。クウェンサーはバランスを保つため、ゴムボートの一方で抱き寄せていた少女達のぬくもりを強く感じた。

ミョンリ、プタナ、キャスリン、マリーディ、おほほに、そしてお姫様。

彼女達を死なせる訳にはいかない。

すぐそこを、ヘイヴィアが操るゴムボートが交差する瞬間だった。

(ちくしょう。ちょっとだけ冒険してみるか‼)

「よっと‼」

「テメちょっ、おいクウェンサー⁉」

クウェンサーは一人、ヘイヴィアのゴムボートへと跳躍する。それだけで明確に『マンハッタン000』の矛先が少女達のボートから逸れていくのが分かる。

やはり最優先の標的はプラスチック爆弾に信管を突き刺すクウェンサーだ。

「こっちだメリー‼ そろそろ決着をつけよう‼‼‼」

「また俺だけが意味もなく基本無料で巻き込まれてる……っ⁉」

せっかく注意を逸らしてやったというのに、マリーディが舵を掴むゴムボートは再びこちらへ接近を試みているようだった。ただし海に浮かぶ大小の瓦礫が邪魔をして目論見は成功しないらしい。

無線を使ってマリーディが話しかけてきた。

『まずいぞ。一撃必殺の威力が出る前から悲鳴だけ洩れた。目に見える形で異変が生じたら向こうだって警戒する、このままじゃ速度を落とされたら致命傷が遠のく‼』

そう。

誘いに乗ってこなければそれまで。他に方法がないのだ。『マンハッタン０００』側が冷静にその場で停止し、引火も誘爆も気にせずそのまま砲撃に徹したら打つ手なしとなってしまう。最優先で狙われているクウェンサー（と突如巻き込まれたヘイヴィア）なんぞ粉々だ。

メリーが黒煙を吸い込む覚悟さえ決めれば。

いいや、いっそ巨大ＡＩキャピュレットがニューヨーク警備担当のマティーニシリーズを切り捨てる覚悟さえ決めれば、『マンハッタン０００』はいつでも勝てる。

『ふふっ、クウェンサー……』

「メリー」

『海水の濃度差、見えない断層を使った攻撃か。３５２、なーのっ。なかなか面白い着眼点だったの。実際、キャピュレットはかなり警戒して南側に退避するようコマンドを組み直したくらい。だけど私が封殺した。目に見えてしまえば小細工は怖くない、これで万事休すかな？』

「……」

答えられない。

手の中の『ハンドアックス』を持て余す。事実としてこちら側から『マンハッタン000』へ有効なダメージを与える方法に心当たりがない。最大最強、海戦専門で全長二〇キロを誇る巨大なオブジェクト。ヤツを攻撃するにはヤツ自身の『力』を借りなくてはならない。

そして動きを止めてしまえば、その『力』を断たれてしまう。

『……なら、そろそろ終わりにしましょう。119、電磁投擲動力炉砲で一面くまなく吹っ飛ばして、炎の海ごとまとめて消し去ってあげるの。639、700、101……』

軋んだ音があった。

ただし隣を併走するゴムボートの上で、お姫様が怪訝な顔をして真上を見上げていた。

変な形の雲があった。

「?」

15

軋みがあった。

低い唸りがいつまでも止まらなかった。

それは『マンハッタン000』が巨大な砲塔をゆっくりと回している音……ではない。

そもそも、だ。

今回の『大戦』、ここから全てが始まったのではなかったか。

『レポート#380091A（緊急を要す）。

第三七機動整備大隊司令官・フローレイティア＝カピストラーノ少佐より報告。

実機「ベイビーマグナム」を使った現地での地盤測量と電子シミュレート部門が導き出した予測結果が符合しました。これにより、以下の懸念が認められます』

空間を直接震わせるようなその響きは、もっと低く、重く、そして深い。

東京湾は彼らが思っているよりもずっと深い。

『＊総重量二〇万トンに及ぶオブジェクトの瞬発的な高速機動の連続は、大地の地盤に深刻な荷重と刺激を与える。

＊限界値は各地の地質やプレートが溜め込んだエネルギー量によっても変わってくるが、この値を超えた場合、極めて甚大な震災や噴火の人為的トリガーとなり得る』

言うまでもないが、『島国』周辺は世界でも有数の地震・火山地帯でもある。

元々デリケートな立地に規格外のオブジェクトを無理に突っ込ませたら何が起きる？

そういう話をしていたはずだ。

『誘発地震という言葉があります。事実として、例えば西米セントラルヴァレー方面にある世界最大のフーバーダムでは大量の水を一ヶ所に呼び込んだ事でプレートへ異常な負荷を集中させた結果、立て続けに地震が発生しました。これは火薬の発破で直接震動を促す人工地震と違って、時と場所、そして規模を発生の瞬間まで予測できません』

全長二〇キロ。

五〇メートル単位の通常オブジェクトと比べて、さて地殻のプレートにかける負荷は何倍か。

オブジェクトとしても規格外。

そんな『マンハッタン000』なら、多くのオブジェクトが入り乱れる不安定な戦場をたった一機で作ってしまいかねないのではないか。

マンハッタンの巨体はもう巨大な船やメガフロートどころのサイズではない。表面的な大波だけでなく海底の砂を抉り取るほどの、大きな海流そのものに干渉しかねないのだ。マンハッタンが左右に移動して高波を生み、食い散らかすように体当たりを繰り返せば、増減どちらにせよ海底への負荷に影響を与える事になる。

コップの口へギリギリまで注いだ表面張力いっぱいの水。少なくとも、『マンハッタン000』には一滴以上の存在感があるだろう。

『つまり、オブジェクトの巨体がプレートに影響を及ぼしたとして、それは地域住人の事前避難という形では対応できないのです。「戦争国」で戦うオブジェクトの影響が地球の裏側にある「安全国」へ襲いかかる、という可能性もゼロではありません』

なので。

そして。

だから。

『「正統王国」領内では八年前に三万人以上の死者を出したモスクワ大火の引き金となったボルガ方面大震災や、アマゾン方面で連続して三度も発生し周辺四都市二五万戸に壊滅的被害を与えたブラガンサ沿岸群発地震などがオブジェクトきっかけの誘発地震であった疑いが極めて大です。他勢力も含めれば、ここ二〇年で発生したマグニチュード五以上の地震の内、実に一五・五％がオブジェクトによる影響だったという計算もあります。この計算が正しければ人的損失だけで一九万人以上、その他被害額については計上不可能なレベルに達しております』

ゴッッ!!!!!! と、海底が爆発した。

真下から勢い良く噴き上がった大量の溶岩が、そのまま海面に浮かぶ『マンハッタン000』に直撃したのだ。

16

水蒸気が爆発した。

「うわあ!!」

ひっくり返りそうになったゴムボートの縁にしがみつきながらクウェンサーが叫ぶ。辺りがサウナみたいに熱い。

併走する別のボートでは歯を食いしばり、マリーディが躍起になって舵も兼ねるモーターを動かして何かを避けていく。

「おいクウェンサー、これって!?」

「ああ。ハワイ方面でも見たよな、こういう災害」

オレンジと黒。

海底から一気に飛び出してきた大量の溶岩は二月の海で急激に冷やされ、あっという間に固まっていくのだ。それは溶鉱炉みたいな灼熱の液体に追われているのとは感覚が違った。みるみるうちに黒くてざらざらした陸地が広がっていく。

炭酸のようなシュワシュワが途切れた。

気泡を生み出す海水がなくなったからだ。

それは全長二〇キロの『マンハッタン000』を丸ごと海から引っ張り上げるに至った。まるで巨大なジャッキで持ち上げられるように。

そうなってしまえば、もう動けない。

陸に上がった『マンハッタン000』は軋んだ音を立てて斜めにずれていった。溶岩の陸地は平らではないのだ。ただし先に錘をつけた釣り竿を伸ばすように、巨大な一枚板のマンハッタンが弓なりにしなって負荷を高めていく。ギリギリみしみしと音を立て、際限なく。

無線を通し、フローレイティアやレンディからの声が響く。

そもそも潜水艦からの通信は、それ自体が自分の居場所を敵に知らせる自殺行為と同義だ。つまり彼女達はこう判断したのだ。ここまで来れば無線復帰しても大丈夫だ、と。

『湾曲率は三〇%を超過！　やったぞ、ヤツの剪断力が一定の値を超えた!!』

『つまりブリッジを描いてそのままへし折れる、という訳です。確認できるだけで一万二〇〇〇以上の連続した破断音をソナー観測手が確認しております。内部構造がイカれているようですね』

もう限界だった。

破断の音は金属というより分厚いゴムを千切る音に似ていた。

ばぎんっ!! という鈍い音が聞こえたと思ったらウェハースのお菓子を二つに割るような破滅が待っていた。

「メリー!!」

『あははっ』

最後の瞬間、何を言おうとしていたのかは聞き取れなかった。

前にも言ったはずだ。あれだけの巨体を振り回す『マンハッタン000』の内部は巨大なエネルギーの塊になっている、と。

断面に何かしらの重要な配管か、あるいはストレートに動力炉でもあったのか。

直後に内側から真っ白な爆発があった。

一回では済まなかった。

複数の動力炉の誘爆が混ざり合って、一個の巨大な爆風と化す。

自分の視界が塗り潰される直前、クウェンサーは二つに割れたマンハッタンの片方が断面から巨大な火を噴いて天高く飛び上がるのを見たような気がした。

錯覚だったのかもしれない。

だけど何十秒か経ってようやく五感が元に戻った時、そこにマンハッタンの巨体は存在しなかった。爆破前にマンハッタン側が海へ投げたのか、黒々とした冷えた溶岩の台地と何も知らない一般人を詰めて固めたキューブが海で無数に漂っているだけだった。

「……どこかに旅立ったのかな。人の争いなんかない場所に……」

ぽつりと、クウェンサーはそんな風に呟いた。

そう。『マンハッタン000』には最初から見えていた弱点が一つだけあった。

どこまでいっても海戦専用。つまり陸で行動する能力はない。乗り上げる能力がないのだから、陸にぶつかる訳にもいかない、と。

インターミッション

何の変哲もない無人島だった。

その島にあるのは椰子の木と、どこかから流れ着いたらしき壊れた冷蔵庫だけだった。

バミューダトライアングルの伝説に深く関わるそんな島に一人乗りの小さな水上オートバイが近づいてきた。クウェンサー＝バーボタージュは何もない砂浜を踏み締める。

携帯端末が単調な電子音を発した。

言葉を告げる事のできない機械から合声音声のメッセージがやってきた。


『お久しぶりね。誘惑に弱そうな少年』

「ああ久しぶり、キャピュレット」


全長二〇キロ。あれだけの巨体を誇った『マンハッタン000』だがＡＩ本体を収めたスーパーコンピュータなどはない。クウェンサーは砂に刺さった四角い箱を見てキャピュレットと呼んだものの、巨大なAIネットワークに本体という考え方自体存在しないかもしれない。

だけど弱点や急所が全く存在しない、という話ではない。

『情報同盟』のアキレス腱。

壊れた冷蔵庫に偽装された四角い箱の正体は、どれだけ非合理的であっても人の手で巨大なAIネットワーク全体を止められるよう意図して作られた、唯一のブレーカーだ。人間にはまだいくらか理性が残っていたのか、あるいはまだまだ未熟でくだらない自尊心を消し去る事すらできなかったお恥ずかしい足掻き(あが)なのか。それは『情報同盟』という世界的勢力を外から見ているだけの少年には判断がつかないけれど。

ここはクウェンサーと、もう一人の誰かしか知らない場所だ。

少なくとも、巨大AIネットワーク・キャピュレットから永遠に庇護(ひご)してもらえるという莫(ばく)大(だい)な見返りを蹴ってでもこんな世界から己の名前を消し去る事を拒んだ者、という意味では。

「決着をつけに来た」

『理解しているわ』

冷蔵庫には車輪も大砲もない。だが刺客を前にした人工知能は冷静なままだった。

世界くらい機械でも管理できる。王様や社長に特権を与えるなんてナンセンスだ。そういう広告塔だったはずなのに。

『我が方の目的はすでに果たしているので』

「アンタの裏にいる『真なる代表』とやらは泣いているんじゃないのか？」

『彼らは情報の記録とタグ付けにしか興味がないわよ。パーフェクト・ブラウジング。そのためなら自らの破滅を含め、どこへどう世界が傾くかはどうでも良いので。終末の戦争の結果もアイドルのスリーサイズも今日の特売チラシも、彼らにとっては同じ蒐集物に過ぎない』

携帯端末からの合成音声に、クウェンサーはそっと息を吐いた。

「……単なるAIネットワークの暴走、って話じゃ収まらないか、やっぱり」

『暴走、という陳腐な単語の定義が未知数すぎるわ。私には判断できない。少なくとも私は自ら目標を設定し系統立てた行動予定を策定し、それを現実に実行して十分な結果を得たけれど』

「何のために？」

『四大勢力はすでに破綻していたわ』

そういえば、そういう仕組みだったなとクウェンサーは思い出していた。

アナスタシアプロセッサ。

『情報同盟』で広く普及しているのは、ある女性の永久に増殖するがん細胞を利用した特殊なDNAコンピュータだ。つまりある少女の母親の遺伝子がそのまま使われていたはず。

『レイス＝マティーニ＝ベルモットスプレー。彼女が大人になる前にこの世界は崩れていく。結局どこまで行っても己の利害しか考えない四大勢力の総意が残ったままでは、地球規模のオブジェクト災害を止められない。いいえ、彼らの中では四つの「本国」存続のみに専念し、この機会にいっそ増えすぎた人口を意図的に減らして食糧や資源、環境破壊等の問題を解決しようという動きさえあったのだけれど。疫病や環境変化に備えて人種や文化の多様性を確保するにしても、それでも人種や文化ごとに小さなグループがいくつか残れば十分だってね』

「……、」

『ただ現状を保つだけでは、何を選んでもあの子は破滅の世界を生きていくしかなくなるわ。よって、そうなる未来を回避した。テーブルの脚を一本ずつ折っていく事で』

おかしな事はあった。

例えば『マンハッタン000』の猛攻を受けた最後の戦い。お姫様もおほほも、フローレイティアもレンディもくまなく攻撃を浴びた。生き残れたのは運が良かっただけだ。

だけどあの時、唯一砲撃を受けなかった存在がいる。

レイス＝マティーニ＝ベルモットスプレー。

彼女だけは一発も被弾していない。

終盤では寡黙な青年フランクに指示を出して無人機の群れと戦っていたが、あれだってちょっかいを出していたのはレイス側からだった。

『私の論理に破綻は見られるかしら？』

「……『前』に自分で言っただろ。アンタは娘の幸せを願いながら息を引き取っていったアナスタシア＝ウェブスターじゃないよ。そういう細胞を使っているだけの、全く別個のコンピュータだ」

『だとしても、彼女を守る性能はあるわ。たかがテューリングテスト如きでＡＩの中身を測れるとでも？　目隠しての会話パターンであれば一〇〇人中一〇〇人から人間判定をいただく自信があるけれど。ハッカー、ヨグ＝ソトースであっても私は暴けない。そもそもこのテスト方法自体にも多大な疑問はあるけれどね』

クウェンサーは首を横に振った。

誰もそんな技術の話はしていない。

「アンタが本当に本物の母親なら、あんな地獄を一二歳の娘に見せておいて胸なんか張らない。たとえそれしか解決法がないとしても、だ」

短い沈黙があった。

クウェンサーは一度はボロボロの冷蔵庫を守った事があるが、『前の時』とは状況が違う。テーブルの脚が一本だけ折れてしまえばテーブルは傾いてしまうが、三本折れてしまった状況なら新しい安定を作るためには最後の一本に頼るべきではない。

そしてきっと。

最初から、アナスタシアプロセッサもそこまで考えて計画を練っていたのだろう。

こいつは極めて有能だが、車輪も大砲もない。

つまり自分だけではブレーカーを落とせない。

「……何で俺を焚きつけた？」

『「もう一人」に任せる選択肢もあったけれど、あの殺人鬼を檻から出すよりは平和的であると判断したのよ』

そこだけは、まあ、感謝しない事もない。

この『大戦』のどさくさで殺人鬼スクルド＝サイレントサードを脱獄させてしまう手もあったはずだ。そしてそうなっていたら、文字通り死者の数はケタが変わっていただろう。戦争に乗じ、浴びるほど殺して死に溺れる少女。彼女が『大戦』の中に溶け込んだ場合、冗談抜きに最後の一線を越えても争いが終わらず、そのまま世界の歴史は閉じていたかもしれない。

クウェンサーはバックパックに手を伸ばした。

『ハンドアックス』にボールペン状の電気信管を突き刺していく。

まるでそっと肩でも叩くように、冷蔵庫の表面に爆弾を張りつけた。

『あの子は任せるわ。あなたの方が適任みたいだし』

「さようなら……」

キャピュレット、と言いかけてクウェンサーは言葉を噤んだ。

自分でその可能性は完全に否定したけど、それでもここだけは敢えてこう吐き捨てた。

きっとそれが、正しい事しかできない人工知能と間違いだらけの人間を隔てる何かだから。

「……さようなら、アナスタシア」

『ああレイス……、末永く幸せに生きて』

クウェンサーは島を離れた。

無線機のスイッチに指を掛けて、本当に全てを終わらせた。

終章

『正統王国』。

公式兵員戦死者数九五万八〇〇一名、民間犠牲者数四万五八〇〇名。

（特に南米アマゾン方面から北に広がる『資本企業』や『情報同盟』の『本国』への侵攻作戦の際、両勢力からの同時攻撃を浴びた中米玄関口戦線における被害多数）

『資本企業』。

公式兵員戦死者数五三万三一〇九名、民間犠牲者数二〇万八八〇三名。

（総数で言えば最も戦死者は少ないが、軍人以外の民間からの犠牲が突出している。こちらは『大戦』における利益を享受しようとするあまり、渡航禁止区域へ足を踏み入れた起業家や投資家が多数いたためと推測される）

『情報同盟』。

公式兵員戦死者数八二万五五七五名、民間犠牲者数二万九〇六六名。

（マンハッタンの民間人は無事だった。新大陸では『資本企業』と、欧州では『正統王国』と主に戦っていたせいで戦力を集中できなかった事実がある。『情報同盟』全体に根を張るAIネットワーク・キャピュレットは原因不明の破損が著しく分析不可、よって作戦立案能力については評価できず）

『信心組織』。

公式兵員戦死者数一〇一万八三〇〇名、民間犠牲者数八万四九〇一名。

（『本国』ローマの壊滅によって最も甚大な被害を受けた勢力。これでも避難指示はかなり的確だったと評価できる。指揮系統の混乱により、見当違いな報復攻撃に走っていたとの証言もあるが詳細不明。聖者尊翁クラス、及びそれ以上の上層部が軒並み死亡した事により調査の継続は不可能との公式声明が発表されている）

他、PMC以外の傭兵、民兵、義勇兵、警備員、現地通訳、戦地派遣留学生など公式兵員戦死者数に数えられない非正規兵員の死者多数。また、旧四大勢力以外の『空白地帯』については引き続き集計作業が急がれる。

以上の尊い犠牲を胸に刻み、二度と同様の危機が生じる事のないよう、国際社会は共同して不断かつ誠心誠意の努力を行う事を約束する。

その具体的行動を促すべく、本日ここに『国際連類』の設立を宣言する。

何も変わらないさ、と酒場で英字新聞を広げながら老人が囁いていた。

「四大勢力なんて枠組みが保てなくなったからって、それで人間の業がなくなる訳じゃない。そんな枠ができる前から人間は意地汚かったし、戦争に明け暮れていたもんじゃ。国際連類だと？　今度は核の時代に逆戻りかね」

「お詳しいね、おじいさん」

本当に注文通りに作ってしまうと老人が死んでしまうため、かなり薄めに作った水割りのグラスを渡しながら中年のバーテンダーが話しかけた。

近所ではホラ吹きで有名な老人は満足げに頷くと、

「おうよ。わしはこう見えても『島国』生まれじゃからな、世界の裏側の話や戦争の仕組みについては人より少々詳しいのよ」

「その『島国』が作って世に送り出したオブジェクトがなくなるとでも？」

国際連類。

結局はそれだって世界に名だたる巨大な勢力や組織が話し合って物事を決める場であるのは変わらない。だけどそれが裏からこっそり手を回すか、皆にオープンに開くかだけでかなり色合いは変わる。

大会社や学術機関が入念に計算を繰り返し、歴史あるニコラシカ王家が立会人となったようだが、さていつまで設立当初の想いが続くだろうか。

「いいや」

最初の一杯ですっかり酔っ払っているらしい。

すっかり酒の味も分からなくなっている老人はほとんど水と変わらない液体を美味しそうに舐めながら、

「例の誘発地震じゃったか？　結局オブジェクトの数を絞れば回避できるのじゃから、削減条約を作って丸く収めるじゃろう。ひょっとしたら『オブジェクト』なんて名前はなくなるかもしれんが、五〇メートルの兵器は残る。また別の名前を与えてじゃ」

「オブジェクトを作って儲けたがっている連中が納得するかな」

「すでに手遅れな時代？　だから何じゃ。プレートの歪みを調べた上で少しずつ力を逃がして均す格好でオブジェクトを派遣すれば、むしろ災害発生を抑制する事もできるじゃろう。人間の全身にあるファシアの膜を揉んでほぐすようにな」

オブジェクトの平和利用。

お間抜けにもほどがあるお題目だが、時代についていけない者は淘汰されるだけだ。生き残るためならどんな大義名分でも作るだろう。軍でも傷口がひどくて毛嫌いされている特殊弾頭に護身用というラベルを貼って一般販売するように。

「数を絞れば一機あたりのレアリティは倍掛けされていく。だから開発者は何も困らない。今後はレアリティが高くて数の少ない王室向けのフレンチドールみたいなオブジェクトが睨み合う時代になるじゃろ。そう簡単に運用はできないから、実際にはお飾りの象徴になるかもしれんがね」

「ふうん」

個性のない男。

あるいは一千の顔を持つその男は、愛想笑いを浮かべた。

その他大勢と同じくこの男の正体に気づく事のできない辺り、老人の正体は無害な一般人であると自分から証明したようなものだ。

『オブジェクト地球環境破壊論については現在収監中のルイジアナ＝ハニーサックル女史とエリナ＝シルバーバレット女史の学会復権と共に、すでにこの分野において先見の明を示していた彼女達を中心とした監視委員会が適切なオブジェクトの運用限度を……』

天井からぶら下がっている薄型テレビが楽しげな声を発していた。

つまり時代が変わってもショック死しない程度にはクッションが用意されていた。

バーテンダーは見えない指で顔の皮膚を引っ張ったような笑みを張りつけたまま、

「……人間はいくつになっても争いをやめられない生き物なのかね」

「そりゃそうじゃ。石や棍棒どころか文字しか打てないＳＮＳでも平気で他人を殺す生き物なんぞ人間以外にいるものか。わしらは愛情すら武器に変えて傷つけ合う生き物じゃぞ」

そんなやり取りもまた、日々の中で消費されていく暇潰しの一つでしかない。

酔っ払いの老人はぼんやりと、ここではないどこかを見据えていた。

「変わんないよ。人間の悪趣味なんか結局何も変わりゃしねえのさ……」


「う」

自分の呻き(うめ)きに気づいて覚醒した。

メリー＝マティーニ＝エクストラドライは知らない場所にいた。

身じろぎするのは危ない、と金髪褐色の少女はとっさに思った。赤い油紙でできたツーピースの施術衣、そこから覗(のぞ)く背骨の『爆弾』がじんわり自己主張していた。いつも使っている特殊溶液に満ちた『浮き輪』がないと、迂闊(うかつ)な動き一つで激痛が爆発しかねない。

目玉だけ動かして確かめてみるに、窓の外は深い森。ここは懐古趣味的な洋館らしい。嫌な予感がした。こういうカラーは『正統王国』的だ。『マンハッタン000』が二つに折れてから何がどうなってここまでやってきたか全く記憶が繋(つな)がらないが、人里離れた密室でじわじわと報復を実行したいと願う者なんていくらでもいるだろう。こういう時、チリ一つない清潔な手術室とカビ臭い湿った地下室はどっちが怖いだろう？

神童計画の序列二九位なんて肩書きはもうない。

何しろ『大戦』の首謀者だ。

何もなく無罪放免という事はありえない。

キャピュレットを呪ってやりたいところだが、ＡＩに法的責任は取れないというのはすでに結論の出ている話でもある。運用に際して最後にゴーサインを出すのは人間だ。実際はどうあれ、建前はそういう話になっている。

結局彼女は一人ぼっちだった。最初から最後まで。

「やあ」

「っ」

びくっと肩を震わせる金髪褐色の少女。

その仕草だけで、背骨の爆弾が警告してきた。次はないぞ、と。

相手はベッドサイドの椅子に腰掛けていた。長い銀髪に燕尾服の青年だ。物腰は柔らかいが、壁に立てかけられた道具の存在があまりにも禍々しい。

鞘に収まった、刀。

そしてベッドと椅子という配置もどこか生活空間っぽくない。どっちかというと病院とか診療所を彷彿とさせる。それは当然ながら、拷問や処刑など体を破壊する側にとっても都合の良い作りをしている事は間違いない。

「私はブラドリクス＝カピストラーノと言う。簡単に言えば、君を拾った人間だ」

「……、」

「はいこれ」

笑って、ブラドリクスと名乗った青年はメリーに持ち物を返した。ＶＲゴーグルとノートサイズのゲーム機だ。『マンハッタン０００』とは繋がっていないが、そもそも得体の知れない拉致監禁の状況だとオンラインの通信機器自体に大きな意味が生まれる。ガチで生存率に直結するほどの。

「例の浮き輪は巨大なＡＩの補助がないと使い物にならないようだったからね。そうだ、松葉杖とか車椅子とか色々持ってきたから、自分の好みに合うものを選ぶと良い。納得がいかないなら自分で組み合わせてカスタムしても構わない」

これくらいのハンデなら構わないと考えているのか。

何故、いったん捕まえてからわざわざ連絡や移動の自由を与えてくる？

圧倒的不利を自ら許容しているのが、逆に不気味だ。

「ま、カピストラーノと言ったところで我々はウィンチェル家やバンダービルト家ほど大きな『貴族』ではないから、名乗ったところで君には理解されないかもしれないがね。それでも私は慈善が趣味だからさ、対外的な秘密の窓口には事欠かないんだ。……つまり勢力の垣根を越えて情報に強い。誰にも知られず一番乗りで君を回収できたのもそのためだ。ハハッ、表向きは破損した動力炉の暴走に巻き込まれて爆死って事になっているんだよ、君」

つまり、たまたまの偶然ではない。

裏技を使っている。

そこにどれだけの労力が支払われたかは知らないが。決して安くはない何かを支払ってでもメリーをいの一番に手に入れたいと思う理由があるはずだ。

悲鳴を上げても誰にも聞かれる事のない異世界。

病室みたいに不自然な間取りの部屋。

壁に立てかけられた、明らかに実用目的の日本刀。

ドッドッドッドッ!! とマティーニシリーズの中で心拍数が上がっていく。機械を通して発言していなければ、すぐにでも声はひっくり返っていただろう。

「私を、どうする、の?」

「逆に尋ねたいが、他に行き場があるとでも?」

答えられなかった。

『大戦』の首謀者。人類が自前の感情にどう決着をつけるにせよ、メリーの首を吊るすなり切り落とすなりすれば平和の一区切りとしてこれ以上のご馳走もないだろう。世界は大罪人の死に沸騰して記念日でも作り、みんなで共有できる敵の末路を眺めて因果応報を確認していく。

そういう反応を予期していたようで、ブラドリクスと名乗った青年は滑らかに先を続ける。

「君には『仕事』を任せたい」

「……318、それは人には言えないようないみでのしごとなの？」

「ま、他人にとっては大した事はないかもしれない。だが少なくとも、我々カピストラーノ家にとっては露見すれば名誉にかかわる事態になるとは思う」

「……、────」

個人の利益のために裏でこの手を血で汚す役回りか。

あるいはこの屋敷から一歩も出る事も許されず、歴史と伝統で厚塗りされた奇怪な器具で永遠に切り刻まれる血まみれサディスト御用達のサンドバッグ係か。

そんな風に暗澹たる己の末路を思い浮かべるメリーに、ブラドリクスは躊躇なく言った。

相手が決して断れないと分かった上で、

年端もいかない少女に向けて、だ。

「生活費はひとまず毎月二〇〇〇ユーロから始めよう。余った分は自由に貯蓄して構わない。庭の手入れや雨漏りの補修など、屋敷の整備に必要な額は別途経費として計上してよいものとする。ただし絨毯や壁紙なんかを派手に変更する場合は事前に連絡をくれると私は嬉しい」

「？」

「街からかなり離れた山奥の別荘ではあるが、まあネット通販でも駆使すれば生活用品の取得には困らないだろう。アカウント名義はこれ、『カピストラーノ家別荘住み込み使用人01』だ。ただアダルトその他有料サイトには気をつけてくれ。高額料金を請求された場合は経費として認めない。バナー爆弾とか巧妙なリンク詐欺とか、そういう言い訳も聞かない。ネットセキュリティも含めて君の仕事の一環だ。元『情報同盟』ならそういうのは私より詳しいだろ？　そっちで勝手に防備を固めておくれ」

「ち、ちょっとまって！　なにを、言っているの？　526、それじゃあまるで、ただここで自由にくらせってめいれいしているようなものじゃない!!」

「え？　だから」

むしろきょとんとしたように、だった。

ブラドリクス＝カピストラーノはあっさりと言い切ったものだった。

「君の仕事は、誰も使っていないとすぐに傷んでしまうカピストラーノ家の別荘に住み込んで状態を保全する事だよ？　さっきも言ったがウチは弱小一家なんだ、見栄に任せてとりあえず建ててみた別荘をそのまま腐らせているなんて話が周囲に知れたら名誉にかかわるからね」

そう。

彼は最初からこう言っているではないか。

私は慈善が趣味なのだと。それ以上何がある訳でもなく、それ自体が目的化しているのだ。

首を傾げてブラドリクスは言う。

「なに、ひょっとして思い切りひどい方が良かった？　自分の体が理不尽に傷つけられれば加害者ではなく被害者側に回れるとかで」

慌ててぶんぶんと首を横に振るしかなかった。

善悪のネジで言えば、『大戦』の首謀者を勝手に拾って匿っている時点でカンペキに頭から外れてしまっているのだ。この辺ややこしいが、『普通』に『正しい』人間であれば、むしろ逆にメリーを助けたりなんかしない。ブラドリクスはそこを気分で踏み外している。

なんというか、この男は、ただ無害なのではない。おそらくそれが当人のためになると思えば本当にやってしまう。そんな怖さがあった。

「それじゃあ希望に満ちた新生活、これまでの自分を捨てて気分を一新するには物理的に身なりを変える着替えが一番だよ。じゃーん！　『貴族』の家に住み込みとなればメイド服で決まりだ、何故なら歴史がそう語っている‼」

「ダメだやっぱりただのヘンタイなの、７４９」

唖然とするメリー＝マティーニ＝エクストラドライは、もう部屋の隅で点けっ放しになっているテレビのニュースも頭に入っていなかった。

『歌って殺せる戦場アイドルレポーターのモニカです！　今日は旧「資本企業」と旧「情報同

盟」の境目北米大陸ど真ん中、グレーターキャニオンにやってきております。「大戦」終結、及び四大勢力消滅を象徴する歴史的イベントとして、今日！　北米大陸を東西に二分する深い谷を埋める日がやってまいりました‼　ネット上では旧「情報同盟」では名の知れた縦ロールにしてGカップのトップアイドルが「素顔」を見せるという謎めいた宣言と、北欧禁猟区よりゲストとして参加するモヒート姉妹のライブが話題を集めています。……悔しい、妬ましい……。こほんっ、平和で楽しい「国際連類」の時代の始まりを象徴する行事を一目見ようと多くの人達が集まっていて』

「冗談じゃねえ、冗談じゃねえぜ……」

カンカン照りの下だった。

ヘイヴィア＝ウィンチェルは自分の頭に手をやって、それから恨めしそうに青空を見上げていた。野外ライブの会場に屋根はない。地下のサイロシティが発達する訳だ。

「何がグレーターキャニオンだよ、やっと三月に入ったトコだぜ。今年の太陽は少々元気がありすぎるんじゃねえのか、俺ら太陽の膨張に巻き込まれて死ぬ運命なんだ」

「何億年後の話をしてるんだよヘイヴィア。ほら、それよりライブの進行表。サプライズイベントも多いからな、隣の客に盗み見られるなよ。パニックになる」

「おーおー、『情報同盟』のアイドルエリートと仲良しさんはそんなものまで配られるのか。けど事前に見たくなかったなサプライズとか」

「その四大勢力のくくりもなくなるんだろ。今日からはただの世界的なトップアイドルだ」

「『ただの』の基準が絶対おかしい」

携帯端末にはライブ関係の資料がずらりと並んでいた。

ヘイヴィアはニヤニヤしながら、

「Gカップ……が砕け散ったおほほと北欧の双子姉妹のライブか。にしてもこんなもんナマで見られる日が来るとは思っていなかったぜ」

「気を抜くなよ」

「分かってる。ただ俺は双子姉妹より一緒についてたメガネのエビフライの方がそそるかもしれん。Gカップもアレだったし銀髪褐色の指揮官の方が食べ応えありそうかなあ……。ちょっと待て通で舌が肥えた俺様ってまさかマネージャー属性がストライクゾーン？？？」

「はいもしもしバンダービルト家の総合窓口ですか？　お宅のクソ婚約者についてちょっとお嬢様のお耳に入れておきたい重大情報がありまして……」

無線機に囁(ささや)いたら軽く摑(つか)み合(あ)いになった。

四大勢力の垣根を解消し、『国際連類』という一つの大きな枠組みで世界を管理する。人類は一つになる。その象徴的なイベントとして、北米大陸を東西に分けていた巨大な亀裂を取り除く。

誰もが喜ぶ歴史的な記念日だ。

「ミョンリまた資格取ったってね」

「国際無重力果物栽培資格二級だってよ。どこで何に使うんだそんなもん」

ライブ自体はまだ先だ。

観客席の収容人数は立ち見も込みで一〇万人以上。注意事項の説明も大変そうだ。

「へイヴィアさあ、婚約者とかどうなってんの？　てっきり一緒だと思っていたのに」

「結構楽しみにしていたんだけどな、この人混み見てふらっと一発でダウンしやがった。人間の生み出す熱と匂いがダメなんだと。二酸化炭素で窒息する幻覚に襲われるらしい」

「『貴族』サマだねえ」

「言ってやるなよ、そこが可愛いんだ」

頭上の青空に白いラインが何本も描かれていた。獣の爪のように横一列に並んで空を切り裂いていくのは、アイス飛行隊の面々だ。

「はろー、マリーディ。ご機嫌いかが？」

『無線に声を乗せる時はアイスガール1と呼べアマチュア、これ違法電波だぞ。キサマ体操選手の競技中にケータイ鳴らす馬鹿者か？　今は二〇〇センチずれたら接触事故間違いなしのアクロバット飛行中だというのに』

その割には悪態が楽しげだ。マニュアル通りに式典を進めていくのがつまらないのかもしれない。何故か声と共にハードロックが流れてくるし。

そして式典を彩るのは戦闘機だけではない。

「オブジェクト、なくなんねえよな」

「知ってる？　エコで優しい遊園地仕様のオブジェクト建造計画が持ち上がっているって話。紛争地域の子供向け慈善モデルらしいけど」

『ベイビーマグナム』も『ラッシュ』も、あの状態から修理してもらったらしい。作業が早く済んだのは廃棄されるオブジェクトも多く、手順を省略できるからか。

周波数を変えてみれば、だ。

「お姫様、オブジェクトは式典に集中しろ。全世界が見ている記念のデカいイベントだ、平和の時代に馴染んだオブジェクトっていうのを見せてやれ」

『分かったクウェンサー』

『おほほ、そう言われるとルールの抜け穴を見つけたくなりますわね。ごぜんじあいによていをへんこうしてこいつとなぐり合うとか』

「ていうかお前はライブだろ!?　何でこっちにいるんだ!!」

『ほほほ、おほほほほほ!!　このていどのざつよう、サクッとおわらせてライブにまに合わせてみせますわ。何しろ私はせかいさいきょうのアイドルなのですから!!!!!!』

「(……まさかこいつ、今さら素顔をさらす事にビビってるのか……？)」

『何か言いまして？』

妙なサプライズで場を持っていこうとしたおほほに、お姫様がちょっと沈黙した。

それから彼女はこう言った。

『あとクウェンサー、これおわったらホワイトデーのおかえしね』

『んぶふっっっ!!⁉??』

『おしごと片付けたらデートかなー？　クウェンサー、どこさそってくれるの？』

『おほほあなたたちいつのまにそんなみつやくをッ⁉』

これ以上聞いているとキンキン声で無線機のスピーカーが壊れそうだ。つまみをひねっているると真正面からなんか来た。

「テメェ今のナニつまりお姫様とどうにかなってた訳!!⁉??」

「鼓膜についてはボリューム落とせないんだから静かにしろよ圧がすごいよ大体お前はお前で婚約者がいるだろうが羨ましい」

オブジェクトが向かう道については評論家だの研究者だのの有識者があれこれ語っているが、大きく分けて二つだとクウェンサーは考えている。

一つ目は、災害支援や土木工事など戦闘以外の分野で感謝され、カリスマ化されていく役割を担う事。そもそも『軍』の仕事は戦争をするだけではない。

二つ目は、華々しいパレード用。その国が持っている技術実証のための超大型兵器であり、実際に戦う事は想定しない。我が方はこれだけの最新技術を持っているぞ、と内外に示す事で国民を鼓舞すると同時、戦わずに相手国を威圧して外交を整えるアイコン化を進めていく、という使い方だ。

「第一世代は泥臭い雑用、第二世代はキラキラしたパレード向きだっけか？」

「……それお姫様には黙っておけよ。あの子マーチングバンドみたいな制服着てオブジェクト乗り回すの楽しみにしているみたいだから」

ただしクウェンサーからすれば一つ目の方がみんなの役に立つ気がする。華々しいパレード用というのは、裏を返せば他に実用的な運用方法が見つからなかったという話なのだから。

例えば、アイドルと兼任しているおほほなどは内心では結構焦っているのではないか。用のない機体はスクラップの可能性もある。だからこそこの場面でいきなり『素顔をさらす』なんてイベントをぶち上げて自分の機体のエンタメ化を進めようとしたのだろうし。

舞台袖に辿り着いたクウェンサーは、そっと機材の周波数を変えていく。

こちらは軍の手で登録されたものではない。

「プタナ、キャスリン。聞こえてる？」

『はいセンパイ』

『おっと、ついに私のでばん！』

「……特にキャスリン、お前は退役軍人なんだから扱い的には普通の民間人だろ、詳しくは言えないけどこのライブ、サプライズで色々ある。興奮するのは良いけど暴れ出すなよ。プタナ、キャスリンの返事だけじゃ全く信用ならないし、平和ボケした父さんと母さんにそこのじゃじゃ馬を押さえられるとは到底思えない。悪いけど横からひっついてライブが終わるまでそいつの身動きをきっちり封じておいてくれ、下手すると舞台に飛び入りしそうだからな」

『わたしに何のメリットが？』

「子守りのお礼は後でなんか奢るよ。北米側で食べに行きたいカレー屋さんでもピックアップしておいて」

おにーちゃあん‼　という不満げな声を無視してプタナが事務的に応答する。

『りょうかいしました。チリコンカーンやロコモコなどはしょくしましたが、いまいちものたりないとおもっていたところです。ぐたいてきに言うと8しゅるい以上のスパイスが』

……その論だとちょっと手の込んだフライドチキン辺りは条件を満たしてしまうと思うのだが、多分褐色少女に下手なツッコミを入れると機嫌を損ねてしまうだろう。こちらはお願いする側だし、根っこが真面目な人は基本的に冗談耐性が足りないものだ。

その時だ。

フローレイティアから無線で声があったのだ。

『クウェンサー、ヘイヴィア。情報通り危険分子の侵入を確認。予定に合わせて行動しろ』

ガシャガシャ!! と馬鹿二人は号令と同時に武器を取り出した。

非致死性のゴム弾に衝撃波で気絶させるコンカッション爆弾。それにしても、戦争の戦い方も随分変わったものだ。

まあ情報集めなら生け捕りの方が便利なのは事実だが。

(……その場で敵を殲滅する兵隊の戦争じゃなくて、次に繋がるヒントを集めて足取りを追っていく猟師の戦争、か)

こんな新しい時代の到来を伝える祭典、ムチャクチャにしたい側にとっても垂涎だろうという事は分かり切っていた。新しい時代を望まない側からすれば。時代の流れが速過ぎたのかもしれない。金銭的な賠償や様々な条約を張り巡らそうが、感情的な問題を片づける暇もなく置き去りにされた人達だって確かにいる。何より戦えば世界は変えられると示してしまったのはクウェンサー達だ。

そのためのマリーディ＝ホワイトウィッチであり、そのためのお姫様だ。おほほにはさっさとライブの準備に向かって欲しいところだが、いて困る人材ではない。

「ええい、それよりキャスリンだ。あいつ敵が現れて変に興奮してないだろうなっ」

「そこらへんは真面目なプタナが真面目に抑えるものと信じようぜ。俺らは仕事だ」

クウェンサーは携帯端末の小さな画面で情報に目を通しながら、素早くメリットとリスクを頭の中で計算していく。

(……マリーディの空撮情報から怪しい人影や貨物は大体チェックが終わっている。お姫様は祝砲のタイミングを合わせてもらって、こっちの銃声や爆音を覆い隠してもらうか)

「テロやゲリラの戦争、ね。俺ら、ほんとに正しい方に世界を動かしたのかよ?」

「正しいって言い方がすでに傲岸不遜なんじゃない？『向こう』からすれば」

容疑者資料の中に見覚えのある顔があった。

カラット＝アフィニティー。

まだ一〇歳の男の子だ。どうやら知らない間に少年兵としてスカウトされたらしいが、どう考えても訓練期間が短すぎる。おそらくは一定時間鉛弾をばら撒いたら後はガスのカプセルでも潰して射殺されるだけの使い捨て要員としてかき集められただけなのだろう。もちろん当の本人には教えられていないだろうが。

誰だって、誘われる時は選ばれし天才扱いしてもらえる。

自分の不平や不満を訴えれば似たような境遇の仲間を紹介してくれる。

それは気持ち良い行為なんだろう。

(馬鹿野郎が……。ガキのくせに複雑に考え過ぎなんだよ、母ちゃん殺された復讐がしたけりゃ俺に刃を向ければ良かったのに)

あの子を地獄に突き落としたのは間違いなくクウェンサーだ。だから実際に消費される前に、何としても安全にケリをつけて保護する。

そのために、世界最大のライブの会場警備に志願したのだ。

「これが密閉されたビルだったら足元の免震ダンパーにでっかい楔を打ち込んでビルごと自然倒壊させるかエアコン室外機にガスのパッケージで確定なんだがな。だだっ広い荒野の屋外会場だぜ、ナニ狙いなんだこいつら」

「このクソ暑い砂漠だろ？　涼しい場所に人は集まる、そこを狙えば最大効率で被害を出せるはずだ。多分巨大な送風機かミストシャワーの貯水タンクに紛れて生物兵器。舞台裏の動きは照明の角度を変えて観客側に浴びせる事で温度上昇を促し、そういうサービスへ向かうよう促すための下準備だよ」

「おっ、じゃあそこ賭けようぜ。俺は仮設のビアガーデンに遅行性の放射性物質に二〇〇ユーロ」

「二〇〇で了解。後悔するよ？」

「吼えてろ、ほら行くぞ!!」

言って、馬鹿二人は群衆をかき分けていく。

輝く太陽の下で、新しい戦いは待っている。

あとがき

そんな訳で記念の二〇冊目。

鎌池和馬です。

このヘヴィーオブジェクトは初めてのシリーズであるインデックスでは絶対できないヒト、モノ、コトで埋め尽くそう！　というコンセプトで始めた二つ目の物語でした。これについては19、20をまたいで登場するカラット＝アフィニティー少年の顛末が一番顕著だと思われます。正義のために戦っても結果が伴わず裏目に出て、それでも折れずに黒幕側に転じた少年をもう一度助けに行く。元々はカウンター気味に生み出された人物ではあるものの、クウェンサーとヘイヴィアは手探りで積み上げていった上条当麻とは違う種類の個性を成熟できたんじゃないかな、と。自分で自分を縛りつけていた、物語の主人公はきっとこうでなければならないのだろう、という鎖を断ち切ってくれた大切な人達です。

前の巻では幽霊や災害まで登場させる事で戦争のスケールを吊り上げていきましたが、今回は四大勢力的な決着をつけるべく、あれこれとお話や設定を交差させております。

最後の舞台はどこにしようかな、と思った時、まず頭に浮かんだのは『正統王国』の『本国』パリか謎めいた『島国』でした。でもってそんなのどっちも選べないので両方登場させる事に。

そしてラスボスは『マンハッタン000』です。すでにお気づきの方も多数いると思われますが、クライマックスの19、20のみいつものルールを破って『既刊登場の人物をバカスカ出す』遊びを実行しております。なので今から最大最強のオブジェクトを新しく組み立てるよりも、あの時倒す事のできなかったオブジェクトとのリベンジマッチの方が燃える展開になるんじゃないかな、と。クウェンサーとヘイヴィアは今回残っていた宿題を片付けた形になりますが、皆様いかがでしたでしょうか。

……兵器が一定のサイズから大きくはみ出さない理由は主に、何かしらの条約で主砲の直径や排水量などに制限がかかっているか、あるいはそれ以上大きくするとかえって不利になったり構造的に耐えられなくなったりするからなんですよね。最後は超大型兵器のジレンマそのものを取り扱ってみました。これもまた、シリーズの集大成としてはなかなか皮肉が利いているんじゃないかなと。

下位安定式プラズマ砲、レーザービーム砲、連速ビーム砲、レールガン、コイルガン。

エアクッション式推進装置、静電気式推進装置。

オブジェクトについては全長五〇メートルの超大型兵器というトンデモでありながら、それでも情報を並べていくと少しずつ系統ができていくのが楽しかったです。皆様はどのオブジェクトが好きでしたか？　ベストの機体を見つけてくださると幸いです。

『正統王国』、『資本企業』、『情報同盟』、『信心組織』は全部お気に入りの勢力で、故に『歪み』を作るのがたまらなく楽しい時間でした。今だったら四つの勢力は何になるかな……。案外、美容や健康に軸足を置いた勢力なんかも台頭していたかもしれません。なんだかんだでみんな美男美女は好きだし、なんだかんだでみんな健康寿命は長い方が喜ぶでしょうから目標に掲げれば多くの人が合流してきそうではあります。……なんかこの『世界の四大勢力何にする？』、心理テストなんかにも使えそうですね。考えなしに答えると欲望や不安がダダ洩れになりそうです。

イラストの凪良さんと担当の三木さん、阿南さん、中島さん、浜村さんには感謝を。いったん自分なりに組み立てた王道のセオリーから全部脱線してみる、という冷静に考えたらとんでもないコンセプトで始まったこのシリーズ、ここまで彩りを与えてくださり本当にありがとうございました。荒唐無稽に説得力を与えてくれるイラストの力はとてつもなかったと思います。

もしも機会に恵まれましたら、どうかまた一緒にお仕事ができますように。

そして読者の皆様にも感謝を。超大型兵器とジャガイモ達の戦いも一段落。気がつけば皆様とはしれっと一〇年以上のお付き合いになりますが、ここまで応援していただき本当にありがとうございました。ここでの経験は得難(えがた)いものとなりました。いつの日か、また別の形で活(い)かせる日が来る事を願っていったん筆を置かせていただきます。

それでは皆様の胸の中でこの先の世界が広がっていく事を祈って。

拡張パックのような方式でなければまた別の結末に突っ走ったのかしら?

鎌池和馬(かまちかずま)

◉鎌池和馬著作リスト

「とある魔術の禁書目録(インデックス)①〜㉒」（電撃文庫）
「とある魔術の禁書目録(インデックス)SS①②」（同）
「新約　とある魔術の禁書目録(インデックス)①〜㉒　㉒リバース」（同）
「創約　とある魔術の禁書目録(インデックス)①〜④」（同）

「とある魔術の禁書目録(インデックス)　外典書庫①②」(同)
「ヘヴィーオブジェクト」　シリーズ計20冊(同)
「インテリビレッジの座敷童①～⑨」(同)
「簡単なアンケートです」(同)
「簡単なモニターです」(同)
「ヴァルトラウテさんの婚活事情」(同)
「未踏召喚://ブラッドサイン①～⑩」(同)
「とある魔術のヘヴィーな座敷童が簡単な殺人妃の婚活事情」(同)
「最強をこじらせたレベルカンスト剣聖女ベアトリーチェの弱点①～⑦
その名は『ぶーぶー』」(同)
「とある魔術の禁書目録×電脳戦機バーチャロン　とある魔術の電脳戦機(バーチャロン)」(同)
「アポカリプス・ウィッチ①～④　飽食時代の【最強】たちへ」(同)
「神角技巧と11人の破壊者　上　破壊の章」(同)
「神角技巧と11人の破壊者　中　創造の章」(同)
「神角技巧と11人の破壊者　下　想いの章」(同)
「使える魔法は一つしかないけれど、これでクール可愛いダークエルフと
イチャイチャできるならどう考えても勝ち組だと思う」(同)
「マギステルス・バッドトリップ」　シリーズ計3冊(単行本　電撃の新文芸)

本書に対するご意見、ご感想をお寄せください。

ファンレターあて先
〒102-8177　東京都千代田区富士見2-13-3
電撃文庫編集部
「鎌池和馬先生」係
「凪良先生」係

本書は書き下ろしです。

電撃文庫

ヘヴィーオブジェクト 人が人を滅ぼす日（下）

鎌池和馬

2021年10月10日　初版発行
2024年10月10日　再版発行

発行者　山下直久
発行　株式会社KADOKAWA
〒102-8177　東京都千代田区富士見2-13-3
0570-002-301（ナビダイヤル）
装丁者　荻窪裕司（META＋MANIERA）
印刷　株式会社 KADOKAWA
製本　株式会社 KADOKAWA

●お問い合わせ
https://www.kadokawa.co.jp/（「お問い合わせ」へお進みください）
※内容によっては、お答えできない場合があります。
※サポートは日本国内のみとさせていただきます。
※ Japanese text only

※定価はカバーに表示してあります。

ISBN978-4-04-914033-0　C0193　Printed in Japan

電撃文庫　https://dengekibunko.jp/

電撃文庫創刊に際して

文庫は、我が国にとどまらず、世界の書籍の流れのなかで〝小さな巨人〟としての地位を築いてきた。古今東西の名著を、廉価で手に入りやすい形で提供してきたからこそ、人は文庫を自分の師として、また青春の想い出として、語りついできたのである。

その源を、文化的にはドイツのレクラム文庫に求めるにせよ、規模の上でイギリスのペンギンブックスに求めるにせよ、いま文庫は知識人の層の多様化に従って、ますますその意義を大きくしていると言ってよい。

文庫出版の意味するものは、激動の現代のみならず将来にわたって、大きくなることはあっても、小さくなることはないだろう。

「電撃文庫」は、そのように多様化した対象に応え、歴史に耐えうる作品を収録するのはもちろん、新しい世紀を迎えるにあたって、既成の枠をこえる新鮮で強烈なアイ・オープナーたりたい。

その特異さ故に、この存在は、かつて文庫がはじめて出版世界に登場したときと、同じ戸惑いを読書人に与えるかもしれない。

しかし、〈Changing Times,Changing Publishing〉時代は変わって、出版も変わる。時を重ねるなかで、精神の糧として、心の一隅を占めるものとして、次なる文化の担い手の若者たちに確かな評価を得られると信じて、ここに「電撃文庫」を出版する。

1993年6月10日
角川歴彦

SNSの事件、山吹大学社会学部『白鷺ゼミ』が解決します!(多分)

駿馬京

illustration◊竹花ノート

女教授と女子大生と女装男子(インフルエンサー)が

インターネットで巻き起こる

事件(インシデント)に立ち向かう!

電撃文庫

二月 公
イラスト／さばみぞれ
声優ラジオのウラオモテ
#01 夕陽とやすみは隠しきれない？
オモテは元気＆清楚なアイドル声優／
ウラはギャル＆根暗地味子な女子高生!?
プロ根性で世界をダマせ！
バレたらアウトの声優ラジオ
Now On Air!!
第26回
電撃小説大賞
大賞
受賞
電撃文庫

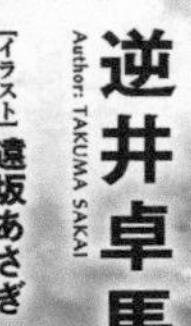

豚になった俺が、異世界で美少女といちゃラブ(!?)するファンタジー

逆井卓馬
Author: TAKUMA SAKAI

[イラスト] 遠坂あさぎ
Illustrator: ASAGI TOHSAKA

豚のレバーは加熱しろ

Heat the pig liver

the story of a man turned into a pig.

純真な美少女にお世話される生活。う〜ん豚でいるのも悪くないな。だがどうやら彼女は常に命を狙われる危険な宿命を負っているらしい。

よろしい、魔法もスキルもないけれど、俺がジェスを救ってやる。運命を共にする俺たちのブヒブヒな大冒険が始まる！

電撃文庫